# 她们走上法庭

蔡寞琰 著

西苑出版社
中国·北京

图书在版编目（CIP）数据

她们走上法庭 / 蔡寞琰著 . -- 北京：西苑出版社
有限公司 , 2024.9（2025.3重印）
ISBN 978-7-5151-0912-1

Ⅰ . ①她… Ⅱ . ①蔡… Ⅲ . ①纪实文学 - 中国 - 当代
Ⅳ . ① I25

中国国家版本馆 CIP 数据核字 (2024) 第 088245 号

## 她们走上法庭
## TAMEN ZOU SHANG FATING

| 作　　者 | 蔡寞琰 |
|---|---|
| 责任编辑 | 高　虹 |
| 责任校对 | 岳　伟 |
| 责任印制 | 李仕杰 |
| 营销编辑 | 怪　怪　王宜帆　蒙研祎 |
| 开　　本 | 710 毫米 ×1000 毫米　1/16 |
| 印　　张 | 18 |
| 字　　数 | 230 千字 |
| 版　　次 | 2024 年 9 月第 1 版 |
| 印　　次 | 2025 年 3 月第 5 次印刷 |
| 印　　刷 | 鑫艺佳利（天津）印刷有限公司 |
| 书　　号 | ISBN 978-7-5151-0912-1 |
| 定　　价 | 49.80 元 |

| 出版发行 | 西苑出版社有限公司　北京市朝阳区利泽东二路 3 号　邮编：100102 |
|---|---|
| 发 行 部 | (010)84254364 |
| 编 辑 部 | (010)84250838 |
| 总 编 室 | (010)88636419 |
| 电子邮箱 | xiyuanpub@163.com |
| 法律顾问 | 北京植德律师事务所 17600603461 |

善良的心是最好的法律。

# 目录

| | |
|---|---|
| 01 | 前言 |
| 001 | 七刀之后，她终于逃离那个家 |
| 019 | 在农村，离婚的女人无家可归 |
| 041 | 没有强奸的强奸犯，演不好父亲的父亲 |
| 059 | 坚决和"模范"丈夫离婚的女人 |
| 081 | 十三岁的他，何以为家 |
| 101 | "十五元按摩店"杀人事件 |
| 119 | 弑父之后，母亲要他去死 |

## CONTENTS

| | |
|---|---|
| 137 | 盗窃罪掩盖下的七年性侵案 |
| 157 | 作为妻子和母亲的最后四十八小时 |
| 177 | 三次诉讼,她的离婚之路走了六年多 |
| 197 | 病到最后,家人想要拖死她 |
| 215 | 不敢离婚的女人,杀了自己的丈夫 |
| 231 | 她最疼爱的儿子,因母爱丧命 |
| 249 | 离过四次婚的女人,守着永恒的爱 |
| 275 | 后记 |

为保护当事人隐私，书中人名均为化名。

# 前言

稿件即将成书时，编辑告诉我选篇都为女性故事，我不免诧异，是吗？执业多年，我不在意当事人的身份、年龄、性别，任何人来，都认真做好分内的事。就算是写稿，也没有刻意注意到这一点，却没想到，不知不觉就写出了女性的故事，那就当是一种特别的缘分吧。

我是好不容易从农村考出来的人，早早便学会了感同身受，只因成长环境恶劣。一个地方如果落后、闭塞，女性和孩童必定首当其冲，遭受最深的伤害，难以解脱。

我见过被丈夫打得头破血流，没等大夫赶到，就踉踉跄跄走进灶屋，自己用草木灰草草止血，赶着生火煮饭的女人，她坐在灶前喃喃自语："到点了，孩子们要放学回来了，我得做饭。"

我见过因为产后抑郁喝农药自杀的女人，死后被人评头论足，说是"做傻事"，最后成了"短命鬼"。即便同为过来人的女性也不过是轻描淡写："她就是想多了，过去我们生孩子，死活不论，天天要干活，哪有时间去胡思乱想？有谁没坏（夭折）过几个小孩？"

我见过在家中"隐形"的小女孩，父母想要生儿子，对她很是嫌弃。最后一次见到她，她抱着弟弟对我说："我很怕爸爸，也不对，他都不准我叫爸爸了。"后来，小女孩为了捡弟弟被风吹走的帽子，死在了车轮下。她的父亲到达现场后，只是抱起儿子说："苍天有眼，还好没事。"

还有很多女性，她们习惯把身体当作武器，却不知法律才是真正的武器。

我受过女性的恩惠，尽管同样苦难深重，但她们还不忘给我拥抱。有一位阿姨，生了好几个女儿，因而被婆家看不起，经常挨打，但她从未哭过，有次我碰到她边跑边喊，"你们莫打了，我当下没空挨打，地里还有几担红薯没有挖"。有人说她是傻的，"女人生孩子最疼了，尤其是过去，可她生那么多孩子都没有喊过一声，后来被摩托车撞得骨头都露出来了，也没哭"。但我见她哭过一次，我祖父去世那年，家里只剩我一个人了，她给我送来了几个鸡蛋，看着我就哭："我的满崽，你以后怎么办啊，哪有你这么多灾多难的人，怎么办？"

我问她："您不是不哭的吗？"她抱着我说："我天生不怕痛，但我有心，我疼我的满崽啊。"

被家暴的女人，给我补过扣子；喝农药的女人，给过我几个透红的柿子；出车祸的小女孩，给我抓过虱子；那个不知道痛的阿姨，疼每一个她见过的孩子，包括她的女儿们，"来了就好好活"。

这些女人，有的不在了，但不代表她们没有存在过，她们的爱在我的心头，不会消散；有的还在，一见到我总会满心欢喜。我常常想，除了提着礼品探望，我还能做点什么呢？

我到底没有"烂"在村里，长了她们从未长过的见识，赚了她们这辈子都赚不到的钱，勉强算是村里功成名就的人，可以走得远远的。但她们呢？

执业以后，有次我去看望那个为我哭过的阿姨，刚好碰到她丈夫因一件小事对其大声呵斥，阿姨先是躲在我身后，而后挽着我的手挺直了胸膛回道：

"你想怎么样？打了我半辈子了，你以为我怕你吗？"那天我走到哪里都是笑着的，尽管她可能还会挨打，但总算有底气回击了。

我能做的就是接过她们身上的爱与韧性，踏出去、走回来，与更多的当事人相遇。

我大致盘点了这些年接手的案件，原来女性当事人已多达上百位。时至今日，我仍清晰地记得她们每一个人的眼泪与无助。她们之中，有差点被丈夫打死却仍旧困在婚姻中犹豫不决的人，我虽恨铁不成钢，却还是愿意等等她；有被亲生母亲卖掉几次依旧心怀善意的人，我愿意护送她一程；有被男友拍裸照后奋力一搏逃出生天的人，我愿意站在最前面声援她……她们最终因法律与我交织，有时我不得不承认，自己能给的，只有那一丝温度，让她们有可以相信的东西。

与其说我是律师，不如说是船夫，送当事人去想抵达的地方，然后返回最初的地方继续出发，划过泥泞，拨开迷雾，见证人生。

这本书也如一艘船，我不经意间一看，满船都是流泪的女人。有些眼泪滴在了水里，被淹没了，有些滴在我心里，被记住了，即便下船，还想远远地望一眼她们。

进入大学的第一天，法理学老师曾对我们说："法是狭窄的，狭窄到只需容纳公正就足够，同时它又是宽泛的，宽泛到与宗教、哲学乃至主义都相互依存，还有最重要的一点——它宽泛到要负责每一个人的经历，不应该有任何的疏忽。法律的制定不是为了大多数人，而是为了所有人，所以，法绝不能是冰冷的机器。"

后来，我常告诫自己，无论看过多少悲凉，经历过多少失望，身为一名法律人，一定要有自己的温度。

我不想将此书单纯地定义为女性书籍，女性的痛，即为男性的疼，我们共同承受这个世界的好与不好。我不愿意打着任何旗号为自己谋利，我的当事人，她们眼里只有生活，很少为自己发声，但我会告诉她们怎么维护自己的权利，不厌其烦地说。或许道阻且长，但作为船夫，我尚有逆流而上的勇气。

我无意美化自己的职业，手捧法的温度，是我的追求，也是我想看到的美好未来。

七刀之后,
她终于逃离那个家

# 她们走上法庭

| 时间 | 2015年07月 |
|---|---|
| 当事人 | 钟湘华 |

之所以捅母亲七刀，是因为她自己有过七个孩子。

2015年7月，我接到主任通知，去处理一起法律援助案件。当事人名叫钟湘华，涉嫌故意杀人。据说她全部家当只有六十块钱，连车旅费和复印材料的钱都给不起。

会见钟湘华之前，我略有忐忑。此前我已听闻她的作案手段十分残忍，近乎冷血——她将自己的母亲李桂莲连捅七刀，杀人以后，还用嘴巴吮吸李桂莲伤口流出的血。当警察和医生赶过来时，她袒胸露乳，蹲在李桂莲身边唱歌，面对枪口，毫不慌张。

众人皆骂钟湘华大逆不道，禽兽不如，"带坏小孩，警察就该当场开枪打死她"。办案民警也说钟湘华有点怪，她承认自己故意杀人，至于作案动机，包括水果刀的来源、脱衣服是什么目的、为何在杀人以后吮吸被害人的血等问题，无论是批评教育还是好言相劝，她都只是低着头，一概不答。

一

第一次在看守所会见钟湘华时，她也是低着头。她留着齐耳短发，皮肤黝黑，双手动个不停，手铐一直叮当作响。我先开口，说自己是她的辩护律师，免费为她提供法律服务。她抬头左顾右盼，茫然道："辩护，什么是辩护？什么是法律服务？"

我这才看清了钟湘华的样子——大大的眼睛毫无光泽，鼻子也大，长相不算漂亮，但看着舒服，没有传说中那般凶神恶煞。

一般涉嫌刑事犯罪的当事人见到律师，都犹如见到了救命稻草，会反复向我们询问有没有过硬的关系、能不能帮他办取候保审或减轻处罚。可钟湘华没精打采地这么一问，我反而愣住了，过了良久才告诉她："辩护就是为你说话。法律服务包括辩护、不让别人打你、与你一起面对法庭的审判；帮你安抚家人，在不违规的情况下传递一些必要的消息，让他们给你置办一些日常用品；如果有冤屈，帮你找证据，堂堂正正地走出去……总之就是和你一起面对接下来的日子，包括别人对你的谩骂，我们都一起承受，我会尽力保障你的合法权益。"

钟湘华嘴巴慢慢张开，舌尖舔了舔嘴角，吞了几口口水，盯着手铐说："我是个傻子，只有别人骂我，嫌弃我。长这么大没人为我说过话，我妈妈她到底怎么了？"

出乎我的意料，没想到这时候她还称呼李桂莲"妈妈"，似乎很关心她。我从法律的角度回答了她的问题："你妈妈还在医院接受治疗，具体情况我不了解，但愿已经脱离了生命危险，若不是，那就麻烦大了，到时候我去医院替你看一下她。"

"那不能死的，不是怕麻烦。我承认人是我杀的，用水果刀捅的她。妈妈要好好活着，毕竟她比我能干多了。"钟湘华左眼不停地眨，一行眼泪从右边脸颊滑落。

当钟湘华再次抬头看我时，我让她将作案过程详细告诉我："好比一个家长面对在外面犯了错的孩子，我得知道是否真的有错，到底错在哪里，还能不能补救。"

钟湘华听罢，立刻将额头往手铐上撞。我赶紧阻止她："你要伤害自己的话，我就不能陪你聊天了，会被警察赶出去的，说不定下次也不能来看你了。你可以先不回答问题。"

见我语气有些急促，钟湘华很快停止碰撞，摊开双手，喘息道："我在外面犯了错，爸妈都是先打了我再说的，我不要回忆，现在就像做梦一样，我不知道是怎么了。"

说这话时，钟湘华脸突然红了，一直红到耳根，见她正装作不经意地用手肘按压胸部，我问是不是哪里不舒服。她摇头："没有的，就是肚子上面涨得有点厉害。"我赶紧问她是不是正在哺乳期、是不是在涨奶。

她没说话，身体前倾，不解地望着我。

"如果你尚在哺乳期，我要马上去和看守所及公安局交涉。"我说。

## 二

我所知道的确切信息是：钟湘华现年三十岁，小学肄业，没有办理过婚姻登记，平常在外打工，偶尔回家住上几个月。未曾听说她竟然还有个孩子。

怕她听不懂，我进一步解释道："若你有孩子，并且没有满一周岁，我要争取给你办取保候审或监视居住，你就能回家喂奶了。"

"啊？"钟湘华双手放在了胸前，"你真的能让我去喂奶吗？要坐车还要爬山哦。"

我继续问小孩在哪家医院出生的，谁在抚养，有无出生证明，孩子的父亲是谁。钟湘华想了几分钟后，说了一个小地方："只知道村的名字，孩子婆婆带，出生证明在我娘家，我随身带着的。这个孩子我再也不要记不得、找不到了，我要当妈妈。"

我将会见笔录给钟湘华看，让她确认签字。她一个字一个字地读了出来，念了几分钟，终于看完了："你是把我们刚才说的一些话写下来了啊？我签字做证吧。"

看着她笨拙而认真地签字，想到刚才的交谈，恍惚间，我望着她的样子，感觉越来越远、越来越模糊，不禁自言自语："真的杀了人？是不是精神问题啊？以前还丢过孩子？"

"是真的，我用水果刀捅的。"钟湘华的声音将我拉回了现实。

我让她先照顾好自己，听管教的话："我待会儿要去你娘家拿小孩的出生证明，有什么话要带给家里吗？还会去医院看一下你妈妈，然后去公安局了解相关情况，最好能让你回去。"

见钟湘华没有作声，我没有再追问，转身离去时，听见钟湘华小声地说："慢走。"

⚖

钟湘华家在一座山坳里，那里一共十几户人家。她家是一幢三层的砖房，没装修，客厅地面坑坑洼洼，一群嘎嘎叫的鸭子正摇摆着双腿往里走，一个三四十岁、光着上身的男子，抓住其中一只鸭子的脖子，重重砸在地上："等娘老子回来把你们全杀了吃！"

见我在门口，他没好气地问："你是谁，到我家干啥？"我说自己是律师，为了案件需要，来调取钟湘华小孩的出生证明。那人连忙起身跟我握手："律师你好，我叫钟湘平，那个臭婊子杀了人，应该要赔钱吧？你们到时候把钱直接判给我就行。"

我没有接茬儿，只让他帮我把孩子的出生证明找出来。钟湘平递给我出生证明时，右手拧着那只被他摔伤的鸭子，对我说："我家是贫困户，鸭子拿回去煲汤，一定要替我老娘主持公道，现在住院都是拿家里的钱，那个臭婊子男人一大堆，一人给一点都不少。"

我没有接他的鸭子，转身去村里逛了逛，向村民了解相关情况。等赶到公安局时，我发现除了刑侦大队的民警，看守所的领导也在那里等我。我当场递交了取保候审的申请书，办案民警说，情况有点特殊，我们三方讨论一下。

看守所的领导解释道："嫌疑人被押送过来时，警方没有告知我们她尚在哺乳期，后来检查身体时，我们问过嫌疑人，她没说自己在哺乳期，说的是'孩子一岁了'。"

我出示了钟湘华小孩的出生证明，上面的信息显示小孩才十个月，钟湘华的确是在哺乳期。一位年轻的刑警指责我在故意搞事情："刑事法律里就没有'哺乳期妇女'一词，何况小孩已经十个月了，手续烦琐，你这是想让我们承担责任吧？"

我将相关法律规定念给他听，说相关规定表明正在哺乳婴儿的妇女，采取取保候审不致发生社会危害的，可取保候审，哺乳期是自婴儿出生之日起一年计算。

办案民警说会考虑我的申请，但他们确有顾虑——钟湘华作案手段残忍，并有自杀倾向，被取保候审后她可能会制造社会危险性事件，或通过继续怀孕来逃避法律的制裁。"就算是哺乳期，也只剩两个月。当然，你要求正当，可我们一直人手不够，你要理解。"

我表明自己本就是依法提出申请，何况从一个母亲的角度而言，哪怕只剩一天了，我都会想要尝试一下。作为母亲，钟湘华的小孩哪怕能多喝一口奶，意义都不同。说完这句话，大家都没有再继续争论，几个男人不约而同地点了烟。我走了出去。

## 三

第二天会见钟湘华时，明显感觉她的话多了起来。

她主动说自己跟室友了解了律师究竟是干啥的："她们说律师只会要钱，吃了原告吃被告，颠倒是非，我觉得不对。"

我说："不要单纯地去定义人的好坏，你涉嫌故意杀人，但我觉得你该会是个好母亲。"

听到这句话，钟湘华又哭了，弓着腰，不停地咳嗽："我妈妈她听不进。"

我告诉钟湘华，李桂莲已经脱离了生命危险，由于现在还无法交流，我打算过几个月再去一次，同时将取保候审的事也说了，让她耐心等待，接下来是该好好谈论一下案情了。见钟湘华欲言又止，我特意强调："你对我说得越详细，你的小孩就越早见到妈妈。"

事实上，当地人对钟湘华的评价并不好，众口一词，都说她是村里最蠢的人，"读了三个一年级"，就连简单的加减法也不会，三年级时还拉大便在身上，平时也不爱说话，完全不像她妈妈。

李桂莲是村里公认的能说会道、精明能干、办事利落的人，大家都说钟湘华和哥哥钟湘平都是随了父亲的基因。他们的父亲是个沉默寡言的庄稼汉，面对强势的媳妇，骂不还口打不还手，平时也不管儿女的学习和生活。

而比钟湘华大三岁的钟湘平，"就是个被宠坏了的二流子"。一米八五的身高，长得也不错，但从小到大四体不勤，上学时连书包都要妹妹背。他到处惹是生非，仗着母亲的袒护，经常搅得鸡飞狗跳，前后有过好几个女人。

至于钟湘华为何捅她妈妈七刀，有人闪烁其词，有人觉得她魔怔了："平日她就只有挨欺负的份儿，青皮娃儿（方言，小孩子）打她，她都不敢还手的，不是遇到鬼怎么会如此无法无天？"

得知我向其他人了解过情况，钟湘华怯生生地问："他们说我是傻子吧？"见我没有回答，她苦笑："我只是内向、反应慢，但从来没人愿意等我一会儿，上课老师默认了我是拖后腿的，我没脸面对同学们，大家都以为我是木头人，其实我心里想的是在田间奔跑，周围都是花花草草，还有蝴蝶，没人取笑我，轻松自由……以前不会做的题目，我现在都会做了，应该能辅导孩子到小学三年级，一一得一，二二得四……先乘除后加减……天上飞来一只大鸟，不是不是，那是飞机。"

钟湘华绞尽脑汁将她所学的知识背给我听，只是为了证明她能带好孩子："孩子若像我，我不拿他和别人比，如果他也反应慢，我就慢下来等等他，总会开窍的。你应该家庭条件很好，又跑得快吧？你给我的感觉好亲切，跟妈妈和哥哥不一样。"

最后，钟湘华说起了自己拿刀的缘由："他们可以不把我当女儿，让我当牛做马都可以，可他们不准我做妈妈。如果我的儿子以后像我一样没有妈妈的疼爱，会很苦的。"

我如实相告，说自己的家庭没有比她好多少："如果你觉得我还行，希望儿子以后像我一样令人感到亲切，那么你要爱自己，不要自杀，不要再拿刀针对任何人。"

钟湘华双手顶住下巴，双眼微闭了几秒后，嘴角出现一丝笑容："那我不要被枪毙了，坐牢坐到老，我就出去带孙子，如果我老得不中用了，我看一眼他们就死。"

"想起他，我那几十年的苦都不在了。"钟湘华主动将话题转到儿子身上，说孩子听话，生产时没让她遭罪，有很多瞌睡，等等，至于之所以捅李桂莲七刀，是因为她有过七个孩子。

## 四

怀第一个小孩时，钟湘华才十六岁。为了给哥哥凑彩礼，她被迫嫁给当地一个大她二十岁的男人，上午她还在鞭炮厂织鞭炮，下午就被带到了山上男方家，干净衣服都没有。"等于自己被卖了三万块钱，我被男人按在床上时，第一次想到自己同学，她们应该还在读课文吧。我怕死了，房子陌生，床陌生，人也陌生，就这样了。"钟湘华说。

很快，钟湘华发现自己没来例假。"那个男人经常在外面做事，我不确定是怎么回事，让我妈带我去看大夫。她说没大问题，让我吃了一些药，出了好多血，几天后她才告诉我我当妈妈了，还没一分钟，又说孩子流干净了，我当时也是迷糊。"

从那以后，李桂莲会带一些避孕药给钟湘华，告诉她，只要男人回来了，就偷着吃。

两年后，李桂莲将钟湘华带回了家，男方那边闹事，她一点都不怵："一个未满十六岁的少女给你玩两年，还要怎样？你再闹我就报警，告你强奸，本来没有领证的，第一次是你强行睡了她！"钟湘华回想起来，又尴尬地笑了："我是反应慢，当时只是觉得这句话好像听着不舒服，具体哪里不舒服也说不上来，现在明白了。"

钟湘华在家里待了不到半年，李桂莲很快就又给她相了另一个男人，同样是个上了年纪的老实人。钟湘华又怀孕了，这次她没和李桂莲说。

"想做妈妈了，这是一种改变。没能保护好小时候的自己，就想一定要保护好自己的孩子，想着想着就甜。"

有心无力的是，钟湘华还是没能保住这个孩子，那个男人一喝酒就打人，一脚踢在她肚子上。李桂莲求之不得，当晚就把钟湘华接了回去，"我妈开心了好几天"。

第三次嫁人还是为了哥哥。钟湘平找的对象没有生育能力，离了婚。"我妈是这样安慰我的：'咱女儿没有掉价，越嫁越珍贵。'其实是越嫁越贵吧。这次我提了一个条件，就是无论如何，我要生孩子，我妈拍着胸脯说：'你也该要个孩子了。'"

用李桂莲的话来说，"湘华，你的肚子倒真争气"。一年后，钟湘华生下一对双胞胎，出院那天小孩就被人抱走了，来接她的是李桂莲，哭哭啼啼跟她解释："本来就只是让你给人家生小孩的，人家做大生意的，看得上你？你要闹，我们一家都完蛋。"

之后钟湘华又被"嫁"了两次，越嫁越偏，越嫁越便宜，"一个是赌徒，为了躲债自己跑了；另一个五十多岁，老婆和大学生儿子出车祸死了，为了给家里盖房，我给他生了个儿子，老头人不错，给我自由，我自己还能生，就没抢小孩了"。

再有，就是出生证明上孩子的父亲，"这次是我自己想嫁的，他对我好，把我当人看，有什么好吃的都想到我，重活都舍不得让我干，婆婆好，我们的小孩也可爱"。

我当时算了一下——钟湘华说有过七个孩子，还有一个，我问她是不是忘了。

她先是咬着牙，然后偏头望向角落："那个没生下来，很丢人，很丢人，我永远不会说的。"

除了这一点，钟湘华把能说的都告诉我了，让我有了想做无罪辩护的冲动。我们很少向当事人保证什么，但这次我向她承诺："你能亲自送小孩上一年级。"

## 五

过了一周，警方通知我，钟湘华符合取保候审的情况，但无法提出保证人，也不能交纳保证金，因此决定采取监视居住措施。关于是否取保候审，按规定他们应当在三日内做出决定的，同时我在申请书上也明确写了"愿意依法交纳保证金或找到保证人"，因而我第一时间向警方提出异议。

见面后，民警说他们征求了钟湘华的同意。如此一说，我便心照不宣。

钟湘华千恩万谢，直言警察和室友都比家人好，还向警察和我保证："我听话，不会跑，相信我能做一个好妈妈。其实我只有那一次拉大便在身上，后来再也没有那样的事了，他们只记得那一回，就要笑我一辈子。"

见到孩子的那一刻，钟湘华泣不成声，直接就撩起了上衣，"妈妈都给你留着的"。

我在马路的树荫下见了孩子的父亲，他比钟湘华矮，精瘦，满头大汗却把手里的饮料递给了我，自己抿了抿嘴说不渴，待会儿去招待所有水喝。

我没多说话，只说："你要好好珍惜，可以说她是为了你和你们的家才捅自己母亲的，至于她自己，早就逆来顺受了。"

钟湘华告诉我，从来不忤逆母亲的她，那天和李桂莲吵了三次。钟湘华说，这次就想和他一起领个红本本，以后再也不嫁了，她为家里做的事已经够多了，养育之恩和吃的粮食都还了。

李桂莲先是哄骗钟湘华，说不领证以后想再嫁既方便，也不算重婚："大傻子，如果你要那个红本本，我俩都要把牢底坐穿，你妈我走南闯北，比你见得多。"

钟湘华一脚踢翻凳子："就算坐牢也要领，我也是你身上掉下来的肉，你疼我一下。"

李桂莲抓起凳子砸在钟湘华的后背上,钟湘华倒在地上一时无法动弹,晕倒前,李桂莲还在破口大骂:"装死就厉害。"

不知过了多久,钟湘华醒来,又哀求李桂莲将户口本给她。李桂莲非但不给,反而威胁钟湘华:"我改天就找人把你那个傻儿子给卖了!"

"那已经不是她的孩子了,是我的孩子,她居然还想卖!她像个鬼,让我害怕了。为了保住我的孩子,就想除了这只恶鬼,桌上刚好有一把水果刀,我刺了她七刀。"讲述案发过程时,钟湘华很平静,没有哭,像是在说别人的事,临了还吞吞吐吐地问我:"我还能不能领那个红本本?我想被政府承认,这样我出狱后就有家能回。"

我想了想,法律规定服刑人员依法享有婚姻权,但民政部门规定,婚姻登记男女双方必须亲自去婚姻登记机关,所以实际操作时难度较大,甚至可能要监狱管理局出面。好在现在是监视居住,如果早点向公安机关申请,也不无可能。

事情进展很顺利,钟湘华男人不在乎她的任何经历,求之不得。警方在经过讨论之后,回复"问题不大",民政部门也表示愿意配合。

领证那天,钟湘华穿了一件红色T恤,扎了个头饰。在民政局,她特意叮嘱我问新郎:"你愿意娶钟湘华为妻吗?"男人回答:"我愿意。"接着她又提醒我:"你还没有问我,我也要问的。"于是我又问了一遍,她回答:"只要你不嫌弃,愿意等等我,一出来,我就赶紧跑回家。"

回去的路上,小孩一直哭,钟湘华却满脸温柔:"孩子你哭也好,笑也好,我都觉得是很好的日子,苦点累点都没关系的,你放心,妈妈还年轻,有粗茶淡饭的。"

一个多月后,小孩满一周岁,钟湘华被重新收押了。

## 六

两个月后，我见了李桂莲，铩羽而归。

我说自己是律师，她直接问："谁的律师？"我以为她们毕竟是母女，让她出具谅解书应该问题不大，她却骂我"算个什么东西"。

第二次是李桂莲主动要求见我，说她要求很简单："我所有的医药费你给我出了，外加两万块的赔偿，你让我写什么就写什么，那个婊子婆你带回家做用人都行。"

我让她尊重一下自己的女儿，同时斥责她涉嫌诈骗罪："卖儿卖女的真少见。"

李桂莲若无其事："你不要以为我不懂法律，我女儿的姓名、年龄以及家庭住址，都是真实的，不是虚假信息，彩礼收的现金，还是用红纸包的。我还告诉你，我连证都不让她领的，就是为了防止有人告她重婚，进去了就没法继续给家里帮忙了。"

经过调查我才知道，李桂莲在年轻时就因为骗婚犯下诈骗罪，被判刑三年。法院的工作人员都忍不住劝说，涉及家庭纠纷的刑事案件，被害人能够出具谅解书的话，减刑的力度是比较大的。可李桂莲横竖就一句话："要么赔钱，要么就枪毙！"

我不禁为钟湘华感到悲哀。面对侦查员的审讯，钟湘华一直三缄其口，就是怕将所有的事抖出来对母亲不利，"有人和我说过，她做的事可以在里面关到老"。

而钟湘华家里的亲戚，也没有一个愿意出面为她说一句好话，还有人说她就是个克夫克子的命，问我："你又不赚钱的，干吗为了这么一个瘟神如此卖力？"钟湘平开出的条件更离谱："老娘最听我的话，我让她写就一定写，只要你介绍个大学生给我。"

我最终放弃了要谅解书的想法。

⚖

案件到了庭审阶段，开庭前一晚，我一夜未眠。

经精神鉴定，钟湘华具备"完全刑事责任能力"。我认为她至少属于精神发育迟滞，作案时口中念叨鬼神之道，属于精神障碍发作，本想提出重新鉴定，可钟湘华却对这个鉴定结果很开心："我就说我不是一个精神病，也不是一个傻子，有政府给我发的证明在。"

我便打消了这个念头。

法庭上，李桂莲一直骂骂咧咧："婊子婆特意买刀弑母，天理难容，你们还审什么？给她一颗'花生米'就行了！我含辛茹苦把她抚养大，她倒好，做猪狗不如的事！"

公诉人是我的学姐，她气势汹汹地指控钟湘华是蓄谋已久的故意杀人——水果刀是钟湘华提前买的，捅了被害人七刀后，还咬住被害人的伤口不放，磨牙吮血，致使被害人为重伤二级，作案手段极其残忍，情节极其恶劣，检察院的量刑建议为十年。一旁的钟湘华听了，一直说"不是这样的"，然后瘫软在被告席。

这是我疏忽了，我问过钟湘华水果刀是哪里来的，她告知我是自己买的，笔录上也是如此说，我就没有多问。现在看来，出问题了——我没有追问她买水果刀的用途。

我提出的辩护意见是：被告人涉嫌故意杀人罪，但情节较轻，理由是该案是由家庭纠纷引发的案件，被害人的行为激怒了被告，有部分过错；被告人虽然对被害人实施了七刀的刺杀行为，但从伤害部位以及程度来看，是因其情绪不稳而胡乱刺杀的行为，她长期受被害人迫害，精神失常，属于激情杀人，而且被告人在恢复理智后，立即停止，自动有效地阻止了犯罪的结果，属于犯罪中止；在舔舐被害人伤口前，她让邻居报警并喊医生，具有自首情节，应该对被告从轻判处。

公诉方对以上意见都不认可，说蓄意买水果刀排除了激情杀人的可能，而"犯罪中止"实际应为"犯罪未遂"，因为当时外面办喜事响起了鞭炮声，吓到了钟湘华，导致她停了手。

案件的关键是凶器问题，我本想冒险，以出现新证据为由，向法官提出暂时休庭，却又因心里没底不敢贸然行动。我愿意相信钟湘华不是蓄意买刀的，想查清楚。

正在我矛盾之际，机会出现了。我指责公诉方办案全凭主观臆断，学姐脾气一上来骂了我一句："渣男，你就是瞎的。"我死咬着这句话不放，做出了一个连自己都鄙视自己的决定，当即向法官抗议："公诉人对辩护人进行人身攻击，并由于我们私下有过小矛盾，我有理由怀疑公诉人是在针对我，故而申请公诉人回避。"

法官说公诉人的言论是欠妥，不过申请公诉人回避应该由检察机关商讨决定。当我看到法官重重地敲了一下法槌，宣布休庭时，压在我心里的一块大石头终于落地，我至少有三天时间调查取证。

## 七

一出法庭，我就去了钟湘华的村子，找到了她买刀那家商店的老板，问他是否知道钟湘华买刀的用途。他如实相告："当时钟湘华说了一嘴，说是用菜刀切西瓜，有辣味。"

我问老板是否愿意出庭做证，他犹豫，我好说歹说，他在神龛前打了一卦，答应了。检察院驳回了我申请公诉人回避的请求，理由是我非当事人，与公诉方没有利害关系。

再次开庭时，李桂莲照样骂骂咧咧，倒是我方的证人让我感动，钟湘华处过的第一个男人，包括那个赌博的，还有那个喝酒打人的，他们都来做证了。

钟湘华向他们鞠躬，说对不起，他们摆了摆手，对钟湘华说："妹子你以后安生过日子就好。"

在陈述自己为何要吮吸母亲的血时，钟湘华把手指放进嘴里吮吸了几秒："我小时候手指被茅草割破过，妈妈就帮我吸手指，说口水能治好伤口，我觉得她爱过我。我是一气之下捅的妈妈，看着她流血越来越多，那该多疼啊，吸一下也许会好点。"

法庭上鸦雀无声，我补充道："如果真的是咬，被害人伤口上一定会有牙印，或者小伤口。我们不该无视一个母亲的残忍，同时不能否定一个女儿的温柔。"

李桂莲也是哑口无言，过了一会儿，开始说自己一个女人持家不易，有苦衷，并当庭表示愿意原谅钟湘华："我现在是受害者，过去的事你们就不要再翻了，算了。"

法院最终采纳了我的辩护意见，认为钟湘华是自首。鞭炮声更能掩盖现场的情况，她有条件将被害人杀死，但钟湘华幡然醒悟，没有继续实施杀人行为，属于犯罪中止，依法予以从轻处罚，判决被告人钟湘华犯故意杀人罪，判处有期徒刑四年。

⊲|⊳

2018年，钟湘华提前出狱。一年后，我接到她的电话，执意要请我吃饭。

见面的时候，她丈夫和孩子也来了，给我带了很多鸡蛋和一袋小米，她欢喜地告诉我，她和老公现在在工地上做事，她也学会了粉墙，能算一个大师傅的钱，"我家里现在干干净净的"。

"律师，我能不能最后再问你一个问题？我想你可以解决，我妈妈坐过牢，我也坐过牢，以后该怎么跟孩子说呢？我有点儿怕真的是龙生龙、耗子的儿子就是耗子。"

我让她不要多想："尽管你妈妈坐过牢，你也坐过牢，但是你改变了很多事，你和你妈妈不一样，你跳出了那个腐烂而封闭的世界，你给孩子的是崭新的开始。"

分别后，我收到她发来的一条短信："以后我想告诉那几个孩子，不要恨妈妈，他们想回来，我当牛做马都愿意养，希望他们过得好，以后的生活能做自己的主。"

是啊，我们的生活能做自己的主，这是多么美好的祝愿。

在农村，
离婚的女人无家可归

# 她们走上法庭

| 时间 | 2021年06月 |
|---|---|
| 当事人 | 王晴茨 |

"就因为我是个女人，碍着你们了？"

2021年6月,我受当事人委托,将一个村庄的十二名村民告上了法庭。

他们丝毫没意识到自己做的事性质有多恶劣,还振振有词地警告我:"你就等着认输吧。无论在哪儿,只要是农村,几百上千年都这么干,你来瞎搅和个啥?再说法律讲公序良俗,凭你一个律师和一个丧家犬一样的贪婪女人,还真翻不了这里的天。"

我说这件事无关输赢,"都差点儿闹出人命了,还公序良俗?匡腊英也不是丧家犬,和你们一样是村里人,生于斯长于斯。你们可以不认嫁出去的女人,但她要回家"。

当时,四十一岁的匡腊英就站在我身后。我们非亲非故,认识还不到一年。

—

2020年7月,一位自称"白婶"的老人打来电话。她说自己是我的远房亲戚,之后各种嘘寒问暖,我完全没听说过这个人,寒暄两句就挂了电话。

第二天中午,白婶又打来电话,说她已经在汽车南站了。"我六十多岁了,之前去过最远的地方是我侄媳妇儿生崽那天,去县城,一百多里路,吐得不省人事。你这里更远,坐了五个多小时的车,我感觉一路上脑壳掉地上,捡都捡不起来,下车就不知怎么走了。我晓得缠上门太不该了,要不是有天大的事,不敢麻烦你。"

我问她是我什么亲戚,白婶支支吾吾道:"好像是你远房表婶的娘家姑姑。"

为了谨慎起见,我打电话给表婶。听说白婶来找我,表婶语气急促:

"你可千万别去招惹她,老人家本来身体就有大毛病,发起病来很吓人。人也不好相处,动不动发脾气,村里大部分人跟她起过争执。我从没告诉过她你的号码,不知她从哪里要来的。总之你听我的,赶紧让她自己回去,这个人怎么跑那么远去害你……"

挂了电话,我跟白婶说,自己有事实在走不开。白婶当即在电话里哭了:"孩子,人活一世,我知道自己没落好名声,个个怕我,没人说好话。要是为了自己,这把老骨头碎了就碎了,无所谓。眼下我想为我的朋友出个头,就算有个三长两短也认了。我找你,是心疼你小时候吃过很多苦,吃过苦的人才更懂苦命人的不易。"

我忍不住问白婶:"到了您这个年纪,还在乎朋友吗?"

白婶说:"真正拿人当朋友,就会在乎,死都不怕。"

我决定至少先见她一面。为了保险起见,见她之前,我还联系了在汽车南站辖区当警察的朋友,打算和他一起全程录音录像。

⚖

在车站出口,我和朋友见到了蹲在那里不敢动、一直在左顾右盼的白婶。她身穿老式花布衣裳,左手提了个帆布袋,里面装着一只土鸡以及一塑料袋钱,右手拿了个纸牌子,上面歪歪斜斜写着几个大字:"癫痫病,发作请帮忙。"

见我一直盯着那个牌子,白婶像在宽我的心:"菩萨保佑,这一路颠簸,居然没有发作,很顺利。"说完又试探性地问我:"婶娘想抱一下你,就怕这个病吓到你。你放心,警察在这里,我把话说得明明白白,万一我发病去了,绝对不关你的事。"

我主动过去抱了白婶，问她："到底是什么朋友，能让您把命都给豁出去了啊？"

白婶抹眼泪道："其实你们能来我就谢天谢地了，我的癫痫病从几岁就开始发作，父母嫌弃我是包袱，早早把我嫁了。四十岁之前我都没朋友——谁敢靠近这么一个怪物？后来遇见了匡腊英，她跟别人不一样，才有了朋友。"

二

匡腊英是白婶邻居的老婆，是白婶亲眼看着嫁过来的，"性格好，温温柔柔的样子"。此前多年，村里没人去白婶家串门，而匡腊英当新娘子的那天就去白婶家里请她——以往这种喜事，村里没人喊白婶，都怕她发病晦气。

那天，白婶提醒匡腊英："你不知道我有癫痫啊？"

她拉着白婶的手说："谁都会生病，您身体不好才更要沾喜气。"

之前白婶的病发作时，周围的人要么看热闹，要么躲得远远的，还有人在一旁骂她是个"吓人的恶鬼"，要死不死，吓到他们家的小孩，不如早死重新投个好胎。白婶说："是他们嫌弃我在先，我才对他们没有好脸色的。"

为了生活，白婶老公经常出去打零工，白婶独自在家务农。她在山上发病就在山上躺着，在水田里发病就躺水田里，能起来就慢慢走回去。起不了，就一了百了，是没有办法的事。

可自从有次发病被匡腊英撞见，往后白婶下地干活，匡腊英都会一起，说发病时，身边没有个人，最是可怜。

"之后我再发病,旁边不再是阎王殿了。匡腊英帮我侧躺、扇风,用手绢抵住我的牙齿。醒来后,我听到的不再是虫叫,而是她在喊,'婶婶没事了,我们回家去'。看着再简单不过的动作,匡腊英给我做了二十年。除了怀孕生产,就没缺席过。就连她家正忙着盖新房,只要见我要外出,立马就会跟过来。"

匡腊英经常跟白婶说:"生病的人是最难的,我妈妈是心脏病走的,当时身边一个人也没有,像只小猫似的蜷缩在自家田边的水沟里。就算走了,身边总得有个人啊。"

二十年,始终如一日地守护一个人,让人听之动容。我羡慕她们有这样的友谊,也愿意用自己的专业知识帮忙,于是就问匡腊英到底出了啥事,"若是刑事案件,譬如说她杀人了,或者犯了其他事让我去捞人,那可能就无能为力"。

白婶连忙摇头:"她是最好的人,怎么可能做恶事。可惜碰上了一个不懂好的男人,倒了八辈子血霉了。陈勇昆那个挨千刀的,太没良心了,早先连狗都不如的东西,娶匡腊英占了天大的便宜……"

在白婶骂骂咧咧的讲述中,我大概知道了匡腊英眼下面临的问题。

⚖

匡腊英长相标致,体态丰腴,看着就是一个能生养的女人,嫁给陈勇昆后却好几年都没能生育。据说,是男方身体有问题。后来好不容易医好了,匡腊英终于在二十九岁时生下一个孩子,"不幸的是生了女孩,脸上还有一个大胎记"。

陈勇昆之前是在工地做小工的,知道自己长得难看,家庭条件一般,身体还有问题，就连盖房子都是匡腊英从娘家拿来的钱，所以前面几年，他对匡腊英算是百依百顺。后来陈勇昆的兄长在外面做生意发了家，陈勇昆跟着赚了点钱，对匡腊英的态度立时就变了——嫌弃她没文化，不会穿衣打扮，整个人松松垮垮的，动辄对她又打又骂。

2020年年初，陈勇昆在家待了几个月，有事没事就对匡腊英动手，还当着女儿的面骂道："你现在就是一个高龄废物，谁让你当年不生一个带把的，我赚再多钱也没用，守不住的。你不是个裁缝吗？怎么不给自己做件寿衣裹了去！"

匡腊英明白，陈勇昆是一门心思要将她们母女扫地出门。她同意离婚，但想讨个说法。

我提醒白婶，这不过是一起普通离婚案件，且双方都有离婚的意思，没什么难度，在当地随便找个律师就行了，她没必要冒着生命危险，跑这么远来找我。

白婶捶胸顿足道："农村的事，让你滚蛋容易，讨说法很难。我不是没问过其他律师，他们说没搞头，按照农村习俗只能走人。也是，谁在乎一个被丢弃的女人。"

我表示可以试着为匡腊英讨说法，接着提出送白婶回家。白婶感叹："我老了，往地里一埋就当回家了。你一定要领着匡腊英回家，在农村，离婚的女人无家可归。"

说着，她将那个红色塑料袋拿了出来，里面大到一百元，少到一元的各种数额的纸币都有，还有一些硬币，加起来大概有五千多元，说不够她还有。

我摆摆手说，不够也够了。

## 三

当天晚上，我见到了匡腊英。

几天前，她和女儿霞霞被陈勇昆赶了出来。虽说她娘家还有个木房子，但自从父母过世后，就一直没人居住。村里进行过水电改造，她原想着自己也不回去，便没有交费，也就没通水电，后来这个木房子被她叔叔当成了杂物间。

匡腊英只好带着女儿在镇上租一个杂物间住，一年租金一千二百元，不远处是公共厕所。见到我和白婶后，匡腊英赶忙扶住她说："白婶，以后我不能再陪你了。你少往山上田里跑，让叔叔不要再去外面打工了，两个人就在家里做事也能过活。"

白婶捏住匡腊英的手："你快莫说了，是做婶娘的没本事，没能护着你。婶娘麻烦你二十年，没什么报答你的，你说要讨个说法，我支持，哪能稀里糊涂被丢掉。我给你找了律师，自家人，你有委屈跟我说起不了作用，跟他说就不一样了。"

匡腊英请我进屋，随后喊霞霞去外面散步，顺便买瓶饮料回来，霞霞主动给我们倒了水才出门。匡腊英确定女儿走远了，直奔主题："人是我选的，后果我认。就是气不过他们，当着女儿的面说什么'给我们滚出去，你下出来的货，自己处理'。活生生的人，怎么个处理法？我来他们家，没偷人没做贼，忙里忙外，最后连一句好话都没落着。"

匡腊英的诉求是，男方将她当成抹布一样扔掉，她不强留，但该争的东西得争取，毕竟霞霞才十来岁。"男人现在手头有钱了，将我们娘俩一脚踹开，想再娶新人生个儿子。想得倒是不错，但打发叫花子也得给上二两米啊，何况他还是当爹的人。"

我拿出委托合同时，匡腊英问我律师费多少。我说白婶已经付了，匡腊英连忙摸口袋、翻行李箱，找了半天，总共不到五百元。她不好意思给我，只得说："怎么都不能让白婶给，她和叔叔赚点钱不容易。过几天我就去娘家借，不会拖欠太久的。"

白婶让匡腊英安心，说这个钱就得她出，"你实在要见外，就等霞霞长大了再说"。话音未落，白婶就哭了，又说起来往事："腊英，你连挨打都想着婶婶。记得有次被打得鼻青脸肿，肚子上还挨了几脚，痛得在地上打滚。刚缓过劲儿没多久，连诊所都没去，就一瘸一拐地来我家了，还记得我每天这时候都要去田里放鸭子的。"

"还有一次，你牙齿都被打掉了，还含混不清地劝我要好好活，说人要往好的地方想，就能把病熬死。我这些年没看过医生，好赖就是腊英守在旁边。"白婶满是自责，"腊英挨打时，我只会在一旁口吐白沫，没一点用，还要让你时刻记挂……"

匡腊英终是拗不过白婶，身上又确实没钱，也跟着哭："这个钱还是要还给白婶的……"

⚖

第二天，我和匡腊英去村里找陈勇昆交涉。

刚进村，就被一伙人拦住了去路，先说村里的水泥路是村民集资修建的，外地车辆不能驶入。

这时，白婶走在前头对我说："跟我走，看他们是敢杀人还是放火。"

有个人骂白婶："你无儿无女的，就不怕得罪了村里人，以后没人抬你上山吗？"

白婶挽住匡腊英的手道："我发病几十年，哪次是你们扶我起来的，以后还能指望啥？"

碰巧村支书经过，问清缘由后，骂骂咧咧地将那些人拉开，之后向我解释："不准过路是没有的事，不过我提醒你，家务事不好管，法律也要到什么山唱什么歌。"

我没理会，随匡腊英到了她家门口，只见陈勇昆操着一把锄头站在那里。他长得鹰头雀脑，眉毛粗短杂乱，一个大酒渣鼻，瞪着匡腊英大吼大叫："你个现世宝婊子，还有脸带律师来。我都说不要你个贱货了，是没打怕，还是不挨打就不舒服？"

我挡在匡腊英前面说："夫妻恩情已尽，没什么好强求的。听说你想让女儿跟她妈妈生活，我受匡腊英之托，来分割婚内财产，养小孩不容易的。"

"有个卵分给她，不然你们一起咬我？"陈勇昆将锄头往地上重重砸了下去，"识相的就快点滚蛋，什么律师也不能私闯民宅，这里不欢迎你。"

陈勇昆所说的话，我都录了下来，建议匡腊英直接一封起诉状递交法院。虽说他俩彼此看不顺眼，但离婚的诉求是一致的，至于财产纠纷，可以交给法院去审理判决。

匡腊英却不肯走，她摸着房子的外墙道："什么共同财产就算了，为了建这个房子，我累死累活出力不说，还将我爸生前卖苦力、我妈给人当保姆攒的二十万一分不留拿了出来。他们家只出了五万块，还说是借的，要两个人还。总之，你们要答应我在霞霞十八岁时将房子给她，不然房子我要占一半，就算死也要死在里头。"

陈勇昆把锄头往地上一杵，高声嚷嚷："房子啥时候轮到她来得！"

说话间，一个六十岁左右的老妇人忽然冲了出来，一看就知道是陈勇昆的母亲。她先是用手在屁股上摩擦几下，又摸了摸脸皮："少在那里拿屁股来当脸,你说出了二十万就二十万,有凭证吗?嘴巴一张就值二十万。说来也是,你那么能耐,野男人用火车皮来拉,不出两年就能赚个盆满钵满,何必来我们老实人家碰瓷……"

匡腊英忍不住了,嘶喊道:"做人要讲良心。我一心一意过日子,想着自己家建房子,就把钱取来用。我哪个时候做过什么见不得人的事,又几时好吃懒做过?"

围观的人立时多了起来,他们指责匡腊英:"别的不要说,想分房子就是不要脸。"

我觉得这样的争吵毫无意义,拉着匡腊英走了。我们都走远了,老妇人还追着骂:"烂泥扶不上墙。"

其实在和匡腊英签订代理合同前,我有过担忧。我知道大部分农村人将土地房屋看得比命还重,不少人为了一点土地拼个你死我活,就算亲兄弟也是说砍就砍,毫无亲情可言。何况是外面嫁进来的女人要分房屋,在当地,确实没有过先例。

但我想,法律本就是保护着那些弱者,让他们知道自己不是一无所有。即便踩了雷,也是爆一个就少一个,或许后来者就能再往前走两三步。就是这几步,往往能给那些被剥夺希望的人带去一点宽慰。

## 四

几天后,我递交了起诉状,请求法院判决离婚,并分割他们的夫妻共同财产。一场混战因此而起。

村里人骂我是土匪,说祖辈留下来的房子,啥时候轮到外人来夺。法官也跟我叫苦不迭："农村的离婚诉讼,就没有女方提出要分割自建房的。你不能总将在外面办案的思路带到基层来。你当然可以说有法可依,案子办完拍拍屁股走人,可口子一开,会激起民愤的,以后不知道还会惹出多少麻烦来。"

我理解法官的苦衷——农村宅基地自建房屋其土地性质一般属于农民集体所有,农村居民对宅基地只有使用权,没有所有权。有些房屋的权属还涉及未分家的两三代人,很难进行财产分割。

我也了解过,在农村自建房分割问题上,男方给予女方一定经济补偿的案例都少之又少。何况陈勇昆早做了谋划,自己账户上只有几千块,说只是在他哥那里跑腿,没有赚到钱;而且关于当年建房的出资情况,匡腊英也拿不出任何证明。

按照当地不成文的规矩,我确实是有自以为是、强出风头的嫌疑。可只要一想到,在农村像匡腊英这样的女人不止一个,她们嫁到夫家几十年,辛苦盖了座房子,到头来被扫地出门却无片瓦遮身,我觉得还是要做。

见我执意要做这个"出头鸟",法官私下跟我商量:"要不我判他们离婚,就房屋分割的问题,你们再另行起诉?"

我说:"这样的话,那我们起诉的意义在哪里?"

接下来,我最不愿看见的结果又出现了——在法庭上,陈勇昆一家将匡腊英骂得体无完肤,整个过程不是人身攻击就是诽谤诬陷,而匡腊英也朝陈勇昆他们直吐唾沫。

然而判决书下来,法官认定他们夫妻二人感情尚未破裂,不予离婚。法官掩住嘴巴道:"从他们的争吵中,我看得出两个人多年的感情还在的,你们上诉看一下。"

连陈勇昆都哭笑不得:"难道是我骂得不够凶,打得不够狠,稀里糊涂还有恩爱？"

无奈，我只得硬着头皮上诉，与匡腊英商议不对房屋进行分割，双方各得一半居住权。这样也算有个说法，给了法官面子，匡腊英也有了安身的地方，不用租房了。

⚖

二审开庭前，我们在法院门口遇上陈勇昆，他推了匡腊英一把，又揪着她的头发，看着我道："赶快拍照取证，免得到时候又说我们感情没破裂。"

好在市中级人民法院进行了改判，判决离婚，房屋居住权陈勇昆和匡腊英各占一半，女儿抚养权归匡腊英，陈勇昆支付抚养费。

匡腊英当时还向我感叹："总算有了说法。"

几天后，匡腊英说要带女儿回家。我感觉不妙，劝她既然有了说法，就别再去那里蹚浑水了，毕竟农村与城里不同，人情关系更复杂，她势单力薄没有保障。

匡腊英说，她改变主意了。"既然法院判了，我想给女儿一个自己的家。"她一脸认真地问我，"我们农村出嫁的女人，真的就只能嫁过来，再被赶回去，这辈子走个过场了事吗？说起来，还不知能不能回娘家，千百年来的事就一定是对的吗？"

这事若放在以前，我会认为匡腊英是自讨苦吃。可后来我明白了，很多时候，治疗沉疴痼疾的猛药，往往就是这种不够聪明、不懂变通、不被待见的人。他们不是偏执，而是在抗争。

匡腊英回家那天，白婶邀我过去吃饭，我便与匡腊英一同去到了村里。

陈勇昆的态度比之前有了一百八十度转弯，主动帮匡腊英提东西，还分好了房间，从堂屋中间划分，上下各占一半。他还找我谈话："既然法院判了，我就坚决拥护，不像你们还上诉。"

我不知道陈勇昆葫芦里卖的什么药，反正讨厌他唾沫横飞的样子，就没搭理他。案子告一段落了，我将律所结算给我的律师费返还给白婶，她却说事还多着呢。

## 五

回去还没到一周，匡腊英就给我打来电话，说她在村里如过街老鼠，连平时相处不错的邻居也摆脸色不搭理她："不用陈勇昆出面，村里人个个都想扒了我的皮，就连平时最基本的生活都无法维系了。"

陈勇昆不再打骂匡腊英。后来他不无得意地说道："姓匡的只要住进来了，得罪的就不止我一个人。我们族人包括全村人都得收拾她，就凭她也敢妄想坏了规矩！"

村里人说，法院判了房屋居住权给匡腊英，但没将田地承包权判给她。他们先是不准匡腊英种菜，接着又切断了匡腊英的自来水，只因水电的户主是陈勇昆。连匡腊英去井里打水也不允许，他们说井是村里自有的东西，修井的时候她没出钱没出力，无权使用。

这些问题，本来通过分户就能解决，只要匡腊英的户口在村集体，就有权使用之前的土地和水源，但她说问题在于人心。"我真的就只是一个外人了。"

没多久，陈勇昆新娶了一个老婆，之前口口声声说没钱分给匡腊英，婚礼却办得轰轰烈烈。匡腊英和新人住在一个屋檐下，更是遭人唾骂。

农村往往是一个或几个家族聚居，宗族势力错综复杂，事关土地和房屋，不单涉及利益还有面子。陈家人放出话来："我们不可能让姓匡的人占了半寸田土，她就算活着没脸没皮，赖在法院判给她的圈圈里，死了也绝不能埋村里的山上。"

最终，匡腊英还是没能坚持下去，拣了几件衣服就离开了："被孤立的滋味不好受。在他们村，我只是一个姓匡的痴心妄想的女人，还不如回娘家，虽然只是几间破旧的木房，但那究竟是爸妈留给我的家。我的姓氏，我的家族都在那里，自己的族人总是会护着我的。"

我说这样也好，离婚的女人是可以将户口迁回的，只是可能没有田地分了。

匡腊英说："没关系，能回家就好。至于田地，村里不再变动，爸妈的还在那里。"

匡腊英的父亲有个弟弟，自从前些年父母相继去世后，她在娘家最亲的人便是叔叔婶婶了。本来我还有点担心匡腊英回娘家弄不好又是一地鸡毛，但是她欢喜地告诉我，叔叔见她回来并没有冷眼相待，反而给她们母女专门安排了一个房间，杀了一只老母鸡，还亲自去塘里捞鱼招待她们，给霞霞也包了红包，说只要回来就没事了。

只是这种"好"没有维系多久。很快我便得知，匡腊英住了几天后，发现婶婶脸色不对，经常发无名火。她自己也觉得借住不是办法，毕竟叔叔家的房子不大，不到一百二十平方米，只有两层。大堂弟结婚了，有一个小孩；小堂弟正是成家的时候；堂妹嫁人了，偶尔也会回来。她自己家虽然破旧，但好歹有三四间房，重新安装水电就能入住。

于是，匡腊英想把户口迁过来。没想到她叔叔极力反对，几次劝说无果后，干脆在饭桌上撂了筷子，骂她是天生贱骨头，在外面无能又想回娘家钻营。原来，匡腊英的叔叔早就做了打算，计划这两年把匡腊英父母的房子拆了盖新房，给小儿子娶媳妇。为了取得村民小组里其他人的支持，他私自将匡腊英父母的田地和山都分了，甚至连老房子里的木头和家具都许诺给了别人。

前两年，村里对房屋进行确权（确权是指确认某一房屋的所有权、使用权的隶属关系和他项权利的行为）登记，匡腊英叔叔不知耍了什么手段，未让工作人员对匡腊英父母的房屋进行确权。

翻脸后，匡腊英的叔叔开始要无赖，翻来覆去就一句话："只有我敢要这个房子。"

他的说法是，匡腊英父母去世，匡腊英的户口也迁了出去，土地以及宅基地归村集体回收。不过乡俗规定，若是家族还有兄弟或侄儿，就归他们所有，外嫁的女儿完全没理由回来掺和。匡腊英能继承的只有地基上面的几块木头。"说起来，木头她都没有资格继承，我哥当年盖房的时候，自家山上的树不多，还是在我的山头运的木料。"

## 六

从匡腊英离婚到她回娘家，近一年过去了，却仍未有个好的结局，就连我一个律师都有点力不从心了。2021 年 5 月，我又着手帮匡腊英处理她娘家的侵权纠纷。

匡腊英叔叔说的话，与陈勇昆没什么两样："哪里来的狗屁律师，还想管我们的家事。你随便找个人问一下，哪有嫁出去的女人找外人来娘家闹事的。"

我提醒他，按照法律规定，女儿属于第一顺位继承人，怎样都轮不到兄弟和侄儿，就算村集体要收回土地，也要有正式手续。何况匡腊英结束了婚姻，户口迁回来，就属于本地村民，理应继承父母的全部遗产。

匡腊英叔叔拍着桌子道："前后两边都想要，法院不是判了她前夫那边的房子有一半属于她的吗？怎么就见不得自家人好，母女俩回来打劫。"

我让匡腊英叔叔替自己侄女想一下，她在那边毕竟是个外人，孤立无援。匡腊英叔叔扬起脑袋，问："她有替她的两个堂弟想吗？村里寸土寸金的，你让我们住哪里？"

匡腊英的两个堂弟更过分，抄起扁担威胁我："房子是我们祖宗留下来的，只是暂时分给大伯而已，自古男丁负责守祖产，谁敢抢我们的房子，我们就拿刀来劈。"

匡腊英担心我的安全，将我拉开，问我接下来怎么办。我问她："你还想回来吗？"

匡腊英回："当然想。虽然人心难测，但这里终究是我的家。我和父母美好的回忆在这里，他们没有重男轻女，只生了我一个，也没说要领养男孩。我自个儿也喜欢这脚下的土地。你看这儿视野开阔，外面稻田从不缺水，池塘里的鱼肥，土里的油菜花看不厌。不是所有女人都有能力去职场的，她们就是一辈子土里土气、住在农村。"

我理解匡腊英。这个世界上总有人受限于经历，看着缺少智慧、耿直倔强、不讨人喜，但他们只是想守好自己本来有的东西。我想护送他们一程，恶劣的环境和人性桎梏人，那就试着改变环境，凿一汪清水涤荡人心。

我让匡腊英尽快办理户口迁移手续，不料镇上办理户籍的工作人员告知匡腊英，要迁回村里，得村委会开具接收证明。

而村委会收了匡腊英叔叔的好处，故意刁难匡腊英，说必须经过她所在村民小组三分之二的村民签字同意,他们才能签字盖章。村民小组开出的条件则是,匡腊英要放弃继承她父母除金钱外的所有遗产。

在当地农村,之前十年左右是按户籍人口分配田地,后来由于很多人家占用农田建房子,田地没法进行继续分配,当地村民便默认原占有土地为固定的家庭土地承包。也就是说,增人不增田地,减人不减田地。

匡腊英若放弃继承,在村里就只空有一个户口。我去村委会告诉村支书,只要能证明匡腊英的娘家在这儿,他们就无权干涉。若他们一意孤行,我便向上面反映情况。

村支书勉强同意出具证明,但又说公章被妇女主任拿去公干了,要过两天才回来,他承诺一周之内一定把证明给搞定。匡腊英想着缓几天也不碍事,便回了镇上,让我也先回去。

谁料一波未平一波又起,一周后,匡腊英在电话里焦急地告诉我,因为房子的事,霞霞一气之下喝了农药,被送到了医院。匡腊英说自己"恨不得把所有人都剁了"。

原来,匡腊英和霞霞回村要证明的时候,发现自家的老屋屋顶没了一大半。前天晚上确实下了雨,但房屋不至于损毁成这样,匡腊英气得大喊:"我那混账前夫都没这么恶心我的,就因为我是个女人,碍着你们了?"

就在匡腊英要报警时,组里的人将她团团围住,说她的房子是危房,差点砸伤路人,要按照村相关规定拆除。说着就当着匡腊英的面拆起木板。这时,霞霞从书包里翻出一瓶农药,毫不犹豫地拧开盖子喝了一口,边喝边哭喊:"妈妈,我真没用,让他们这么欺负我们娘俩……"

万幸的是,霞霞喝的不是百草枯,送医院救治后,没有生命危险。农药是霞霞偷拿的,按照她后来的说法:"我没有能力保护妈妈,只能拿农药来吓唬爸爸家和妈妈家的坏人。"

## 七

那天我去医院看霞霞，她眨着漂亮的眼睛问我："哥哥，妈妈说农村女人可怜，运气不好，没嫁好也不敢离，离了就没家可回了。让我好好读书去城里，可我脑子笨，听不懂课，在班上总拖后腿，以后应该去不了城里，只能在农村受欺负是吗？"

我气得当场骂了一句粗话，霞霞以为我在骂她，我又赶忙道歉。我帮她擦去眼泪，说自己骂的是那些欺负女人们的"团伙"，并告诉她："虽说物竞天择，适者生存，但我从来不认为倾轧别人的家伙是什么强者。就像你妈妈说的，这个世上有很多人就算去了城里，也可能是弱者，但他们一样要过活。比如哥哥，读书不行，大学考了两次；工作不如同事，都快要被领导开了；中年找不到对象，相亲被嫌弃；但就算成了落汤鸡、落水狗，回家疗伤也是人之常情。"

走出病房，我问匡腊英警方那边是怎么处理的。她说霞霞喝了农药，那些人就停手了，警察调查后认为没有人逼迫霞霞，不构成过失犯罪，至于故意损坏私人财物的问题，证据不足。"他们说那么多人不能说抓就抓，建议我找律师诉讼。"

我告诉匡腊英，只要她不怕得罪人，我就将那些参与拆房子、占田地的人，有一个算一个，都告上法庭。就算不为了匡腊英，也要让霞霞以后有个想头。就算娘家没人，就算自己是个女人，也还有法律给她撑腰。所谓的乡俗，无非就是霸权当道。

匡腊英同意："就算把他们都得罪了，也是为守护我和霞霞的家，不怕。"

通过调查取证，我发现早在三年前，组里的人就贪掉了匡腊英的征地款，而她毫不知情。

山上的一个村庄因修路要占用他们村里的一些田地，刚好占用匡腊英父母的田地最多。征地款总共一万多块钱，组里的人分了一半，另外一半被匡腊英的叔叔和她的堂弟们拿了，至于其他村民的征地款，则一分不少地分到了个人头上。

⚖

2021年6月，我将那十二名村民告上了法庭。

有一位生了四个女儿的妇女跑来告诉我："在农村'吃绝户'，是那些人说的'福利'，很多人说现在的观念变了，大家都盼着生女儿，其实只是嘴上说说而已。在农村，不解决房屋和土地继承问题，重男轻女的现象会一直存在。你要帮帮我们，让农村的女儿也有守家的能力。"

还有妇女跟我诉苦："匡腊英一直说她被欺负是因为爸妈没有生儿子。其实我娘家有三个哥哥，个个高高大大，可是我挨打的时候，他们不准我离婚，怕我回娘家。"

然而就在开庭前，那十二个被告突然提出要和解，他们愿意承认房屋和土地归匡腊英所有，并出钱对匡腊英的房屋进行修缮，还愿意给一笔赔偿款。至于拿走的征地款，他们觍着脸说，这是历年"吃绝户"的习惯，看在霞霞喝农药的分儿上，愿意将钱捐出来。

法官说，和解无疑是不错的。但我拒绝了，说希望法院能做出判决，给一个判例。我当事人的权利从来就不需要这些人承认，他们不配，有法律送她们回家就够了。

2021年8月，匡腊英带着判决书回了自己的家。那天，村里的一些孩子执意要跟着白婶来送我，我问他们是否认识我，他们说："就想多看看你的样子。"

一个女孩给了我一个一百块钱的红包，她说："本来是该我们留住腊英婶婶的，谢谢你。"

我没有接红包，只轻声叮嘱她："一定要保持着这份仁慈之心长大，爱人如己。"

尾声

2021年9月1日，《中华人民共和国土地管理法实施条例》施行，其中第三十六条规定：依法取得的宅基地和宅基地上的农村村民住宅及其附属设施受法律保护。禁止违背农村村民意愿强制流转宅基地，禁止违法收回农村村民依法取得的宅基地，禁止以退出宅基地作为农村村民进城落户的条件，禁止强迫农村村民搬迁退出宅基地。

没有强奸的强奸犯，
演不好父亲的父亲

# 她们走上法庭

| 时间 | 2016 年 03 月 |
|---|---|
| 当事人 | 潭晓宇 |

十四周岁以下的女孩，是没有性同意权的。

判决下来之后，被告席上的谭晓宇张口结舌，声音颤抖，不停地喊冤，还多次回头问我："事情真不能改变了吗？"

我只是一个律师，按法律程序走，却无法穿透人心。

2016年3月，天气回暖，阳光没有绕过看守所，近在咫尺。"搬砖时最讨厌的太阳，如今倒成了稀奇货。我这辈子就没怎么做过亏良心的事。"我就坐在他对面，实在没什么可说的，法律条款跟他解释了不下十遍。人总要为自己做过的事负责，那一瞬间无论是邪念还是过失，时间一过，也再无后悔药可吃。

更何况，相较于受害人一家，他远谈不上"受伤"。

一

三十八岁的谭晓宇至今未婚。

"如果不是二十四岁那年被骗，我的儿女也该有十三岁了。"他双手托起下巴，闭起眼睛遐想，"人一辈子到底求个啥？吃那么多苦，最终落得个不知因果。"谭晓宇信佛，偶尔虔诚，偶尔迷惘，说自己看不懂这世道的因果报应。

"佛语说世间无常，知因果的人本不多，我们难免造作，无论是一业多果，还是多业一果，往现实里看，是你不懂法，有贪恋。等哪天有了儿女，兴许你可能大彻大悟，心甘情愿地消了这业。"我只能说这么一些看似在理的废话。

记得谭晓宇的老母亲领着十几个人来律所时，场面一度有些滑稽，我还以为自己在外面得罪了谁，人家上门来兴师问罪了。来人气势汹汹地指着我说："还有王法吗？你说说到底有没有天理，一个老好人，经常被人欺负，这次竟被人给蒙到麻袋里了。"

一位大妈提了一袋鸡蛋，原以为她会往我身上扔，我做好了随时躲闪的准备。听他们七嘴八舌、怒气冲冲地发泄了十几分钟后，方才松了一口气，原来他们是来找我帮忙"申冤"的。"为何这世道总是人善被人欺，好人没好报？你要帮着讨个公道。"鸡蛋是大妈带给谭晓宇的，她膝下无儿，女儿远嫁，每次农忙时节，谭晓宇总是不计报酬地帮她干活。

提鸡蛋的大妈说完，又是一阵骚动，原来在场的人多少都受过谭晓宇的"恩惠"。他们眼里的谭晓宇"慈悲、懂事、勤勉"，唯一的缺点就是有肝炎，小时候曾被学校同学孤立，加上家境不好，怕父母辛苦，初中没读完便主动退了学。

谭晓宇不打牌、不抽烟、不喝酒，十八岁以前打工赚的钱都给患肝癌的父亲治病了，最终人也没留住，家里却变得一贫如洗。到年纪了，当地没有姑娘愿意跟他相亲，一个个唯恐避之不及。

父亲临死之前，说没有别的遗憾，就希望谭晓宇能够尽快成个家。为了娶老婆，谭晓宇特地南下广东进厂。"厂里姑娘多，只要真心相待，总会遇到意中人的。"

令谭晓宇想不通的是，自己真的是一个很真诚的人——每次见到路边的乞丐都会给钱，厂里的拖把倒了他会扶起，给女生打伞总是让自己肩膀淋湿，出去吃饭从来不让女生掏钱，又不爱油腔滑调，弄一些花里胡哨的东西——"在厂里待了五年，愣是没找到一个对象，后来我去庙里抽签，解签的人告诉我，好事多磨，只要一心向善。"

这句无用的废话成为谭晓宇的精神支柱。

"除了嫖娼，我就没有干过缺德事。"在谭晓宇看来，嫖娼实属无奈，"佛祖能理解的，性欲也是我所求，他该有求必应的。"

## 二

与谭晓宇同岁的受害者父亲郑晟承认，自己和谭晓宇一样，都是卑贱的。

"知道真相后，我虽然气愤，却也恨不起来。只要他能坐牢，无论判轻判重，我不原谅，也不会揪着不放。他坐牢是应该的，钱你拿回去，让他留着自己用。其他几个警察管不了的狗崽子，就没这么好过了。"我拿着谭晓宇准备结婚的钱去找郑晟要谅解书时，郑晟如此回复。

郑晟上初中时，半夜梦游闯进女厕所，刚好有两位女生在，一阵尖叫吓醒了他，没几天他就因精神问题退了学。被人叫了三年疯子，十八岁那年，郑晟突然恢复了正常，可尽管行为举止不再怪诞，身边的人对他却始终有戒备之心。

郑晟二十岁那年，邻居有个女人丢了内裤和胸罩，四处嚷嚷自己亲眼看见是他偷走的："就凭你以前干过的那件事，不管你偷没偷，都不算冤枉你。"郑晟百口莫辩。

臭名远扬的郑晟同样找不到对象，直到遇上吴芹。

"我从来不捅孩子她妈的痛处，都是可怜人。"当地人说，若不是吴芹在外卖淫被抓，郑晟恐怕要打一辈子光棍。"谁会嫁给癫子。"

郑晟同样有着自己的温柔，他明媒正娶、热热闹闹地让吴芹过了门，从不因为她的过往而对她另眼相看。

别人骂郑晟变态或是疯子，他都一笑置之，唯独不能说吴芹的闲话。"我的老婆不能让人嚼舌根，过去的事过去了，再过不去就是不知趣。她现在是我老婆，我没说什么，你们也就要闭嘴，我也没打算求你们给面子，这是我们自个儿的生活。"

人微言轻，没有人在意他的深情。"偶尔他会发癫，为了一句话，像头野猪一样乱撞。"

⚖

四年后，他们费尽千辛万苦，终于生下女儿毛毛。在产房里，郑晟哭着对妻子说："再不让你受这样的苦了，我们不要再生了。就带着这个孩子，男女都一样的，只要她健康成长就好。"因身体原因，结婚后吴芹一直没能怀孕，三年间做了好几次试管婴儿。"我老婆说，浪子回头没那么容易，要付出代价的，为了孩子她花光了积蓄，陪嫁的首饰都卖了。"

毛毛是早产儿，出生后在保温箱里住了一个多月，身体不好，经常生病。前几年，她在医院待的时间比在家还要长。郑晟只是一个小工，家里的生活原本就捉襟见肘，更别提医药费。吴芹只得让郑晟照顾女儿，说自己出去当保姆，实则是冒着风险重操了旧业。

时间久了，郑晟听到风声也不敢捅破，只是用头撞墙，恨自己没用。每次吴芹回来送钱，俩人心照不宣，郑晟总会默默地去市场买只鸡，给吴芹炖了吃。"我还能做什么呢？"

吴芹送完钱，总是匆匆吃顿饭就走，只有来例假那几天才有空，回到家抱着毛毛又哭又亲："是我太自私了，非要带你来这个世界，也不撒泡尿照照自己是啥样，这不是害你吗……"

郑晟说，自己听到妻子这句话心如刀绞。"不管毛毛听不听得懂，我反复说，以后你可以恨爸爸无能，但一定要对妈妈好，她为了我们，受了太多委屈。"

那时候，我还不太明白郑晟为何要和我讲自家的私事。

## 三

毛毛六岁以后身体逐渐好了起来，而且长得聪明伶俐，成绩名列前茅，乐观开朗。在郑晟夫妇看来，这是最值得欣慰的事。"不管多苦多累，只要想着女儿正在慢慢长大，一切都值得。"

吴芹上了岸，不再游离于那些廉价的旅馆，在一个工地给人煮饭，一有时间她就会守在毛毛身边。生活有了奔头，会使人一往无前，养育女儿是彼此崭新人生的开端，他们一起期待着。

很快，毛毛长到了十三岁，身高一米六五，长相甜美。随着年龄的增长，毛毛的性格变了一些，变得爱打扮，偶尔逃学，成绩下降，不爱回家，也很少说话，总是刻意与父母保持距离。在郑晟看来，女儿大了，有自己的小心思，只当是叛逆期到来，都有这么一个阶段。"后来我才知道，大人容易忽略孩子在成长过程中所承受的压力。"

⚖

谭晓宇和毛毛素不相识，相隔千里，年龄差距又大，原本是八竿子打不着的。

在工厂干了五年，谭晓宇揣着三万块钱存款回了老家。经人指点，他花两万块买了一个"老婆"，女人长得倒是标致，就是后脑勺上秃了一大块，不过谭晓宇不介意，有好吃的都给女人，干活都是他一个人。

两个月后，女人告诉谭晓宇自己怀孕了。谭晓宇本还防着女人逃跑的，听到消息才觉得自己作为男人太过小人之心。"人家真心实意过日子，我却疑神疑鬼。想着等孩子出生再出去打工，此时不图别的，就是想照顾她、陪伴着，这个很重要吧。"

可还没来得及去医院做孕检，村里传来消息，说有人看见女人往镇上跑了，还好当时谭晓宇本家的兄弟也在，拦住了女人的去路。因看不惯她欺负自家兄弟，当场打断了她一条腿。谭晓宇见女人在地上呻吟，心生怜悯，又怕会给本家兄弟带来麻烦，于是当场宣布："作为男人，我从来不做强人所难的事，治好腿，去留都依她。"

女人出院后说要回去，谭晓宇给她五千块钱，女人千恩万谢，说以后一定会把钱还给他。关于孩子的事，女人说："我倒真想给你生一个，可惜是假孕。"

直到现在，谭晓宇都后悔不已。"曾以为自己很有男子气概，慈悲怜爱，没想到那是离婚姻最近的一次。之后蹉跎岁月，再不敢有奢望，就连那种腔大腰圆、牙缝里总是塞着菜叶的四十岁妇女，都只是偶尔从我这里弄个几百块钱去花，有什么办法？"

年纪越大，找对象的希望越渺茫，就连进厂都有些困难了，谭晓宇只能去工地上学手艺。至于成家，他说："只要能搭伙过日子就行，但人家为了孩子考虑，不愿找个有肝炎的人，怕传染，又穷又病自然会被嫌弃。"

好在网络兴起，有一个虚拟的世界能让谭晓宇徜徉其中，想发泄就打游戏，想体验温情就去聊天室，只有走出网吧，走在街上，望着车水马龙，他才会有所失落。"在网络上，没人知道我是个彻头彻尾的失败者，虚幻却有安全感，才是众生平等。"

虚拟的梦境很容易就把人耗老了，刚进网吧时，谭晓宇还是一个二十几岁的青年，等缓过神来，已是快四十的人了。"看开了这虚无耗时的东西，该回到现实了。"

遇见毛毛也是个意外。"游戏匹配的好友，声音好听，几天后她就主动提出加QQ，开视频。看样子不过二十岁，甜美可爱，只是说话老成，说自己被男人伤过，现在只想找个靠谱的人过一生，不嫌我年纪大，说生病谁都不想的，不该被歧视。"

第一次见到毛毛，谭晓宇便打定主意："原以为又是虚幻一场，她是如此真实，如此坚定，将自己交给了我。我一定要努力赚钱，让她过上好日子，一辈子对她好。"没过多久，毛毛和谭晓宇发生关系后，便说自己怀孕了："我当然很想生下来，不过医生检查出孩子有缺陷，可能是因为没有备孕，你长途奔波太过劳累导致的。"

正值元旦，谭晓宇刚好有假，便立马赶去见毛毛。此时毛毛已经安排好一切，在一家小诊所，说是朋友家的亲戚开的，检查什么的都做了，只要交了费就能马上手术。

毛毛进手术室之前对谭晓宇说了声谢谢，二十分钟后，诊所的医生急匆匆地跑出来，毛毛因宫外孕输卵管突然破裂，大出血，得赶紧送大医院，不然性命堪忧。事情变得一发不可收拾，手术后，毛毛被切掉子宫，吴芹差点跳楼。

## 四

一向"慈悲"的谭晓宇这次选择了逃跑，一个月后被抓。"直到被警察抓住，我才知道她只有十三岁，可他们不信。家里人能证明我确实在恋爱，谁承想出这么一档子事。"

《刑法》规定，与明知未满十四周岁的幼女发生性关系，无论该幼女是否自愿，都构成强奸。作为谭晓宇的辩护人，弄清楚他是否明知毛毛未满十四周岁很重要。因为根据《最高人民法院关于行为人不明知是不满十四周岁的幼女，双方自愿发生性关系是否构成强奸罪问题的批复》的规定，行为人确实不知对方是不满十四周岁的幼女，双方自愿发生性关系，未造成严重后果，情节显著轻微的，不认为是犯罪。

谭晓宇一直极力否认，手机聊天记录中也并未有谈及毛毛年纪的内容。他暂时未被批捕，我无法阅卷，不知公安机关那边是否有证据显示他知道毛毛未满十四周岁。

但谭晓宇因与毛毛发生性行为造成了严重的后果，从这一点来看，情况实在不容乐观。为了谨慎起见，我决定先去诊所和医院了解情况，调查毛毛的怀孕周期。

等待医院批复的过程中，派出所打来电话，让我立即去一趟，有协议让我签。到了派出所，是所长招待的我，郑晟和吴芹在隔壁房间，毛毛的班主任也在，楼下有家属在闹，我隐约听到他们在说："是不是弄错了，只是一些十三岁的孩子啊。"

所长让我签的是保密协议。"案情复杂了，所有知情人都要签，已经上报县里了。"

事实上，这些事情早已没有秘密可言。在派出所没弄清的情况，一出门连细节都知道了——毛毛学校有六名学生被警察带走了，他们涉嫌轮奸毛毛，还拍了很多视频。从某种意义上说，谭晓宇只是个"替死鬼"，他陷入了一个十三岁小孩设置的圈套。

毛毛十二岁时谈了一个男朋友，理由是："他很酷，能保护我。"

那是一个典型的问题少年,经常逃课、打架斗殴,甚至盗抢。"我只要他爱我,给我温暖,保护我。"

毛毛认为自己不是叛逆:"长大了才知道自己低人一等,总有人说我妈是做那个的,爸爸是个变态,反正以后我像谁都不是好东西,还有男人调戏我,说睡过我妈。"在毛毛的世界里,"只有失望,再失望,大人都肮脏,还好我有一份美好的爱情"。

这份所谓的爱情让她去鬼门关走了一遭。在认识谭晓宇前一段时间,男友邀她吃饭,到那里毛毛才发现在场有六个男的,只有她一个女孩,他们不停地给她灌酒。对于当晚的事,毛毛毫无印象:"只是第二天醒来头有点痛,内裤好像换了,我没在意。"郑晟和吴芹见毛毛回家了,懒洋洋的,也没多问,因为之前她也有过去闺密家过夜的情况。

不久后,毛毛在街边捡到一本妇科医院的宣传杂志,封面上画面露骨,毛毛觉得好奇,翻开看了几页,上面恰好有关于早孕现象的描述。"我正好贪吃、尿频。"恐慌之下,毛毛找到男友,问自己是不是怀孕了。男友二话没说,承认是他的,"不过没钱做手术"。

男友私下里和其他五个人商量,想凑钱给毛毛堕胎,可拢共只凑出了二百块。据他们了解,即便是小诊所,堕胎至少要两千块。"我们只是初中生,哪里敢向家里多要。"

思来想去,他们达成一致:"卖视频,找那种可靠的,要隐蔽,原味内裤也值钱。"令他们没想到的是,"视频卖给第一个人以后,那个人也转手卖出去了,价钱越卖越便宜"。

他们几个怎么都没能凑齐堕胎的钱,毛毛的肚子偶尔会痛,"再不解决问题就瞒不住了"。

男友让毛毛自己出面:"那些老男人有钱又好色,你随便撩一个,然后嫁祸给他。"

"在我眼里，爱情至上，只要是他让我做的事，哪怕是杀人放火我也愿意。"毛毛听从了男友的安排，怕出意外，俩人还口头演练了一番，该怎么说怎么做。"不过第一次发生关系时我怕了，推开过他，但是没有用，就半推半就发生了。我按男友的要求，留了自己的内裤，是为了防备他到时候不认账，被他白玩了。"

那时候，毛毛还不知道，那个晚上除了她的"真爱"，还有其他五个人。虽然已经有很多学生知道那晚发生的事，但直到班主任领着警察告诉毛毛，她才知道自己遭遇了什么。

还是因为卖视频。

初二有个男孩从小学起就暗恋毛毛，某一次在寝室里诉说他"蚀骨的相思"时，室友悄悄告诉了他一个秘密："只要花一百块钱，就能买到你深爱之人的贴身之物，绝对超值。我也不藏着掖着，实话告诉你，是她的原味内裤，味道很浓。"

听说是毛毛的"原味内裤"，暗恋毛毛的那个同学问："你怎么证明就是她的？"

"我发誓是毛毛的，你以为她是什么仙女，一辆破公交车而已。我这里还有视频，只要你出得起价钱，就能看到她最原始的样子，很销魂，销量好，卖出去很多了。"

暗恋毛毛的那个男孩从家里偷了五百块，打包买下与毛毛相关的东西后，直接交给了毛毛的班主任。班主任当即报了警。

视频中清晰地显示：毛毛被灌醉后，六个男生分别与其发生了性行为。他们蓄谋已久，拍视频的理由是："为了不让我们当中出现叛徒，都参与了就会守口如瓶。"

## 五

我觉得有必要将这些情况告知谭晓宇，他听了以后破口大骂，完全不像先前一样要顾及个人形象，各种狠话脏话都蹦了出来："我要告他们诈骗，他们也该坐牢。"

我说是否涉嫌诈骗，还有待调查，关键是他们还未满十四周岁，不用负刑事责任，至于谭晓宇，我再次确认他是否明知毛毛未满十四周岁。谭晓宇坚决否认，并当场和我解约："我想找个完全站在我这边的律师，而不是一直追着逼问我真相。"

走出看守所，阳光和煦，路上的行人懒洋洋的，我也有气无力，不是因为谭晓宇和我解约，反正不退钱的，是这些事让我无力。

看守所对面是一家小诊所，我买了点藿香正气水，然后想起得去看看毛毛，仅仅是以个人名义慰问一下。一个十三岁的女孩，一出生就被好事者贴上了标签，哪有什么活路？

陪在毛毛身边的是她班主任，她怕毛毛的父母为难我。我过去时，毛毛刚好睡着了，那位年轻的女老师和我聊了很久。"现在班主任真难当，这两年我经常被气哭，我爸爸去世，我都没那么哭过，讲台下的哪里是学生，都是些爷爷和奶奶。"班主任大吐苦水，说学生骂不得打不得，稍微处罚一下家长就来学校闹，要开除老师，"要不就是学生要死要活，胆都吓破了，哪里还敢管他们，只能轻言细语。"

至于性教育，压根没有。"在农村和学生谈这个，家长还不闹翻天，他们自己又不重视这个问题。我带的是初一，私下恋爱的不少，我都没谈过恋爱，有些学生对象换了好几个，稀里糊涂的事肯定也干过不少，节假日我们又管不着，气人呢。"

说到毛毛，班主任连连叹气："是个聪明的姑娘，想法有点多，不能完全怪她。现在想来，这个社会越来越不宽容了，揪住人家一点小辫子就伺机起哄，不顾后果，不管会不会伤到人，毫无底线可言。"

班主任是指那些视频，一开始只是在几个学生间流传，自从毛毛的事传开后，视频反而被大量传播，尽人皆知，毛毛遭遇二次伤害，差点自杀，警方立案侦查。

毛毛醒后喊我过去，让班主任戴上耳机："想和哥哥说点私密话。"

她让我代她向谭晓宇道歉："我没想让他坐牢的，走投无路了才想出的歪主意。"

我问她是不是恨父母。毛毛立即否认："没有恨爸妈，只是不理解他们为什么要待在这么一个满是恶意的地方，你都不知道那些人说的话有多难听，我懂事才叛逆。"

我只能安慰毛毛，不是所有人身处厄境都有能力离开，有些人甚至要花上几代人的心血，才有机会换一个求生的环境。没人甘愿蛰伏于"垃圾场"，没人不向往自由。恰恰是现实导致他们寸步难行。

我问毛毛，谭晓宇是否知道她的年龄，毛毛低头抠指甲，像个犯了错的学生。"刚开始不知道吧，后来应该知道。有一次他要给我打钱，问我卡号。我提到自己没有卡号，等会考的时候学校会带我们统一办理。他就说怪不得很少用微信。"

就个人感觉而言，我更相信毛毛，但转念一想，自己已经不是谭晓宇的辩护律师了，没必要去多想。

走之前，我对毛毛说："你不用对谭晓宇说对不起，他得为自己的行为负责。如果以后周边还是一个刻薄而充满恶意的环境，你记住，对得起自己就行了，不要去管别人怎么说，努力往前走，甩掉他们。"

## 六

又过去两个多月，就在我庆幸自己提前从这个案子里抽身时，看守所的管教打来电话，说谭晓宇要见我，他想再次请我做辩护律师。我答应了，能再收一份钱，我一点也没觉得不好意思，而且拒绝给友情价，家属一次性结清。之前谭晓宇没有对律师，也就是对我说实话，这般小聪明其实是大忌，害人害己。

再次见面，谭晓宇解释道："我只是想换个完全支持我的律师，没想到他们待五分钟就走了。"

这次我着重向他解释何谓性同意权——十四周岁以下的女孩是没有性同意权的，相对于成年人而言，她们是弱者。不要说她们自己也想，一个三岁小孩，你给他毒药，问他要不要喝，他以为好喝，也会点头。她们无法准确评估自己的行为有何后果。

再者，一个女人和你调情，即便当你面买了避孕套，也并不代表同意发生性行为，只是买卖行为。衣着单薄，那是审美，也无关性暗示。哪怕成年的失足女，只要她拒绝，性同意权即刻就受到法律保护。毛毛是谭晓宇推倒的，所谓半推半就，就是推倒。

谭晓宇若有所思："如果是我女儿，我当然也不同意，可是我是被陷害的。"

听他这么一说，我忍不住说道："其实性同意权应该提高到十六岁，或许要更好一点。"

检察院的案卷证明了我之前的猜想，材料显示，毛毛于2015年在QQ空间发表过"说说"，配有她吹蜡烛的照片——谭晓宇在下面点赞评论："十二岁了，丫头生日快乐。"

谭晓宇这才完全坦白："警察审过我，我想起是有这么一回事，以为他们查不出来的。再者我要面子，不想让你觉得我是一个龌龊的人，那样你就不会帮我了。"

最终法院以强奸罪判处谭晓宇有期徒刑八年。被告席上的谭晓宇不停地喊冤。

六个涉嫌强奸的男生，警方经过一番调查后，认定其犯强奸罪，因未满十四周岁不负刑事责任，不予立案。郑晟和吴芹也呆住了："难道就这样了吗？"

## 七

那六个男生被依法收容教养，据说半年后就回了家。

大街小巷无人保守秘密，没人在意一个人的伤疤有多痛，能否愈合。毛毛一出门就会被围观跟踪，她成了过街的老鼠，没有人喊打，却被踩在地上。

他们无力搬迁，毛毛只能把自己关在家里，躲在床底下。她说，人活到最后，连爱情都是个屁。我只得在毛毛的"说说"下面留言："你才开始。"话没说完，因为我不知道怎样才算重新开始，要面对怎样的炼狱，会是重生吗？

吴芹想赚点钱，给毛毛换个学校。"我还能做什么？"

这些郑晟都不知道，因为他疯了。

2017年，"癫子"成了小镇新的笑柄。

"我的女儿是个儿子，你们知道吗？她其实是我儿子，没有人欺负她，带把的。"只要往那条脏乱破败的街上一走，就能看到那个"头顶大绿帽的变态癫子"。

"他妄想通过女儿改变命运，没想到女儿像妈妈，又掉茅坑了。"

"像妈妈比像爸爸好，至少还能卖，这家人啊脏了一个村，一个镇，不，一个县！"

再次来到这个小镇，只要多看"癫子"一眼，那些人就会主动跟你嘻嘻哈哈地说。还有人教育自家的女儿："你乱跑咯，你想变成癫子女儿那样，那么下贱吗？"

我是专程来看望毛毛的。毛毛仿佛变了一个人，别人骂父亲"癫子"时，她会跳出来和他们对骂。"我要护着我爸爸。"她还是和很多小混混骑着摩托车在街上溜达，染发、打架、满嘴粗话。

见到我时，毛毛理了理头发，讲话不再带脏字，还有些羞涩。我说这样挺好的，"打打架，混混日子，倒也不差，熬过这一段时间就好了"。毛毛捂脸，大哭不止。

情绪稳定以后，毛毛说她以前"就是因为脸皮薄，要脸才会被那些人欺负"。"做个好女孩压力太大了，要顾及名声、责任、过往。我想一死了之，可是我心疼爸妈。"

我让毛毛不要说了。"好坏不由他人评说，不要嫌弃自己，好好过活就是好女孩。慢慢反思，总会认清自我的，得先让自己长大，才能改变现状，将美好延续下去。"

"癫子"郑晟见状走了过来，拉着我的手一直说："女儿平安，女儿就是儿子。"见我盯着他的眼睛看，他赶紧低头，又跳又闹："冷冷的冰雨在我脸上胡乱地拍……"

我也唱歌："1984年，庄稼还没收割完，女儿躺在我怀里，睡得那么甜……"我始终认为，在我面前的是一个父亲，一个有点疏忽大意却竭尽全力要扮演好角色的父亲。

在外人看来，"癫子"越来越癫了，"衣不蔽体，浑身酸臭，他老婆也没想送他去医院，女儿还是没羞没臊"。

那几个回了家的孩子，有三个转去了别的学校，还有三个重返原来的校园。他们没有案底，过去的一切很快被抹去，生活又变成本来的样子。他们偶尔会大张旗鼓地调戏毛毛，久而久之，连"癫子"都敢欺负了，他们用棍子戳他的头，说："岳父大人在上，受我一杵。"

再往后，每次回老家路过小镇，我总是会停车看看这家人，偶尔给点钱，他们都不要。最后一回，"癫子"握住我的手哈哈大笑："女儿你十四岁啦，呵呵呵，十四岁了。"

当天下午，我就听到消息，说"癫子"杀人了，捅了三个小孩，全捅在肚子上。"他真是癫得没边了，居然还杀人。几个小孩只是戳他几下，有什么仇，什么怨，过去的事都过了，难不成还要冤冤相报，真是个'癫子'，小孩的父母怎么能受得了。"

三个小孩没有性命危险，"癫子"只捅了他们各自一刀，并念叨："女儿就是儿子。"

"癫子"出事的那天晚上，毛毛在空间里写了五个字："爸爸，妈妈，我。"

这一次，我没去看他们，婆婆世界，世相万千，我不想看到不愿看到的事，还有那个父亲。

## 坚决和"模范"丈夫离婚的女人

# 她们走上法庭

| 时 间 | 2020年07月 |
|---|---|
| 当事人 | 黄丹 |

意识到不能再这样下去的时候，
黄丹握着一把美工刀割伤了自己。

接到黄丹自杀的消息,我完全没有料到。

这一年,她三十八岁,在旁人眼里,她是个"没脸没皮、不知羞耻"的坏女人。我拉黑过她——有段时间,她变着花样骚扰我。给我发裸照;大晚上去律所的路口堵我;开一千五百块一次的价钱让我陪她聊天:"若难为情就先试着和我聊视频,我只要你做做样子看着我就行。"

为了躲她,我差不多有半个月不敢去办公室——我和她没有任何纠葛,只是她的离婚代理人。

很长一段时间里,她女儿都对她嗤之以鼻,她的父母也多次在公开场合向女婿刘世龙道歉:"是我们没家教,让你这么好的一个男人蒙羞,哪天你打死她,我们都没意见。"

那晚我挂掉电话,急忙拨打 120 并报了警,然后带着一位已婚的女同事匆忙赶去现场。

一

门没有关,黄丹躺在客厅的地板上,脸上、颈部都是血,上衣被染透了,左手手里还抓着一把红色手柄的美工刀,地板上一堆沾满鲜血的纸团,旁边的纸巾盒被掏空了。

见我们来了,黄丹点了点头,右手手肘撑地,艰难地爬起来坐着,声音微弱:"抱歉,吓到你们了。我不想死,没料到会这样。女儿不接电话,刘世龙在讲课,父母身体不好,担心他们受不了刺激,只能麻烦你们了,我按每小时三倍付费给你们。"

我和同事没有多少医学常识,不知脸上的刀伤该怎么处理,只能让黄丹保持平静,缓慢呼吸,跟她说不要怕,救护车很快就到。我问她,除了痛,是否还有其他身体部位不舒服;又问她能否喝水,有几处伤口,颈部有没有受伤，心跳是否正常，身子冷不冷。

"你们放心，只有这张脸要不得了。"

黄丹在自己脸上划了五刀，两边脸颊分别划了一个叉，中间还有一刀从眉心到鼻尖。

"终于得了两把红叉，小时候妈妈只准打钩。"中间那一刀，黄丹说是有两个自己，"要分开她们"。

到了医院，医生说还好伤口不深，缝了几十针，除了会留疤，其他没什么大碍，住几天院，坚持打针吃药，拆完线就可以回家了。面对警方的询问，黄丹大包大揽："我的家庭幸福美满，是我有抑郁症，一时糊涂犯了错。"民警批评她几句，就走了。

我疑惑地看着黄丹，她双手盖住纱布，无力地说道："还能信任谁呢，没有什么好说的，没有真相，这个世界没有答案。"

⚖

黄丹住院期间，除了请的护工，只有一个美容院的女人来过病房——是她给黄丹提供的麻醉膏，怕自己被调查，东躲西藏了好几天，见没有什么声响，才过来打探消息。

她的家人和朋友都没有出现，父母甚至打电话骂她："要死不死算什么，吓唬谁呢？"只有丈夫刘世龙发消息嘘寒问暖："听到这个消息我心急如焚，无奈俗事缠身，回不来。以后你可不能这么傻了，再不要闹了，知错能改善莫大焉，没关系的。"

黄丹的手机里全是刘世龙的温言软语，半句不恰当的话都没有，更别说粗话了。刘世龙虽然赶不回来，却在网上为黄丹每天订一束玫瑰花，还一天发十几条朋友圈为妻子祈祷:"你不必在乎皮囊,你永远都是我深爱的酒窝姑娘。"

他们很多共同好友在下面留言:"羡杀旁人,刘老师真的好暖,境界高,自己风度翩翩,有学识,还顾家,重要的是把老婆当女儿宠,女儿当情人一样溺爱。"

黄丹不领情,每次送花的人一来,她就浑身打战,吵着要注射安定剂。火红的玫瑰全都被她扔进了垃圾桶。对于刘世龙的嘘寒问暖,她只回复了两个字:

"离婚。"

## 二

第一次见到黄丹是在三年前,当时我正托着下巴在律所办公桌上打瞌睡,一个女人的声音吵醒了我:"就她了,我要找个女律师——"

前台随后跟了进来,说这个客户非要自己挑律师。我收起双手,仰头看着她站在我面前。

见她一脸惊讶,我才想起,中午趁主任不在时,我试了同事的耳环,忘记摘了。好在黄丹反应快,三言两语就化解了尴尬:"刚才脑子没转过来,我没有性别歧视,既然有缘,那就不找别人,就你了——我要和我先生离婚。"

谈好费用、准备签协议时,黄丹吞吞吐吐:"那个,冒昧地问一下,你多大了,结婚了吗?有没有接过离婚案?"

我不喜欢别人问我个人问题,没有回答,同事站起来打圆场:"人不可貌相，他在这里摸爬滚打有些年头了。"我顺着同事的话说："从实习到现在，接过的离婚案件至少几十件了，国内诉讼离婚琐碎又麻烦，耗时长，第一次如果没有相关证据，很难离掉的，你想清楚了没有？"

"离不掉没关系的，我不在意这个……"黄丹停顿了十几秒，"你有时间吗？初次见面，要不我请你喝杯咖啡？"

我知道她是想私下和我聊，就跟她出了门。

在咖啡厅里刚一落座，黄丹就迫不及待地问："你接过的离婚案件当中，有没有极端的、重口味的，比如女人受虐，夫妻生活那方面有问题的……"说完，她有点不好意思，盯着桌面。

我告诉黄丹，自己对夫妻间的隐秘之事早已司空见惯，见太多了，一点都不稀奇："家暴、出轨、感情破裂居多，极端的有性虐待、乱伦、无性婚姻等。我曾和一个女当事人一起去到捉奸现场，两个人赤身裸体躺在床上，当事人情绪失控，要杀人，我先拍照取了证，然后还得拿走她手里的刀。"

见我毫不避讳，黄丹端起咖啡，问我要不要加点糖，笑着说："反正签了约，就你了。有些事终有一天会东窗事发、得到验证的吧。"

这是我唯一一次见黄丹笑。

## 三

第一次约见刘世龙，我对他印象很不错。

温文尔雅，不摆架子，干净体面，虽然四十九岁了，却没有一丝油腻感，是那种知识分子的模样。刘世龙此前是学者、大学副教授，后来转行做了心理学相关工作，时常应邀给大型企业或心理咨询机构上课，也算是小有名气。

也许换作别人，听到见面理由就会把我轰走，说句"法庭见"算是客气的。可刘世龙却以礼相待，给我泡茶，吸烟之前还特地问我介不介意，得知我不吸烟，他又将烟塞了回去，并打开了窗户。对于我的到来，他表示理解："不上法庭，不代表不认可你们律师，我们恰恰需要一个有专业知识的中间人来化解矛盾。就算协议离婚，也应付费，她不给我来给。"

谈到婚姻问题，他说："首要条件是要保障我妻子的合法权益，该我配合的，我一定积极协商处理。闹到法庭对小孩也不利，我妻子虽然有问题，也是很好的一个人。"

我问刘世龙是否有家暴或其他不良嗜好："既然您说妻子人很好，她干吗要离婚？"

他一下变得语气急促，让我拿出手机："你现在就录音，任何时候我都对自己所说的话负责——难不成我会打一个弱女子、辱骂一个为我受过生产之痛的母亲？我是顾家的人，只要一下班就回家。不说自己的付出，对这个家，我一直坚持四字方针，责任、付出。中年男人有苦都要自己咽，上楼之前，能在车里抽根烟就算放风了。"

谈话结束后，刘世龙坚持送我到电梯口，边走边说："你不要有顾虑，一日夫妻百日恩，我很爱她，会尊重她的任何决定，婚姻自由，我敬畏律法，问题总会得到圆满解决的。"直到电梯门要关了，刘世龙才转过身。

这让我反而觉得自己有点失礼，好像在不断地刺探他们的隐私。

回去的路上，我又接到黄丹父亲的电话，说要约我见面。黄丹女儿在那边用稚嫩的语气告诫我少管闲事："爸爸是天底下最好的，妈妈本就心性淡漠，提前进入了更年期。"这种话一般小孩说不出来，我感觉有点怪，有点心疼，动起了劝黄丹放弃离婚的念头。

我答应和黄丹父母见面，想了解一下自己当事人的日常生活以及性格，毕竟，她无法提供任何可以证明需要离婚的证据。律师轻信当事人的一面之词，把自己套进去的情况不是没有，是该谨慎对待。

那天唯一令我感到不舒服的只有刘世龙的女学生，她打电话给我说，"咱们抽空吃个饭，交个朋友"，我说了跟她没什么可聊的，她却一再坚持，说了不少刘世龙的好话。

见黄丹父母之前，我征得了她的同意，并说出了心中的疑惑："真相如何，我不知道，只是你也太不得'民心'了，目前来看，就没有一个人支持你离婚的。"

黄丹苦笑："就是没有人支持，才要找个支持我的律师。你多见一些人也好，之前我没跟你说太多，就是想让你多接触，更为清晰地看待一些事，得出自己的答案。律师和当事人之间应该也有个磨合期，尤其我这种要耗很久的案子。"

黄丹的父母都是中学教师，除了言语上有点强势，不像刻板严肃的人，他们一见面就和我客套，先夸赞了我几句。谈及黄丹的成长经历，她父亲板着脸，时不时用食指敲桌子："她以前听话，没这么娇气。我们严格要求，她不敢忤逆，看小说都得经我们批准。学习成绩不错，大学是'985'院校。这么多年，唯一出格的，是刚上大学那会儿居然去文身。"

"被我发现后，老老实实去洗了。"黄丹母亲接过话题。

听到这里，我第一次发问："黄丹不敢忤逆、老老实实之外是否还会有压抑？"

黄丹母亲答得干脆利落："没有，不可能，婚后更不会！我挑不出我家女婿什么毛病——房产好几套，两辆车，有存款，却从不花天酒地，对自己节省，对亲人和朋友很大方。他俩结婚十年，女婿对我们照顾有加，就算是亲儿子也就做到那个份儿上了。"

他们认为，是黄丹在外面玩野了，受人蛊惑，"指不定就沾上了什么坏男人"。接下来的话里，黄丹父母反复提及的几个词，就是"责任""名声""孝道""妇道""纲常"。

我没有当下答应他们"劝说黄丹"的要求，说自己是律师不是调解员，无论对人还是对事，不太喜欢统一、绝对的评说，抛开婚姻不讲，单单就这些言论霸凌，我的确觉得有点不可思议。

两个老人收起了客气，骂我"想钱想疯了"。我心情反而舒畅了，就让法律归法律，评说归评说吧。

## 四

黄丹与刘世龙结婚，同样不是自己做的主。

刘世龙比她大十来岁，是媒人介绍的。刘世龙喜欢卖弄学问，黄丹当时很犹豫，她父母便说："你年纪不小了，挑三拣四的，人家不过才三十八岁，有学问也有错？知识是要花时间去拓展沉淀的，难不成你想找个很年轻却没有学历的初中生？找对象就是要找成熟的、顾家的。"

身边的人也都劝："人家一表人才，对你的好你不放在心上，我们可看在眼里。"

就这样，在众人的吆喝下，黄丹稀里糊涂地嫁给了刘世龙，开启了自己长达十年的无性婚姻。

"刘世龙从未拿我当人看，我怎么主动他都无动于衷，还不准（我）买玩具，买回来就逼我扔掉。"黄丹咬牙切齿，手背被指甲抠出了血痕，"但凡有外人在，他一定会扮演谦谦君子，对我照顾得细致入微，在家里洗衣做饭，从不让我插手。"

见我欲言又止，黄丹主动提及："噢，倒是施舍过一次，就是那一次怀了女儿。"

黄丹说，刘世龙去医院检查过，身体没问题，没有证据显示他有外遇，不像是同性恋。下班后准时回家，女儿上学之前都是他在带，去外面讲学同样带着女儿。"他若是同性恋，我也认了，至少也有个说法，不至于稀里糊涂到现在。"

黄丹要求不多，但至少要有。"前两年还好，女儿尚在哺乳期，我昼夜颠倒，忙得晕头转向，没有心思想那种事。巴不得他不要来添乱，他也就乐得个逍遥自在。"

女儿过了哺乳期，黄丹恢复了正常的作息，也恢复了欲望。对此，刘世龙会耐心地安抚她，但每次都会不高兴——他不骂人，也不打人，就喜欢用锤子砸东西，一声不吭。砸东西之前，还会在地板上铺上被子，砸完以后就去睡觉，睡一觉起来又是笑脸相迎，正常做饭上班。"后来只要见他抱那床被子，我就浑身发怵，仿佛是自己要受刑了。"

有次黄丹说想去外面住几天，刘世龙说："去吧，我给你订机票和酒店，在外面注意安全。"一切安排妥当后，刘世龙又在地上铺上被子，锤碎了几个高脚杯，然后光脚从玻璃碴上走过，吓得黄丹连声道歉，赶紧说"不去了"，把机票和酒店退了。

"他就是这样一个人，你说什么他都会照做，不赞同也不说，然后就会做出一些匪夷所思的事。只要我承认错误,他立马停止,说宽恕我,会一直陪伴我。"黄丹为了孩子,只能一忍再忍。"我只能自欺欺人,常给自己洗脑,告诉自己'我是性冷淡,是中性人'。人家变着法子丰胸,我却恨不得铲平它们。可后来,连自欺都不行了。"

女儿三岁时,黄丹被逼得患上了抑郁症,刘世龙主动接过带孩子的任务。"既能向外界展现'慈父'的爱,还能教唆女儿为他打掩护,他乐在其中。"

刘世龙一面冷淡着妻子,一面在电话里给人做情感分析:"如果将婚姻比作一套房子,性爱则是必要的软装,不然空荡荡的没有人味。作为男人,他当然且必须有色心,还要有色胆,肉体上不能忽视你,有时'酒色财气'是个褒义词。"

他说这话时,黄丹正在隔壁。"他的豪言壮语透过墙壁撞击我,我却不能发出声音,忍得喉咙嘎嘎作响——难不成我真的是个下贱坯子,只是一块能行走的腊肉?"

忍无可忍的黄丹提过协议离婚,说好聚好散,发誓会为刘世龙守住名声,不透露他的任何秘密。那次刘世龙不但搬出了被子,还让女儿帮着一起在地上铺。"当年女儿才五岁,拉住被子一角,小小身子不停地发抖,说着'妈妈,你又要伤害我的爸爸了吗,你不要我了吗?赶紧道歉啊,爸爸说只要你肯悔改,这个家就会在,我就能长大'。"

那天是黄丹最难过的时刻。"我发不出声音,在心里叫喊:要不是怕你没妈妈,我早就跳楼了!我想过去抱抱女儿,她哆嗦着身子往后退了一步,眼里满是恐惧。"

第二天清早,黄丹父母紧赶着上门来教育她:"你怎么越来越不听话了,就不替我们和孩子想想?夫妻之间吵闹很正常,婚姻不是儿戏,不要三天两头就喊离婚！"

黄丹说，刘世龙不和自己吵。父母立刻换了一套说辞："难不成要像我们一样天天吵，你才甘心？夫妻那点事，偶尔有就行了，男人也累，哪能随叫随到的。"

"就是没有过，我才难熬。"

"没有过？女儿怎么来的？他的体检报告我们看了。"

"只有过那么一次。"

"你又改口了，习惯性说谎！"

黄丹不再说话。父母继续数落了她一阵，丢下一句"不要回娘家"，走了。

黄丹感到窒息，想离家出走，却也没走远。那天下雨，刘世龙抱着女儿在雨里呼喊："孩子她妈，回来吧，无论怎样都不会嫌弃你的。你会好的，任何事一起去面对。"担心女儿感冒，黄丹弓着腰从角落走了出来。"躲着其实挺舒服，迷迷糊糊就睡着了，若不是女儿的哭声，我都不想醒来。在家我是整夜失眠，苦熬自己的命。"

那应该是旁人看起来非常温情的一幕，一个斯文的男人光着上半身，怀里抱着女儿，衬衫披在妻子身上，嘴里还不停地叮嘱："小心，前面有积水，慢一点，冷不冷？就到家了。"

黄丹事后说："那是一个小鬼百般温柔地哄骗着我去阎王殿，还不能拒绝。活着的人没有谁到过阎王殿，他们以为那里是天堂，羡慕、鼓掌，甚至幻想替代我。"

等推开家门，刘世龙的脸色马上变了，他将女儿拉到身后，质问黄丹："你该不该道歉？女儿因为你淋成这样，还在发抖，发烧了怎么办？她万一有个三长两短，你我这辈子过得去？"

黄丹茫然地说了句"对不起",坐在茶几上开始抽泣。刘世龙给女儿擦干头发换了衣服,为黄丹递上纸巾:"我们是众人皆知的模范夫妻,还不够吗?你怎么不明白,我作为情感专家,要连自己的婚姻都处理得一团糟,岂不砸招牌?我可以不在乎名声,我在乎这个家,都是为了孩子能够进入上流社会。"

## 五

第二次与黄丹会面,我拿出打印好的起诉状让其过目。我接过的类似案件,都只能以"感情破裂"为由,提起诉讼。她看都不看:"现在你才正式成为我的律师。只要你开口劝我好好过日子,我就解除委托,再多的钱都不要了。"我笑她想多了,律师怎么可能傻到去劝当事人复合?黄丹却坚持说自己没选错人。

临走前,我忍不住问她私人问题:"听你爸妈说,以前你很乖的,学习又好。生活在条件不错的家庭里,会不会或多或少背负着一些精神压力?"

外面的风吹得树叶沙沙作响,咖啡厅里却因暖气开得太高而有些热,黄丹双眼低垂:"我不是那样的,只是很早就明白,自己要成为他们想要的样子。我是被父母强行(将自我)藏起来的孩子,而刘世龙却主动将自己藏得严严实实的。"这是黄丹第一次评价刘世龙,"我有点疲乏了,先离个婚看看。"

但黄丹对丈夫的评价也仅此一句。"其他的不多说了。第一次见面我不是说胡话,离婚不是目的,就是需要个见证人,三五年我都能接受。你在一旁看着就行,离婚只是一个开端而已。"

果然如黄丹所料,每次她提到协议离婚,刘世龙都爽快地答应见面,电话里还总不忘讲一些大道理。临见面时，却百般推辞，转而让黄丹的父母、亲戚以及他们夫妻俩共同的好友对黄丹进行电话轰炸。

接连被爽约了五次后，黄丹放弃协商，正式向法院提起诉讼。"我在那个虚幻的地方待够了。"提交起诉状之前，黄丹还在我面前哭了一场。"最后一丝情谊没了。"

我们的诉求放弃了包括房产、车辆以及生活用品在内的所有夫妻共同财产，只要刘世龙同意离婚，黄丹甚至愿意给予一定的补偿。"我只要能走出那个牢笼。"

刘世龙拒不露面，嘴上却说该自己净身出户，并"含泪"将女儿的作文和画作发给黄丹。作文里写道："爸爸是个粉刷匠，经营着一个温馨的家；妈妈是个破坏大王，将房子砸得四分五裂。长大了我想做个裁缝，把家缝好，把我们三个缝在一起。"

黄丹看了冷笑一声，回复刘世龙："法院见。"

⚖

我们终究没能见到刘世龙，起诉状递交法院的第二天，有个法官联系我，说刘世龙通过律师向法院提出"管辖权异议"，理由是他户籍地确实在这个法院的辖区，常住地却在另一个区，说刘世龙还提供了部分票据和水电费缴纳记录，"不过还没立案"。

离个婚还提管辖权异议，实在少见，而且还是在没有立案的情况下向法官私下提的。法官说，这个空子刘世龙可以钻。"当然，还没立案，我先行调解，你们有什么打算？"

我心想，你凭什么调解，黄丹却很淡定："刘世龙走一步，我们看一步。你不只是律师，还是见证人。既然没法快刀斩乱麻，那就抽丝剥茧，慢慢来。"

黄丹私自将材料拿了回来，让我陪她去到另一地区的法院。立案庭的人拒绝立案："凭着几张票据，对方就让你来这边，你请的什么律师，我们这里就很闲吗？"

于是回到之前的法院，立案庭接了材料，之前那位法官私下又提管辖权异议。我说："案子还没立，没收到不予立案的裁定，你到底是法官还是和事佬？立案后也不一定是你来审理——就算是吧，认为管辖权异议成立，到时候移送案件就是，调解也是后话了。"法官这才不说话了。

## 六

开庭那天，才是真正的好戏登场。

刚到法院门口，黄丹便挨了她父亲一巴掌："丢人现眼的东西，我们到底哪里对不住你了。咱家从我往上数八代，就没有一个离婚的。又没人打你骂你，你图什么？"

我还没反应过来，刘世龙抢先挡在黄丹前面："爸，知道您气愤、为了她好。不过她这么大的人了，打人不打脸。我连一个手指头都不碰的，您这样打我心疼。"

黄丹捂住脸，没有生气，只是淡淡地说了一句："你碰我一个手指头倒好了。"我赶紧过去拉走黄丹，留下刘世龙继续和他岳父"讲道理"。

庭审现场乱成一锅粥，刘世龙的证人一大堆，全是黄丹这边的亲戚。黄丹母亲戴着眼罩，其他几个亲戚看着她直摇头，还有人小声骂："就是这个律师唆使的，谁不知道他安的什么心！劝和不劝分，他倒好，连这种钱也赚得安心。"

到刘世龙陈述时，他先自我介绍，各种头衔——大学教授、情感专家、领头人，各种研究成果，什么"攻坚模范"都来了，他掰着手指数完头衔，然后昂首挺胸，冲法官敬了个礼："当然，我最重要的身份是一个丈夫和父亲，这是我永远的身份。"

说完，他停顿一下，环顾四周，仿佛是在做报告，说到了精彩处，等待着掌声响起一样。

我向法官提出抗议："被告当前所说的与本案无关，法庭不是他的个人专场秀。"

刘世龙赶忙向法官鞠躬："我现在不说自己了，谈我们的感情。"

他拿出一个本子，对着话筒"喂"了几声，书记员小声提醒他："你刚才用的就是这个话筒，是好的。"

刘世龙吊起嗓子，自顾自念道："我用三世烟火，换你一生迷离……"书记员身体猛地往前倾，差点撞到电脑显示屏上。法官提醒她当心，打断了刘世龙。

讲了半天，刘世龙还没完："请容我最后讲一句，有必要科普一下，你们不要以为这句话出自网络，是蒲松龄正儿八经写在《聊斋》里的，人生只若如初见，奈何……"

黄丹实在听不下去了："反正我和你没有任何感情了，跑这里充什么情圣？"

我望向法官，他没有说话，一副"随你们闹"的表情，我附耳嘱咐黄丹："他知道没有证据，做戏而已，法官都没说什么，你不要被他影响。"

法官终于敲法槌了："不要讨论与案情无关的事，不要进行不必要的争执。"刘世龙又插话,握拳敲桌子,指着我说:"我不同意你的观点,但誓死捍卫你说话的权利。"我也被惹恼了:"我说话的权利什么时候轮到你来捍卫了?"

法官脸色铁青,刘世龙不说话了。我低头,全场安静了差不多一分钟,庭审继续。

最后,不出所料,一审法院以"夫妻双方感情没有破裂"为由,判决"不予离婚"。走出法院,黄丹用手半遮额头,在阳光下望向天空:"十年了,总算开了个头。"

## 七

黄丹第二次起诉离婚,是在第一次判决书下达的六个月后。据我的经验,一般再起诉,法院基本上会判离。当然也有例外,比如有些地区,一般要三次诉讼才能离掉。

为了避免黄丹成为"例外",我建议黄丹换个能力更强的律师,让我们主任上,"费用不增加"。黄丹拒绝了:"我还是得提醒你,你是一个'见证者',不能随便更换。十年的虚幻生活,没有什么比真相更重要,所有的东西都可以隐藏,真相不行。"

法官的调解其实毫无意义,只是必要程序:"我认为你们感情还有修复的可能,没有多大的矛盾,人生不如意十之八九,双方冷静一段时间,世上没有完美的婚姻。"整句话没有任何情感起伏,于他而言,可能是一句熟悉得不能再熟悉的话,完全无法顾及当事人的内心。

我沉默不语,黄丹望向窗外,一只苍蝇在玻璃上反复碰撞,一个塑料袋被风吹到半空不知所踪。

⚖

第二次开庭，刘世龙带了女儿过来，小姑娘进门就哭着发出尖锐的喊声："妈妈你到底来这里干吗，明明是你错了怎么还要恶人先告状？"旁听席上坐着难掩羞愧神色的黄丹父母，还有部分摇头、叹息、一脸恨铁不成钢的旁人，黄丹似乎无处安身。

庭审过程中，刘世龙还是那个语调："虽说婚姻自由，若自由不加以限制，定会泛滥成灾。婚姻其实不是两个人的事，有段冷静期很有必要。何况我爱人身患抑郁症，万分艰难，没有家的温暖，恐难愈合。夫妻不是同林鸟，恰恰是藤缠树。"

再次见到这副面孔，我没法理智："你的意思是，吃饭是你的自由，如果不加以限制，你就会被撑死，死无全尸是吧？婚姻不是儿戏，难道生命就该是儿戏？我的当事人得抑郁症的原因你不清楚吗？我看也不是藤缠树，就是鬼缠身，甩不脱。"

这次的法官是个五十来岁的中年人，他低下头咳嗽，敲法槌："原告律师不要夸大其词，勿对他人进行人身攻击，不激化双方矛盾。请注意法庭秩序，要实事求是。"

"实事求是就是他十年不要我，压制我的欲望！别人七年之痒一拍两散，我十年不痒孤掌难鸣！你们对，我们感情好，刘世龙绝种好男人，是我欲壑难填、无事生非。我十年的愤怒、委屈、痛楚、绝望，你们都以为冷静一段时间就好？"黄丹突然崩溃，猛地要扒开自己的衣服，"那我还要什么体面，让你们看看我干瘪的身子！"

法官让书记员叫来法警制止了黄丹的举动，将其带出法庭，宣布暂时休庭。休庭期间，刘世龙掏出他的体检报告威胁我："说我那方面不行，小心我反诉你。"

我大笑："谁告诉你离婚案能反诉的？就算你行，我是你配偶吗？我瞧得上你？"

刘世龙让我"等着"，他的律师想笑又不敢笑，憋得满脸通红。

为了女儿，黄丹一直没有和刘世龙分居，未曾拍下任何视听证据，我们确实无法证明刘世龙不履行夫妻义务，何况法院不可强制其做医学鉴定。而刘世龙除了体检报告，竟然还出示了网上购买避孕套的记录。按他的说法，他和黄丹一个月平均有几次夫妻生活："你们说我没有，请拿出证据，不是说谁主张谁举证嘛，我可是有的。"

第二次起诉的判决书和第一次相差无几，判决书甚至还颇为文艺地写道："夫妻间应该相扶相携，相濡以沫，共同建设美好家园。"

黄丹放弃上诉，转而安慰我："至少他的面具差不多被我扒下来了。"

# 八

八个月以后，我们进行第三次起诉。一段时间后，法院通知我们，刘世龙出国了，没有人收传票，暂时无法审理："要不你们撤诉吧，案子也不能一直挂在这里。"

我说："那就'公告送达'，不外乎再等两个月。"

法官双手交叉，身子往椅背上靠。"《中华人民共和国民事诉讼法》第九十五条'受送达人下落不明'的司法定义为：被告符合宣告失踪或宣告死亡的条件，法院才有权使用公告送达。刘世龙只是暂时失联，不算失踪，你不撤诉就中止审理。"尽管法条后半部分也提到，用规定的其他方式无法送达的，可以"公告送达"，但法官显然不愿意大动干戈，我也就不再争辩。

黄丹还是原来的打算："顺着事态走，看他还有多少手段使出来。"我以探讨法律的方式询问法官，可否调取他的出入境记录，委托我国驻他国的大使馆代为送达。

法官很不耐烦，语气冰冷："你怎么不上道呢，实际操作哪有你想的那么简单？"

没过多久，黄丹父母拿着文件袋过来了，后面跟着黄丹的女儿。黄丹父母将文件袋扔在黄丹脸上："这是我们的遗嘱，你执意要离，就没你的份。"

这次，黄丹撤诉了。"这事跟法院无关，我不贪图遗产，不怪律师。我认可你的专业和态度，不是你无能，这两三年感谢你陪我奔波，事情走到这里，看也看明白了。"

我很担心黄丹想不开，让她有事随时联系我。分别时，黄丹突然抓住我的手："放心好了，我不做傻事。他不肯放过我，我以后也是属于我自己了，女儿是他的。"我没听懂啥意思，只能祝她好。

⚖

四五个月后，黄丹来找我，与之前判若两人，口无遮拦，言语轻佻。

起初我好言相劝，偶尔说笑，后来越发觉得不对劲——她不但经常半夜打我电话，还发消息汇报自己一天做了哪些事，几时来例假都讲。我无力招架，当即决定刻意与她保持距离。见我不理她，她变本加厉，做出各种匪夷所思的事，有时发来怒吼的语音："你是我的律师啊，不应该保护我吗？我不打官司了，你要帮我找到自己，要快一点！"

我无法理解她的行为，不想卷入其中，遂将她拉黑。

一段时间后，她"红杏出墙"的消息又传来，风言风语，我只是听听而已，没当回事，但有一句话记忆很深，"是个男人都能睡到她"。据说刘世龙回国了，他一直将女儿带在身边，还在给人讲课。

不知又过去了多久，一个雨天我去法院开庭。我忘了带伞，准备冒雨跑去大厅，一个穿黑色风衣的女人举着一把伞快步向我走来，领着我上了台阶。我正想说谢谢，才发现是黄丹。这一次她没有油腔滑调，只是挥挥手说："你先进去开庭，完了再聊我的事。"

四个小时后当我走出法庭时，雨已经停了，黄丹坐在台阶上玩旋转陀螺。我不知道说什么，她将旋转陀螺塞我手里："放心，干净的，孩子们喜欢的小玩具。"

见我一动不动，黄丹斜着脑袋看我："对不起，给你造成了困扰，那时候的我不受控制了，都不知道自己在干什么。当然现在更严重，不过请放心，你的角色跟以前一样。我付费请你做个见证，瞧尽这段婚姻，天知地知没用的，它们不说话。"

"这段时间你在哪里？怎么过的？"我试了一下旋转陀螺。

"在乌漆黑的暗夜里，怎么过，还没过，怕是过不去了。我有瘾，戒不掉了。"旋转陀螺掉在地上，黄丹捡起它："莫怕，不是毒瘾，是性瘾。唉，这样你更怕吧。"

她如实相告：后来多次出轨是真的，刘世龙还是不肯协议离婚，还在继续表演，只要黄丹道歉，他便原谅。他说："我不在乎名声，就算爱人砍我几刀，我都要站起来亲吻她。是人都会犯错的，一个男人如果太在乎名声，就会伤到女人，我不会。"

"我也不再道歉,他的戏我看够了。或许我也是戏中人,不知是我扮别人,还是别人演我。开了锣,没唱完就不能停。"黄丹拉紧风衣,"我做过的事敢认,半夜梦见和一个男人发生关系,醒来竟然有点开心。"

黄丹似乎找到了出口:"每当负面情绪或是压力来袭,就使用器具,很容易排遣。后来不限方式,兴奋过后,会后悔,用消毒水将双手洗到脱皮,告诉自己没意思。"可过不了多久,黄丹又忍不住去看一些乱七八糟的东西。"我不知道吸毒是怎样的,反正如果停掉,我会眩晕,打不起精神,呕吐,有次将冰棍塞进去才好点。"

再往后,或许在意识到不能再这样下去的时候,黄丹便握着一把美工刀刺向了自己。

## 尾声

刘世龙自始至终没来过医院,但同意协议离婚了,黄丹却不肯:"我一定要让法院判决我们感情破裂,你锁了我十年。"

判决书下来后,黄丹用相框框了起来。"事情传开了,再没有人相信他了。"

十三岁的他，
何以为家

# 她们走上法庭

| 时 间 | 2019年07月 |
|---|---|
| 当事人 | 杜瑶家 |

很多小孩是在一片混乱之中默默成长。

2019年7月3日，我去看望当事人杜瑶家的孩子，小男孩叫辰辰，刚满十三岁。

敲门后，屋里传来吼声："你不说你是谁，我是不会开门的！"

我大声回答："辰辰，不要怕，是我。"

门开了，辰辰径直往我身上扑："大人说话都不算数！你到底还是来了。"

我许诺过常去看他的，时间一晃而过，九个月又过去了。也不是忘记了，只是我太害怕看到他妈妈又一次重蹈覆辙。

一

家里没有人，我摸他的头，问他在做什么。

他委屈地抱住我的腰，头不停地往我身上蹭。辰辰，长得像个小女生，长睫毛、高鼻梁、小嘴巴，皮肤很白，抬起头和我说话时，不停地眨着眼睛："我还能做什么，都快要饿死了。"

接着又拉我去厨房，指着锅里的蛋炒饭，低着头说："你看，还能做什么。"灶台上、地上撒的全是饭粒。

草草吃完饭，我带他出门，路上碰见他同学的妈妈，对方和辰辰打招呼，温柔地笑着问："这是你爸爸吗？看着好年轻，辰辰原来像爸爸。"辰辰也没有否认，只往我身上靠。我也没有否认，跟那位妈妈点了点头。

等人走远了，辰辰才回过头看了又看，自言自语道："要是爸爸也像你一样戴眼镜，会不会就好了……"

我们一路走到附近的广场，恰好看见杜瑶家和一名男子在不远处散步，有说有笑的。我连忙带着辰辰走了另外一边，同时掏出手机给杜瑶家打电话，问她在做什么。她说一个客人买了她两个钟，出来散散心。挂了电话，辰辰问我是不是妈妈，我没有作声。

"我都看到了，没什么的。客人买我妈妈的钟，她就轻松点，不用按摩，只要出来说说话就行。以后我有钱了，就把妈妈的钟都买了！"辰辰说。我问他，妈妈最近怎么样，他捡起地上的一块石子扔向湖里，告诉我："她不太懂事了，越发没追求了，我劝不动她。爸爸再也没有给过我们钱，亲戚们都不管了。"

"还有，那个叫李剑彪的叔叔后来还是经常来，说是照顾生病的妈妈。其实我都可以照顾妈妈了。我压根就不想看到他，可妈妈总是有理由，我有什么办法？"

我没答话，陪辰辰玩了一会儿，就得走了。我嘱咐他好好学习，不要忘了自己之前说的"长大想做警察"的理想。辰辰看我要走，一下哭了起来："我不要你走，我想当警察，可是你说当警察要读书……我不想待在学校，回到家里也烦，我没有地方去……"他哭得越发伤心了，断断续续地一直说着"长不大"的话。

我心如刀绞，恨不得立刻去向法院申请撤销杜瑶家监护人的资格。她曾口口声声地说，自己做的一切都是为了孩子，"只要为了孩子我什么事都愿意做，什么苦都能吃"。2016年，她当我的面这么说；2018年同样声泪俱下；这次，不用说，我再去找她，肯定也是如此。

我快走了两步，辰辰就在后面追我，说："要不你等我妈妈下班了，吃完饭再走，劝劝她……"

我回头对辰辰说："你这么大了，不用怕，以后自己戴眼镜，做一个好爸爸。"

"我真的还可以做爸爸吗?还是你安慰我的……"直到最后道别时,辰辰还这样问我。

## 二

2016年,辰辰父母感情生变,经熟人介绍,我接受了杜瑶家的委托,成为她的代理律师。在接手这个案件之前,我了解到的情况是:杜瑶家自幼丧父,十三岁出门打工,丈夫是没什么大出息的人,生气时喜欢砸东西,或者拿刀自残。

当时我想,既然是熟人的亲戚,杜瑶家遇人不淑、带着两个孩子也着实不易,没谈律师费就先去了。等见到他们夫妻俩,我却有点惊诧——

杜瑶家五官端正,当天化了浓妆,讲起话来十分有条理。相反,她丈夫却显得有些寒碜,穿着破烂、满面尘土,裤管上的泥巴还没干,说话磕磕巴巴的,也不敢抬头,见面时正蹲在路边随手拔着草。

见我来了,杜瑶家打完招呼,瞥了一眼路边的男人,对我说:"就这样一个废物,别带坏了孩子。"

当时辰辰也在旁边,上前拉住他父亲的手肘,说:"爸爸,你站起来说……"

男人推开辰辰,嘴里只嚷着:"两个小孩,你总得给我留一个。"

说实话,跟这一家人相处了一会儿,我就明显感觉,两个小孩比大人要懂事得多,尤其是大儿子辰辰,不仅对弟弟多有忍让,关键时候还能指出父母的不是来。我悄悄问辰辰,怎么看得懂大人的事,他面无表情地回答:"可能是见他们吵架吵多了,谁对谁错,该怎么做,自然就懂了。"

我也懂这种感受，很多小孩是在一片混乱之中默默成长。

眼下，见父亲一直无动于衷，辰辰只是摇了摇头，说："我很多时候只能看着你们干着急。"

这些年来，杜瑶家夫妻之间一直矛盾重重。

用杜瑶家自己的话说，她的婚姻就是一场失败的交易。只因自己从前与别人同居过，几经蹉跎，实在周旋不动了，才想着生儿育女，"不能拥有金钱和爱情，至少得有自己的孩子"。

她本想着自己最大的妥协就是随便嫁个人，至少能保证她在家里过活，让孩子接受良好的教育，然而现实却令她十分失望——男人在工地上做着脏兮兮的活儿，也没什么钱，下班回家倒头就睡，鼾声如雷。

"我就想要这么一点小精致，却不得不自己出去找工作补贴家用，给孩子存点钱。"她在一家还算正规的按摩店做技师，家里人却认为她在"败坏门风"，丈夫更是强烈反对，说如果她坚持去那里上班，就离婚。

杜瑶家听后说，那马上就去民政部门办手续吧。丈夫愣住了，又向她示弱，说只要杜瑶家不去按摩店上班，就不提离婚。杜瑶家说了一句"谁稀罕你"，男人听了，就当着两个小孩的面拿起菜刀，在砧板上砍下自己的左手小拇指，两个孩子吓坏了，哭喊起来。男人也疼得大喊大叫，但就是拒绝去医院，最后还是辰辰去药店买来纱布给他包扎的。

我告诉杜瑶家的丈夫，因为他有严重的自虐及家暴倾向，就算上了法院，孩子也不一定能判给他，所以还是希望能协议离婚。男人则反反复复一句话："小孩一人一个的。"

杜瑶家不同意，说他家就养不出什么好人。"就算给他，也会被带坏，不是杀人犯就是窝囊废，孩子跟着我才能有出息，为母则刚，我会给孩子自己全部的爱。"

那天，我看着杜瑶家没有她说的那么无助，便借口有事先走了。她虽然不高兴，却也不好多说什么。

## 三

一个月后，杜瑶家又联系我，言语里满是得意："离婚也不是什么难事，我自己就能搞定。他愿意签字，两个小孩的抚养权归我，他每月负担三千块钱的抚养费。"

我听了一点都不意外，跟她说，既然"自由"了，就带着小孩好好过日子。她让我先不要挂电话，说虽然没有钱付给我，却总该请我吃顿饭的，"最主要是想请你写一份离婚协议，得给孩子们一个安定的成长环境，保障他们最基本的生活，我再苦再累都受得住"。我答应了。

见面那天，杜瑶家穿了一件蓝色套裙，脚踩高跟鞋，手上拿了一个文件袋，走路很快。落座后，她熟练地给我倒上红酒，还对着小镜子补了一下唇釉。

我问了她一个问题，目前她一个月的工资不到四千块，两个小孩要上学，加上房租水电以及其他日常开支，日子过得捉襟见肘，如何保障小孩的生活品质呢？

"车到山前必有路，我自信能够找到更好的，这个社会男人多的是。"她跷起二郎腿，摇晃着眼前的高脚杯，抿了一口红酒，杯子边缘立马出现一个唇印，她尴尬地笑了笑，牙齿上也沾着口红。

杜瑶家丈夫过了半个小时才赶过来，穿了一双高筒雨靴，身上沾满泥土，不知道该坐哪儿，双手也不知该往哪儿摆。我把离婚协议书递给他，让他看一下，哪里不满意我再改。他没有看，只问签哪里。我告诉他签右下角，他又问了三遍："这里？是这里吗？是不是这里？"我说是的。

"是这里吗？"他又问了一遍。

"你好歹也上过初中，是不识字还是怎么的？"杜瑶家忽然用手抓住杯子，脸色铁青。

签完字，男人的手一直在抖，把协议书递给我后，端起桌上的一杯红酒一口灌了下去。他说下午还有事要做，趔趔趄趄地出了门。

过了一会儿，杜瑶家的母亲领着辰辰和弟弟过来，说以后她再不管杜瑶家的死活了，也不再帮着带小孩了，说完扭头就走。杜瑶家过去抱着两个孩子就哭了："你们以后要听话，妈妈真的不容易。"

辰辰还安慰她："离了就离了，反正你们在一起经常吵架，我们总是担惊受怕。外婆不理解你没关系的，我们不会嫌弃妈妈的，我自己也可以煮饭炒菜了。"

我本想多嘱咐杜瑶家几句，让她以后就算改嫁，首先要考虑到孩子，而不是自己，辰辰是一个敏感的孩子，小小年纪什么都懂，这种孩子很容易受伤。最终我也没有说出口，觉得不该对人家的生活评头论足，以至于后来，我常常为此自责。

之后的两年时间，我便没有关于杜瑶家的任何消息了。

## 四

直到 2018 年 10 月 2 日，我才再次接到杜瑶家的电话，她说自己被人打了，想让我过去一下。我许久才反应过来是她，本以为是她前夫打的，问她是不是感情纠葛。她说一两句扯不清，碰到了一个恶棍。

我不太想去，建议她先报警，如果她实在不方便，我可以帮忙报警，因为律师是不管这些事情的。

"我报了警，警察说是感情纠纷他们不管的，我现在真是众叛亲离！两个孩子还小，没有人可以帮我了……"话还没说完，她就把电话递给辰辰，"辰辰，你帮我求求蔡叔叔，只有他能救我们，你求求他呀——"她的声音由抽泣变成了呵斥。

辰辰在电话里止不住地哭。"他不是第一次打妈妈了，蔡叔叔就看在我的分上过来吧……"最后他还加了一句，"我的日子真的没有越来越好……"孩子的声音真切又无奈，我连忙答应了。

那天杜瑶家早早地在楼下等我，穿了一件臃肿的棉衣，重重的黑眼圈，额头上隆起几个大包，缩着身子，倚靠在门边。见到我时，她右手拍了拍胸口，停了一会儿才对我说："我浑身是伤，没法大声说话。"

她住在二楼，才十来级台阶，走了十几分钟。房间里一片狼藉，空旷的客厅里到处都是砸烂了的塑料凳，角落里放着一辆拆了锁的共享单车，辰辰和弟弟趴在折叠桌前做作业。

刚进门，辰辰就拿着作业本过来问杜瑶家数学题，两位数与两位数的乘法，他说自己会列竖式，但是不知道怎么乘。杜瑶家忍着疼痛教了辰辰四五遍，他还是虎头虎脑地看着她，说自己听不懂。杜瑶家便直接把答案写在了上面，然后去给我倒水。辰辰抢过水杯，将茶水递给我，说："叔叔，我告诉你，我要做警察，以后保护我妈妈。"话音未落，就往我怀里钻。"我去跟我爸爸要钱，他说我早都不是他的儿子了，让我去法院告他去。可他还是我爸爸，我怎么能告他？"

辰辰说话比以前更像一个大人了，我抱他的时候，他万分委屈："到底什么是命啊？我得认了又认，没完没了。"

我以为是家暴导致辰辰有如此想法，便让他带着弟弟去卧室。等孩子们走了，才转而问杜瑶家，到底是怎么回事。杜瑶家立刻泪如泉涌，随后闭着眼睛拉下一点衣服，只见她肩膀上全是瘀青，手臂也肿得厉害。杜瑶家指了指自己的脖子，说："他掐住我的脖子，把我按在地上，不停地捶打。"

辰辰应该是一直在偷听我们的对话，忽然跑出来说："我都吓得躲了起来。"杜瑶家让他赶快回房间继续写作业。"你好意思说！这么胆小，你弟弟还知道帮我打他。你以后要当警察的，都不敢出来说一句。"

"我要被打死了就不能当警察了。"辰辰丢掉作业本，转身回到卧室。

我跟杜瑶家说，辰辰的想法是对的，他很聪明，以后最好不要当孩子的面大吵大闹，大人打架不要让小孩卷进来，以免给他留下阴影或不好的认知。杜瑶家捡起辰辰皱了的作业本，将纸张一张一张地抚平，跟我说："辰辰现在的成绩一塌糊涂，在班上都是倒数，不知道该怎么办，要不要带他出去玩几年再说。"

这时候，辰辰又从卧室跑出来，拿出一瓶红花油摆在桌上，说："我不想上学！"杜瑶家拿起红花油往受伤处擦，夸辰辰懂事，说学校很好的。"蔡叔叔以前当过老师，你问他学校是不是很好？"

辰辰垂下眼睛："他又不能来家里教我读书。"

## 五

我无暇细想辰辰的话，继续问杜瑶家打人者是谁。杜瑶家皱眉忍住疼痛，认真地回答我："就是嘴巴会说，有情调一些。"

"他多大，做什么的，做了哪些有情调的事？"杜瑶家捂住胸口，至于怎么有情调，她好像也说不出来什么。

那个男人叫李剑彪，四十岁，是杜瑶家所在按摩店的服务员，她吞吞吐吐地告诉我："我们好像是后来才在一起的，之前只是普通的同事关系，比一般同事好一点。"

"你是否还喜欢他，会不会气消了就和好了？"我大概猜到了，杜瑶家是婚内出轨，难怪她当初那么决绝地要离婚，便没有兴趣继续听下去。

杜瑶家撩起打底衫，肚子上被打得出现一大片疤痕，一层一层的皱褶，肚脐眼外面也是一圈一圈的疤痕。"都是被他用烟烫的。你觉得我还会跟他好吗？他有性虐倾向，每次做完事，他就烫我，再跟他有牵扯，我就是找虐的畜生！"

我看着那些吓人的伤疤，还是相信了她能痛定思痛——这些年，尽管很多当事人总会好了伤疤忘了痛——但在伤痛面前，我总是会先选择相信，生怕他们觉得孤立无援。

我用杜瑶家的手机给李剑彪打电话，电话接通后，我没有说话，电话里传来吊儿郎当的声音："宝贝，你终于肯原谅我了……"我说自己是杜瑶家的律师，正在代理关于她被故意伤害的案件，希望他能认真配合，积极悔过。

"你少管闲事，信不信我弄死你？随你想怎么搞都可以。"李剑彪先是这样吓唬我，然后故意跟身边人交代了几句话，明显是说给我听的，"你去叫几十个兄弟过来，我要弄死一个人，有枪的带枪，没枪的带刀，也不看看欺负到谁头上来了。"

我见多了这般虚张声势，告诉他我就在杜瑶家的出租房里等他。杜瑶家赶紧起身去反锁了门，过一会儿又看了看有没有锁好。"你对他好像有点言辞过激，他很恐怖的，发起脾气来不顾后果的，这是他第四次打我了，我们要不要先安抚一下他，再做其他打算？"

我实在忍不住，又想撂挑子走人，转头看了她一眼，她就不说话了，过去辅导辰辰做作业。辰辰听了七八遍还是在摇头晃脑，她依然不愠不怒，捋了捋头发，讲了一遍又一遍。看到这个场面，我又心软了，在家里东瞧西看，目光落到那辆共享单车上，问她："这辆单车你搬回来的？"

"不是我搬回来的，他说是给我送的礼物，让我有时间去湖边转转……"

我让她有时间把单车还回去，继续放在家里涉嫌盗窃，又问她，李剑彪这样的人品，到底图什么呢？如果不能自力更生，还不如找个有钱人，让孩子过好一点。

"他哪里有钱！"杜瑶家显然没认真听，一时间很激动，"房租水电都是我出，平时他最多偶尔买个菜。"

辰辰头也不抬地说："爸爸可从来不打人，就他经常把我妈妈打得哇哇叫。叔叔你帮帮我吧，妈妈和他纠缠不清，都没空关心我了，只是嘴上说说。"

我联系了派出所民警，质问他为什么不受理杜瑶家的案件，也不做伤情鉴定，民警表示自己也很无奈："我们当时想带她来所里，她自己不肯，伤情鉴定我们可以现在约个时间。"

挂完电话，我告诉杜瑶家，只要鉴定结果为轻伤，差不多就能让他坐牢。

"要不还是算了吧，没必要把事情闹这么大啊，"杜瑶家给我递来一袋橘子，"这个你拿回去吃，很甜的。"

我气坏了，没有接，起身就要走。

辰辰提着橘子往我手里塞，说："叔叔，你是好人，看着你，我觉得自己能长大。"见我接了，他又拿起一个橘子扔地上，很大声地对杜瑶家说：

"我不知道是你活该,还是我活该。"杜瑶家过去抱他,他跑进厕所,将门反锁了。

我在杜瑶家的声声呼喊中走了。

## 六

仅仅过去九天,2018年10月11日凌晨一点,我的电话又响了。听筒里尖锐的声音划过我的耳膜,彻底将我惊醒,是女人的叫喊声:"蔡老师,你来救救我,救救我的小孩,救救我们……"后面几句,声音都是颤抖的。

又是杜瑶家,我不耐烦,让她有什么事情等天亮了再去律所办理相关手续,先付费再提供服务,大半夜的有紧急情况就找警察,说完我就挂了电话,准备关机的时候,发现她往我微信里转了七千块钱,附上一句话,说自己的全部家当都在这里了。

我没有领她的钱,正准备回消息拒绝,电话又响了:"他这次还打了辰辰……不管你要多少钱,我都会去凑,只要你肯过来帮我的忙……"杜瑶家又让辰辰说话,但是辰辰一言不发,任由杜瑶家怎么劝说,他都不肯出声。

我到底不放心辰辰。赶去的路上,杜瑶家依旧不停地打电话催我:"李剑彪让你有本事快点过来。"我听了很生气,骂杜瑶家说,都这种时候了,怎么还要受他驱使。

快到她家楼下时,我看见李剑彪正对着杜瑶家指手画脚,我打开远光灯照了他一下,然后熄火下车,车门没有关。李剑彪看见我后也走了过来,满身酒味,看了看我的车,想跟我握手。"律师你好,我和她说不清楚,你来了正好,这事警察都不管的。他们刚走,谈可以,不过你吓唬不了我。"

我当着他的面与一名警察朋友开了视频，他当时正在巡逻，说先尊重我的意思和解，和解不了再按法律程序来，该抓人就抓人。

李剑彪给我递来一根烟，说："我这样和你说啊，我练过武，真要打女人和孩子，他们娘俩受得了吗？还能站在这里跟你告状？"他穿着一件破皮衣，边角磨损得像鱼鳞片，个子一米六多，背微微有点驼，皮肤又黑又皱，看着除了稍微干净一点，从过日子的角度来考虑，远不如杜瑶家的前夫。

李剑彪噼里啪啦地说了杜瑶家不少坏话，说她在外面勾三搭四，洗衣做饭都丢给他，他不过是在教育小孩，就被诬陷成家暴："小孩子不打不成器，我能文能武，道上不少生死兄弟，都是讲道理的，偏偏杜瑶家是这样一个蛮不讲理的人，还把律师叫过来了……"见他话里话外还是拿社会上那种不三不四的人来威胁我，我便跟他说自己也想见识一下，刚好这个小区有个前几天刚出狱的"大哥"，我以前是他的辩护人。

他听后拉了拉自己的破皮衣，转而跟我讲起了法律。"我只是个在外面苦苦打拼的普通打工者，现在是法治社会，你是文明人，不至于让社会上那些乱七八糟的人来为难我吧？"他有些害怕，试图去拉杜瑶家的手，"我平日待你怎么样，你自己说说。"

杜瑶家用力甩开手，缩到了一旁，把头埋在墙壁上不敢看他，不停地干呕。我望向李剑彪，他赶紧向我摆手："还好她上了环的，应该不是这个问题，绝对不可能的。"

我实在看不下去他那副嘴脸了，告诉他，要是杜瑶家被打出脑出血或者内脏破裂的话，就不只是坐几年牢的事情了。李剑彪开始找各种理由，口口声声说自己的责任一定会承担，转而又说现在很晚了，医院急诊太贵，又说自己摩托车没有油了。

我拿出电话，说那让警车带杜瑶家去医院吧。李剑彪赶忙改口说，马上就去。

我和杜瑶家走到他旁边,他又说再等一分钟,就一分钟。我见他开始打电话,只是为了借五百块钱,都没有人肯借,打了快十个电话,好话说尽,才有人答应下来,他趁机又改口说要六百块,人家给他转了过来。

临出发前,李剑彪又把我拉到一边,说:"要不还是你开车去吧,我的摩托车真没有油了,叫车的话毕竟难等……"

## 七

杜瑶家做检查时,李剑彪又跟我说了半个小时杜瑶家的坏话,解释自己上次打人,是因杜瑶家去外面喝酒,带男人回来留宿,被强奸了,床单上有东西。"我原谅了她,却有了在床上虐待她的想法,法律应该不会管这个的。"

我警告他,性虐待也算家暴。

很快杜瑶家的检查结果出来了,除了软组织受伤,其他无大碍。李剑彪又突然神气起来:"我就说了我没怎么打她的,轻伤都不是。"

回到杜瑶家住处,李剑彪去开他那辆摩托车的锁。杜瑶家瞪他:"这就想走?"李剑彪拿起 U 型锁,冲过去就想打:"你还想怎样?一定要把你砸到住院才甘心?"

杜瑶家的意思是,李剑彪还欠了她一些钱。自从他们俩在一起后,李剑彪就再没有去上班。我问杜瑶家到底借给他多少钱,杜瑶家支支吾吾地说,就那么一点,也不多。李剑彪听了非但没有觉得不好意思,还锱铢必较起来,说自己买过菜、交过电费。杜瑶家也一点一点地和他算了起来,说哪天给他买了烟，几次给了他五十块钱打牌。

我听他们这样算来算去，只觉得头昏脑涨，干脆就去车里坐着。他们又在楼下吵了半个小时，杜瑶家哭着过来敲我的窗："我别的都可以不要，赔偿不要，医药费也自己认了，唯独那五千块钱啊，他必须要给我，那是辰辰的钱。"

我听着有点不对劲儿，问辰辰哪里来的五千块钱。

这时李剑彪马上过来点头哈腰，嘴里说道："你不要再问了，我欠的钱我一定会给，就这样了。"

我突然明白了什么，问杜瑶家那五千块钱是不是辰辰遭遇过什么给的赔偿金？杜瑶家蹲下去大哭起来："就是孩子被性侵得来的钱，这个钱我死都不会用的。"

眼下也不是解释这件事的时候，我只能先拿出手机对着李剑彪拍："就这个钱你也有脸开口要，还有脸赖账？"李剑彪双手交叉在胸口，似乎早就想好了应对措施，嘴角还有笑意："我欠的钱当然要还，欠债还钱天经地义，也就是说她欠我的钱那也得算，扣下来就算两清了。"

李剑彪说他们刚认识的时候，杜瑶家向他借了一千块给小孩交学费，后来还送了一台三千块钱的手机给她。"其他七七八八的就算了吧，"他想了想又说，"我再给她一千吧，就这样了。"

我恨铁不成钢，瞪着杜瑶家不想说话，她就是为了这样一个男人离婚，将小孩置于危险之中，还自以为是个伟大的母亲，口口声声说为了孩子愿意付出一切。

我一脚踢倒了李剑彪的摩托车，指着他说，如果这个钱他不还，我就曝光他。他不再狡辩了，说身上实在没有钱，可以写个借条，一个月后还。我让他现在就写。他挠了挠头，说让我帮他写。我说："你什么意思，让我帮着写欠条是要收费的。"他这才摇了摇头，说："我有些字不会写。"

杜瑶家忍不住笑出了声，说："有些字他确实不太会写。"

我只得写了让他照着抄，有些字他完全就是在临摹，歪歪斜斜的。杜瑶家拿到借条后说："你可以走了，只要你以后不纠缠我，我这次就放过你了。"

李剑彪听说自己可以走了，赶紧去扶摩托车，打不着火，最后推着车跑了。

## 八

我跟着杜瑶家上了楼，杜瑶家从柜子里翻出一份协议书和一张收条。

协议书上写道，"2017年下学期起，某某通过诱导胁迫等手段在厕所与辰辰'玩游戏'，经双方监护人协商，自愿达成如下解决协议：一、依据事实，双方家庭共同协商，由某某家庭一次补偿给辰辰家庭慰问费壹万元整；二、此解决为此事的最终解决，辰辰家庭就此事不再对学校和某某家庭进行其他任何诉求。"上面有双方家长、辰辰的班主任，以及校长的签名。

杜瑶家说，辰辰从四年级就开始厌学，时常回来说不喜欢自己的同学，想要一个人坐一间教室。有时裤子后面是湿的，她还以为辰辰尿裤子，笑话了他几次。说了好几次，杜瑶家都没有太在意，辰辰也就不再说什么了。直到2018年6月14日那天，杜瑶家过去摸了一下，发现辰辰裤子上的东西竟是精液，她才问辰辰是不是在学校有人欺负他了。

辰辰哭着说："我都说了每周四都会被人欺负，你还强迫我和同学处好关系。以前屁股被他捅得痛死了，烧火棍一样，你不管，现在都不痛了却来问东问西。"

原来，老师安排辰辰负责周四下午的教室卫生，一个六年级的男生经常趁这个机会来逼辰辰和他"玩游戏"，否则就逼他喝尿。有次，老师发现这个男生在走廊上抓辰辰的屁股，也没有说什么，只是告诉那个男生要注意形象，辰辰以为，这个世界没人救他了。

杜瑶家知道这事后，没有选择报警，而是哭哭啼啼地跑去问辰辰的班主任该怎么办。班主任告诉她，为了两个小孩和学校的名声，不要把事情闹大，建议双方协商处理。

杜瑶家提出要二十万的赔偿，对方拿不出来。杜瑶家减到十万，对方说自己也就是个打工的，真的没有。最后杜瑶家问他们能拿多少，那对父母跪了下来，"只有三千块"。杜瑶家跟着跪了下去。

校长发话了，说鉴于双方家庭都比较困难，多少加一点，"五千块钱一瓢水舀了"。杜瑶家说要是一万都不给，就抱着辰辰从学校跳下去，"我已经很对不起他了"。

杜瑶家本打算把钱存着，等辰辰长大了再给他，却经不住李剑彪的软磨硬泡，这笔钱最终也进了李剑彪的口袋。

⚖

第二天下午，我拿着这份协议书去找学校的校长。校长一上来就质问我什么意思："事情过去这么久了，难不成杜瑶家还想抵赖不成？她已经没有诉诸法律的资格了。"

我不禁替辰辰感到憋屈，就连他的校长和老师也没想过要关心他。我来只是想让学校出钱给辰辰找个好一点的心理医生，因为除此以外，没有更好的处理方法了。

校长说他也咨询过律师。"男性对男性构不成强奸，最多算故意伤害，撑死了算猥亵。那个作案的学生才十三岁，你能拿他怎么样？辰辰的名声不要了？"

我几番争取，最终校长同意了我的条件，答应给辰辰安排心理医生。不过后来被杜瑶家拒绝了。"辰辰还小，等过几年他就会彻底把这件事给忘掉，不提就没事。"

我尽力了。

身为母亲，杜瑶家没有虐待小孩，没人能申请撤销她作为监护人的资格，辰辰只能在她似有若无的庇护下，艰难成长。那天我离开时，辰辰把我喊去房间，说要告诉我一个秘密。"你知道吗？一个男人就算有小鸡鸡也可能是个女的，你信不信？"

我不知道怎么回答，只是告诉他，路再难走，回忆再难堪，总要踏过去的，只是比别人艰难一点，只要走过去了，就是一样的了。辰辰又说，好在男人不会怀孕。

⚖

2019 年 7 月 3 日当晚，辰辰给我打来电话，哭得很伤心："我还有事情没有告诉你，怕你对我们一家子都失望，那个姓李的又来我家了，妈妈现在直接让我们叫他爸爸。我想如果爸爸可以随便叫，那我叫你好了。"

我无法给辰辰希望，只能说："就只当那是一个称呼，以后当了警察，就没人逼你了。"

辰辰哭得更凶了："我有爷爷奶奶、爸爸妈妈、弟弟，现在又多了一个爸爸，只要有一个人懂事我就好过。那么多的人，都靠不住。"

"我可能当不了警察了，再说吧。"

我不知道自己还能说什么。

# "十五元按摩店"杀人事件

# 她们走上法庭

| 时间 | 2018 年 02 月 |
|---|---|
| 当事人 | 罗桂娇 |

再三考虑之后，
我决定走"极端"，
以"正当防卫"来做无罪辩护。

2018 年 2 月，一个 170 开头的电话打进来。

通常这种虚拟号段的来电我都不会接，挂了三次之后，短信来了："蔡律师，在忙吗？我是罗桂娇，还记得我吗？我想请你吃个饭。不嫌弃的话，等得空了告诉我一声。"

我一下记起了她，赶忙回消息过去，说这几天随时都有空。罗桂娇很快又打来电话，说马上就"下钟"，约我一起吃晚饭。我问她在哪里上班，她却支支吾吾，只说见面聊。

我清晰地听到那边有喘息的声音。

一

我们约好在一家西餐厅见面。罗桂娇比我先到，选了一个靠窗的小包厢。一见面，我先惊了一下。

我还清楚地记得 2015 年 4 月跟罗桂娇第一次见面的情形。那天，我去看守所会见她，她笔直地坐在椅子上，头发蓬乱，皮肤蜡黄松弛，手背上还有几个大小不一的老年斑。

眼下的她比之前胖了些，脸圆了，乌黑的短直发，一件 V 领黑色连衣裙，穿了丝袜的双腿并拢斜坐着，看起来竟比之前年轻了不少。

见我来了，她赶忙把烟掐灭，起身给我倒茶。

"罗姐最近气色好。"

"比不了你们年轻人，还差几个月五十岁了，恐怕撑不了几年。"

聊了两句，罗桂娇主动说自己还在做老本行："去年一月从监狱出来，一直想联系你见面吃个饭，但是我走不开。"

她说自己前段时间在医院照顾一个老头，是位离休干部。老头在医院住了好些年，实在无聊，某一天无意间就逛到了罗桂娇她们的按摩店。

从那以后，老头基本天天都去，每次都点罗桂娇。罗桂娇说他今年八十三岁了，做不了什么，也就时不时摸她一下，大部分时间在唠唠叨叨——聊他十四岁就参加工作的壮举，反反复复讲了好多，其他人听得不耐烦，瞌睡连连，他就大发脾气——罗桂娇有足够的耐心听他说话，就这样讨了他的欢心。

一段时间后，他干脆让罗桂娇做他的全职保姆，五千块钱一个月，包吃住。罗桂娇给他洗衣做饭，打理得干干净净。开心的时候，老头还会额外塞给她钱，带她逛街买衣服。说到这里，罗桂娇不好意思地笑了，可不一会儿她又红了眼眶，喃喃说："老头是好人。"

这样的日子过了半年，老头的子女们有天来医院探望他，才发现二人举止亲密。子女们当即对老头发了脾气，骂他老不正经。可老头脾气更倔，说："你们不照顾我，还不许我找人照顾？"

子女们气不过，只能骂罗桂娇："还要脸的话，赶紧滚蛋。"老头却一把拉过她："小罗你别怕，我保护你，谁敢过来老子毙了他。"

第二天，老头的子女们又跑来，应该是把罗桂娇的底细查了个底儿掉，在医院大骂她一个坐过牢的臭婊子，什么时候巧言令色改当骗子了。老头还是满不在乎："坐过牢又怎样！我现在跟坐牢没什么分别。"

看着这家人的架势，罗桂娇不想再掺和进去，不顾老人的挽留，转身走了。

等她气消了，想起老头的好，再去医院看他时，才发现他已经住进了重症监护室。医生认得她，带她过去瞧了一眼，老头赤身裸体躺在里面，靠各种仪器管子吊着一口气，看着痛苦不堪、凄凉无比。

老头已经熬了五个多月了，医生说如果家属同意拔管，就是几分钟的事，但拔了管，每个月一万多块的工资也就没了。有些家属是能拖就拖，甚至一拖三四年。

罗桂娇说："这次找您，就是想问问，有没有什么办法能帮老头解除痛苦？"

我摊手说，真是没有一点办法。接着问她怎么又做回这一行了："难道上次还没有被吓怕？"

罗桂娇说她也没有办法："蹲监狱那两年，确实比在外头的生活要容易得多。"

## 二

蹲监狱之前，罗桂娇工作的地方在临近立交桥的一栋三层老房子，右边与菜市场相连，桥下的人流量大，遛弯、下棋的，摆摊、兜售货物的，从清早闹腾到半夜。市场里一排小店，唯独按摩店的招牌最醒目，六个红色粗体大字："十五元按摩店"。

按摩店大多数客户是老年人，老板娘口头上对技师们说"不能和客人做出格的事"，其实一直都是睁一只眼闭一只眼。这家店开了将近十年，收入是怎么来的，她很清楚。

"十五元按摩"不过是一个噱头，罗桂娇她们会告诉客人：很少有人选择十五元按摩的，太低档；四十块，才有私密的空间，虽然不过是用一些胶合板隔出的，但好赖属于独立的"房间"。

技师们轮流"上钟"，罗桂娇的钟点最多，常有技师在背后说她放荡，什么都肯做，自然留得住人；还有人说，她"年纪那么大了，还能玩这么多花样"。

其实，按摩店里的技师都是四十岁以上的妇女，她们从不会说出自己的真实年龄，一般都只说三十多一点，也没什么人"放不开"，真正会按摩的几乎没有，往往随便捏几下便会问客人，要不要"打个飞机"，然后就有人火急火燎地开始解皮带。这事儿有的技师要加收五十，罗桂娇却不收，只有"做点"才收六十到一百不等。

有些二十出头的年轻人也过来，但都不会常来。罗桂娇对我说，老人的欲望不比年轻人弱，年轻时有时还能控制得住，挑人；等年纪大了，不管怎样都要忙活一阵，有的到楼下药店买个药也要跑来一趟，还有人带着一两岁的孙子来，小孩就丢在床头。

⚖

2015年3月3日，年还有两天才过完。"十五元按摩店"只有罗桂娇和其他两位技师留守，天气很冷，休息室里的窗户坏了关不紧，风打在上面发出阵阵"呜咽"声。

下午三点左右，肖佐龙来了，刚好轮到罗桂娇"上钟"。刚开始肖佐龙还很老实，问罗桂娇多大年纪。罗桂娇回答说三十六岁。

很快，肖佐龙一双干瘦的手开始在罗桂娇大腿上游离，罗桂娇便在他耳边轻声说："要加钱的哦。"

肖佐龙大声地回了声："我知道！哪能不给钱！"

罗桂娇做出"嘘"的手势，让他躺好。

那时肖佐龙七十三岁，儿女拖家带口在省外打工，他一个人待在郊区家里十分无聊，看电视没五分钟准睡着。想找个伴，可家里人都不支持，于是他每天搭城乡公交来城区闲逛。

"只准他们年轻人在花花世界玩，我们这些老家伙就等着做劈柴被烧？"他拉住罗桂娇的手就往自己裤子里塞。

一连加了两个钟，肖佐龙的身体都没什么反应，但说好的钱他却一分不少地掏了出来。

罗桂娇替肖佐龙穿好鞋子，帮他打开玻璃门，望着他走下台阶时，罗桂娇觉得多少还有点对不住他，想跑下去退五十块让他打车，却迈不开腿，只大声说了句："慢走啊，记住我是十八号，下次再来。"

肖佐龙扬了扬手："下次来找你就是，号子记不住呢！"

## 三

正月十五那天，街上人声鼎沸，天黑时分，四处都燃起了烟花。

这一天，按摩店又是罗桂娇和另外两个技师留守。电停了好久了，也没什么客人，在蜡烛底下，她们正商量着，待会儿是买炸好的能现吃的元宵，还是买汤圆来自己做甜酒冲蛋吃。

突然门外有人咳嗽，进而大声嚷嚷："怎么乌漆嘛黑的？今天过节，怕是没得人吧！"

罗桂娇急忙出来相迎，借着手机的光，才看清是肖佐龙，他手上还提着几斤苹果。

"老爷子今天怎么过来了，儿孙们肯放你出来？"

肖佐龙把苹果往柜台上一放："你拿去吃！他们没空闲管我，初六就出去了。"

罗桂娇掏出一个苹果，笑了笑说："正好没吃饭。"

"你也没吃饭？六点了，我也没吃，一起去吃个饭！"

"那你先去吃点东西再来？这会儿反正开不了空调，应该八点左右会来电，我在这等你。"

"一块去！给你算钟就是，多大点事！"肖佐龙说。

罗桂娇犹豫了一小会儿，还是有点怕："要不晚点一起吃夜宵？我们平时是不能外出的……"

肖佐龙掏出一百块钱往罗桂娇手里塞："走咯走咯，别跟我啰里啰唆的！"

罗桂娇打算就在楼下找个饭店撮一顿。不承想肖佐龙叫了的士，说外面的东西不好吃，他自己就是厨师，屋里没人，菜都是现成的，回去做给她吃。

换作平时，罗桂娇是无论如何也不会去的。那天马路上的风很大，四周的烟花响个不停，店里一片漆黑，老头的眼神里又满是期盼，她便拉开了车门。

出租车开了二十多分钟才到，肖佐龙的家不远但有点偏僻，四周都是两三层的砖房，以及荒废的农田。

"就不怕周围的邻居说闲言碎语？"罗桂娇问。

肖佐龙掏出一串钥匙找了好久，一边开门一边念："他们管得着？信了他们的鬼怕是没盐吃。你不知道，我们这里有几个老头，给一斤鸡蛋就被哄去参加什么科技公司一日游，游回来万把块钱没了，买了一大堆垃圾回来。就这样还说我不长脑子。"

进屋后，肖佐龙给罗桂娇倒了杯水，打开电视，将果盘端了过去，让她吃瓜子："菜是现成的，一会儿就好。"

罗桂娇看了一会儿电视，空调的暖风吹得她昏昏欲睡，便干脆靠在沙发上眯了一会儿，醒来时，餐桌上已摆了五六个菜。

肖佐龙给她盛了饭，自己倒了酒，不停地给罗桂娇夹菜，说都是自家的东西。自从老公死后，罗桂娇就再没喝过酒，但那一刻，此情此景，竟有一种家的错觉。

吃完饭，肖佐龙给了罗桂娇一个红包，说今天应该行，之前太紧张，放不开。结果还是不行，罗桂娇想起身，肖佐龙不肯，说还要再试一下，不让她走。

罗桂娇就一直推脱，说这么大年纪，不要勉强了，这样两个人都难受。

肖佐龙也不搭理，忽然一口死死咬住罗桂娇的乳头，右手在她身上又抓又捏。罗桂娇痛得晕了头，双手拼命地拍打肖佐龙的头，肖佐龙还是不放手。情急之下，罗桂娇一个侧翻将肖佐龙踢下了沙发，这才长吁一口气。

罗桂娇刚穿好衣服，一开始还在地上呻吟的肖佐龙就没了声息。罗桂娇慌了，连忙打开门喊救命。

一些邻居听到后赶了过来，看到肖佐龙一丝不挂地躺在地上，明白了是怎么一回事，其中一人按住罗桂娇，另一人用绳子将她捆了起来。

围观的人越来越多，有人义愤填膺，说又来了个婊子，打死她；还有人舀来厕所的水往她脸上浇。直到救护车和警车相继赶来，这些羞辱才结束。

经过一系列的抢救措施，医生最终宣告肖佐龙已不治身亡。在场的人一听说肖佐龙死了，又跑过去殴打罗桂娇，说当场就可以撕了这个臭不要脸的。

警察见状迅速围在罗桂娇旁边，警告村民不可以轻举妄动，她的事情还没查清楚，不管是谁，伤害她都涉嫌违法犯罪。

最终，法医鉴定，肖佐龙的直接死亡原因为颅脑损伤。公安机关以"故意伤害罪"对罗桂娇进行刑事拘留。而罗桂娇的伤情报告上则显示为阴道撕裂伤，一侧乳房部分缺失，两处轻伤。

## 四

第一次见到罗桂娇时，我根本没法将她和"失足妇女"联系在一起，她的样子，就像一个带孙子忙得心力交瘁的农村老妇。

会见期间，她的身子一直在发抖，我问她是生病了还是害怕，她摇了摇头，过了好一会儿才说："进派出所不是一回两回了，以前都是关几天、罚点钱就算了，现在说我故意杀人，我不认。"

我告诉她，看了案卷，如果罪名成立，量刑可能在七年以上。

她明显不高兴了，问："是谁请的律师？花了多少钱？"

我据实回答，说所里收了两万块，已经很优惠了。是她一个叫吴姐的同事和"十五元按摩店"老板娘出的钱，她儿子签的委托书。

"请律师有什么用？"

我不想和她争论这个事，岔开了话题，说特意安排在今天会见，是从她的身份信息上获知今天是她生日："生日快乐。"

她愣了一下，语气平和了许多："我们那边的人过阴历生日的，不过谢谢你，我儿子都从来没和我说过这句话，除了要钱，再也没和我亲近过，不过能怪谁？人生来就有还不完的债。"

我见过她儿子，知道她儿子直至今日还非常恨她，但这会儿说这些不好。

罗桂娇见我没有接话,提高了声调,像突然想起了某件事、不及时说出来就会马上忘掉一样:"哦,还有啊,吴姐家里盖房子,她每个月的钱都寄回去了,还向我借了两千,她哪里来的钱?老板娘又是怎么一回事?"

说起这个我有点过意不去,当时吴姐来律所咨询,我们告诉她,一个刑事案件代理费三万块左右。她讨价还价,说只有五千块。

恰好那时电话响起,我便走开了。

我回来的时候,她还在那里,说实在拿不出钱,而且罗桂娇只是她的一个"姐妹":"我们这种'姐妹'你应该知道,处了大半年搞不好都不知道真实姓名,出了门,谁也不认识谁。我是看她人好,平常和她聊得来,也找过他儿子,他横竖就是伸长了脖子说一分钱没有。"

谈到罗桂娇,她说了很多,也流了不少眼泪。

了解事情的大概后,我问她:"老板娘有钱吗?平时对你们怎么样?"

她有点失望:"老板娘肯定比我们有钱,对我们不好也不坏吧,但她怎么可能出钱!"

我说那我过去看一下,其他的再说。

按摩店老板娘消瘦,黢黑,头发油腻。我也没有过多寒暄,开门见山,问她能否帮忙垫付一下律师费,毕竟她是罗桂娇的老板。

老板娘没好气地说:"她在外头出的事,怎么要我出钱?这么多人,我管得过来吗?"

"如果是在你这里出的事,你现在就在里面了,组织、容留、引诱、强迫卖淫,加起来法定量刑五年起。退一万步来讲,就算你有关系罩着,活动打点,也不是万把块钱的事,就当破财免灾。"

老板娘说:"你在威胁我吗?"

"绝对没有,这个事情确实有这么棘手,也确实不关我事,我只是觉得你会帮她的。"我说着就起身准备走。

旁边的技师们纷纷说:"要不我们凑点吧!"

我没有停留,出了门又有点后悔。只怪自己头脑发热,明明是个律师,却搞得像个黑社会老大一样来谈判,一阵害臊,恨不得往井盖底下钻。

第二天,吴姐又来了,带了钱,说老板娘刀子嘴豆腐心,不要其他同事凑,自己拿出一万块来请律师。

但我却变卦了,不愿接这个案子了。我和吴姐说,昨天的事情感觉自己做错了,让她换个律师。吴姐直把钱往我抽屉里塞,说:"没错,没错,就你了,不换。"然后一直看着我笑。

罗桂娇听到这里,眼眶就红了,说她从来没有乱讲店里的不好,要不是有难言之隐,谁愿意这么大年纪了还干这个。至于这个钱,有机会出去的话,她在银行存了十万的定期,一定要还的。

## 五

这个案子很快就变得有点复杂了——公诉机关似乎有意要将它作为"典型"来办。他们以罗桂娇能预见到伤害结果的发生来定义"故意伤害",就是说,罗桂娇应该知道自己能几拳捶死一位七十三岁的老人,也能一脚踢死他,而对于罗桂娇自身遭遇的暴力事实,他们置若罔闻。

再三考虑之后,我决定走"极端",以"正当防卫"来做无罪辩护。为此,我特意征求了罗桂娇的意见,告诉她,在当前做无罪辩护不是一件容易的事,作为被告人,对她的量刑可能会加重,而作为律师,我肯定会得罪人。

罗桂娇只说了一句："听你的。"

我忍不住多说一句："以前有个类似的案件，被害人在发生性行为时过度兴奋，中间转换姿势，从床上跌了下去，颅内出血导致的死亡，没有证据证明女方动了手，最终依照《中华人民共和国治安管理处罚法》，因卖淫嫖娼对女方处以十五日拘留。"

罗桂娇说："不，我踢了他，也捶了他的脑部。"

"是的，你这个已成事实了，我只是感慨一下，被害人第二次与你发生性行为你是愿意的还是……"其实说完那个案件后我就后悔了，我怕她翻供会对我不利。

可没想到罗桂娇一直都是那么直爽坦诚："其实也不是不愿意，只是他太野蛮了，又没有能力。"

"明天我代表你去慰问一下被害人家属，如果对方提出赔偿，你能接受吧？"我试探地问了一下。

"太多了没有，儿子二十好几了，还没娶媳妇，如果没有一大笔钱，是没人嫁给他的，我宁愿自己多坐几年牢，给他留点钱。"

⚖

罗桂娇的儿子叫魏元勇，1992年生。我见他的时候，极力克制住了内心的不舒服——他的脸上、手臂上遍布着疤痕，头部还有很大一块没有头发。

魏元勇的父亲在他刚好两岁的时候，去亲戚家吃酒，回来时失足跌落山崖身亡。那段时间，罗桂娇魂不守舍，有天她一只手抱着魏元勇，另一只手打扫灶台，一个转身，不小心将魏元勇掉进了开水锅里。反应过来的罗桂娇一把将他抓起来，就看到孩子身上的皮肤大块大块地掉，像腐化了的烂布条，一碰就碎。魏元勇号叫了几声后没了动静，全身百分之九十的面积被烫伤了。

治疗费用花光了家里所有的积蓄，还欠下不少债务。罗桂娇被公婆打断了一只手，赶出了家门。

魏元勇从懂事起，就无比痛恨自己的母亲。尽管罗桂娇每月都寄钱回来供他上学，每次回来对他都是哭着又抱又亲。

最初，罗桂娇在工厂打了五年工，没日没夜地干，手头一有点钱就寄回家。三十一岁那年，在一个前同事的介绍下，罗桂娇进了夜总会当服务员，工资比在厂里高了一半，但第三天上班，就被一个"大哥"拖到卫生间强奸了。

夜总会领班一个劲儿吹嘘对方如何有势力，让个把人消失就跟玩儿一样，劝她息事宁人，以后也有个照应。最终罗桂娇得到了三百块钱的"营养费"，她马上跑邮局寄了回去。

夜总会鱼龙混杂，她总是被男人趁机揩油，想到儿子的伤疤，罗桂娇心一横，干脆放开了，赚的钱一下多了起来。

尽管罗桂娇沦落风尘很大原因是为了儿子，但魏元勇越长大，对罗桂娇的仇恨反而越来越深，打架斗殴、吃喝嫖赌样样不少。

我见到魏元勇那天，没有说让他试着原谅、试着和解之类的话，只是说，他该去看守所给他妈妈存点生活费进去，再买几件不带拉链的衣服。

魏元勇就两个字："没钱。"我说你妈每个月的工资一半打给了你，你总有个结余。

"就是没钱！她的死活与我无关！"魏元勇伸长了脖子看着我。

"既然你说她的死活与你无关，你就不要拿她的钱啊。"我的语气很淡。

"那是她欠我的！如果她不把我丢锅里煮，我一分钱都不要她的！我现在女朋友都找不到，所有人看到我都像见了鬼一样，她不养我，我怎么活？"

大概，这个理由就像一个紧箍咒，能制服罗桂娇。

魏元勇告诉我，他现在的发泄口就是去赌去嫖："这就是一报还一报，她从男人身上得到钱，我又从女人身上花出去，公平。"

我想，如果罗桂娇听到了这些话该有多难过——或许她早就听过很多遍了。

## 六

后来，我又去了一趟肖佐龙的家。

关于他的事情，只要往他们村那株大槐树下一站，就能听全。

在罗桂娇之前，肖佐龙认识了一个寡妇，四十出头，说要嫁给他。肖佐龙不顾众人的反对，把家里的一千多斤稻谷全部运去给了她，又掏了两万多块钱做彩礼。按照他的话说："这么年轻的一个女人陪我吃饭睡觉，短十年命都没关系。"

即便后来，那女人变卖了粮食，拿了钱，悄无声息地离开了出租屋，他也坚决不报警，说："如果在恋爱中花出去的钱还去报警要回来，这一辈子的老脸算掉地上了。"

因为这件事，肖佐龙的儿女和他大吵了一架，说以后死活都不管他了。肖佐龙就说，自己能吃能做，什么时候要他们管过。

肖佐龙的儿女从此真是几年都没回一趟家，一个电话也没有。

有人告诉我，肖佐龙脾气火暴，但是为人豪爽，至于为什么要侵害一个失足女，他想不通："之前有学校的老师带着小学生来关爱空巢老人，有个老不死的，小女孩讲故事给他听，他却把人家搂了过去，全身乱摸。刚好被肖佐龙撞见了，一拳打掉了那人两颗牙。"

"肖佐龙的老婆本来脑子就有点问题，在他三十多岁的时候就疯疯癫癫的了，后来跑到外面去，再也没有回来过。肖佐龙找了她蛮多年，一直都没有再娶，等到七十岁的时候却突然这样了……"

那天见到肖佐龙的儿子，我说我是罗桂娇的代理律师，过来慰问一下他们，望他们节哀。

肖佐龙的儿子说，家里出了这样的丑事，哀不哀的都放一边，主要是拿出诚意谈一下赔偿问题："她出来'卖'的，钱总不会缺。我们这里很快要拆迁了，按人头算，老爷子怎么也值一百万。你们拿出一百二十万，我就通知公安撤诉，她一天牢都不用坐。"

我说这个是公诉案件，检察院接手的。

他说："只要给钱，我保证给你们撤诉。"

最终我放弃了取得他们谅解的想法，谈不下去了。

⚖

宣判的前一天，我躲进了"十五元按摩店"，让吴姐帮我按了两个钟。

她们的手法确实很烂，除了捏我的肉就是敲我的骨头。其间还发生了一件趣事，一位技师和客人发生了冲突，技师很凶，说打电话叫她男朋友来弄死客人。

过了半个小时，我眼见着一位年近六旬的老人气喘吁吁地走了过来，两个老人面面相觑，在一起吹了好久的牛，都说自己年轻的时候有多狠。

## 尾声

最终，法院以过失致人死亡罪判处罗桂娇三年有期徒刑。这个结果我很满意。

两年多的时间，魏元勇一次也没有去看过他的母亲，尽管罗桂娇的探视家属名单上第一个就是他。第二个是我，我也没有去过。

"十五元按摩店"还在那里，改成了"二十元按摩店"。罗桂娇把吴姐她们垫的钱还了，自己换了个地方做，却不肯告诉我在哪里。

我们在餐厅里聊了两个多小时，罗桂娇最后还在问我，那个老头身上的管子，不知什么时候才能拔掉。

我却在想，插在罗桂娇身上的管子什么时候才能拔掉呢？她也五十岁了，这二十年，她每一天过得都不轻松。

弑父之后，
母亲要他去死

# 她们走上法庭

| 时 间 | 2018年05月 |
|---|---|
| 当事人 | 苏志勇 |

你们敢保证，
他是世界上最后一个弑父的人吗？

2018年5月，阳光正好，街道两旁的树叶稠密葱绿。在众人的喧嚣中，我第八次走进江静家所在的小区。

一出电梯，我便感到一股寒意。江静家所在的那层楼一共有四户人家，其他三户早已搬走。她家门上本来贴着一个大红的"福"字，如今已经被一张写有"奠"字的白纸覆盖。那"奠"字在门上快贴一年了，只要发现它快掉了，江静就会重新写了贴上。

眼下，也只有我还能敲开江静的门。之前法院、检察院、社区的工作人员都来过，多次劝说无果，他们再来，江静就不给开门了。她之所以还愿意见我，是因为觉得自己"有话没处说"。

"虽说你是那畜生的辩护律师，但我不排斥你，我只想让他死，你会帮我吗？"江静头发稀疏，脸色惨白无表情，双手瘦而长，说话低沉，时而干咳几声，令人不寒而栗。

她家中的布置更夸张，布帘遮窗很少透光，墙壁上的血迹清晰可见。米色地板上被她用油漆画了几个人体轮廓，还有一些看不懂的标记。

"我老公死得惨。"江静望着客厅墙上丈夫的遗像对我说，"其实最该死的是我。说来真好笑，一拨又一拨的人来为杀人犯说好话，实在没什么意思。你们越想让我放过他，我就越觉得自己该死。我就那么是非不分？他不死就我死。"

即便是表达愤怒，江静的语气也是淡淡的，令人不知如何应对。我宁愿她宣泄，我还能劝她从自责与仇恨的情绪里跳脱出来，重新思考现实。可轻言细语，面无表情，态度坚决，这就是丈夫苏小武被害后她的状态。

而她口中的"畜牲""杀人犯"，是她和苏小武的独子——苏志勇。

一

我是来劝江静出具谅解书的。按理说，这该是件很容易的事。苏志勇犯下那件案子时才二十岁，刚考上大学。可母亲江静的态度格外坚决，让所有人犯了难。

案件特殊，不光是我，就连检察院和法院都觉得，如果江静不肯谅解，这个案子很难办。因而我的职业生涯里出现了罕见一幕——身为被告的律师，公诉方不再与我针锋相对，法院也在判决前频频接触当事人，我们三方似乎目标一致了。

检察院的工作人员对我说："要不你再去跑一趟，好好劝劝江静，我们是要打击罪犯，但同时要坚决执行少杀、慎杀，确保死刑只适用于极少数罪行极其严重的犯罪分子的政策。"

法院也几次跟江静表态："你只要同意谅解，苏志勇就是死缓，两年后减为无期徒刑。至少人是保住了，你们母子还能见面。"

可江静却如此回复检察院的工作人员："你们赶紧打击罪犯，如果苏志勇还不算罪行极其严重，那干脆把杀人犯都放出来得了。"对待法院的态度也是一样："你们判他死刑就对了。"

苏志勇弑父后，是江静主动打电话，请我做她儿子的辩护人。刚开始接触，我感觉她很在乎这个儿子，为他牺牲了很多，因此还安慰她："嫌疑人享有辩护权，既然接了案子，我会尽全力让他不被判死刑。"

江静的回复却让我很意外："随便，那是你的事。我不会签委托协议，只是告诉你有这么一个案源，你自己联系看守所找苏志勇。"她的语气像是在说别人的事。

我理解她的处境——亲生儿子杀了丈夫，各种情绪交织在一块，无论她说出什么样的话，我都能理解。只是没想到，案件进展到现在，好像已经没人希望苏志勇死了，只有她依然坚持要处死自己的儿子。

这次来见江静，我没怎么劝她，血浓于水之类的话她听得多了，越听越反感。我只是说："案件很快就要重审了，你有什么要问我的，或者需要我帮你去做的吗？"

这样一来，江静反而像是有话要说了，她一直念叨着："离婚，为什么不离？当时离了就好了……"

二

其实，在苏小武出事前，我就认识他们一家了。

2015年，江静通过他人介绍找到我，说自己被起诉了，问我能不能给她辩护。我以为她犯了什么刑事案件，正处在取保候审或者监视居住阶段，不然她也没法坐在这儿和我见面，便开口问她犯了什么事。

江静双手来回交叉："不是的，我没犯任何事。是孩子他爸起诉了我，要和我离婚，可打死我也不想离……孩子他爸出轨了，不嫌害臊还去我娘家闹。唉！我都说不出口……他竟然连和那女人在床上用什么姿势都说。更可恶的是，他去法院把我给告了。凭什么？我都没说什么，他要走这一步？！"

我瞪大双眼望向江静，问："关于离婚，一般情况下是双方协商不成才走诉讼程序的，而被告一般是不肯离的那方。男方都公开出轨了，你为什么还不肯协议离婚？是不是涉及孩子的抚养权以及财产纠纷，或者你还提出了赔偿，对方不愿意承担？"

江静连忙否认："他倒没有那么不堪，不过这几年他也不晓得顾全大局。

房子车子什么的，他说了给我，可我要那些东西干吗？要是图那些身外之物，当年也不会嫁给他。"

我没兴趣听她七弯八拐地说话，便直截了当地说："所以你确定不想离婚，除此之外没有其他诉求对吧。但我得告诉你，就算这次没离掉，只要对方多起诉几次，总归是强求不了的。"

江静从包里掏出银行卡，说："钱我一分不会少你的，以后的事以后再说。只要你这次帮我搅黄了我老公的起诉，再熬几年，我自然会放手的。我并不是没他就不行。"

作为律师，我们只服务于当事人，我虽不理解，但江静都这么说了，我自然就按她的诉求给出意见："男方以感情破裂为由提起离婚诉讼，那你能做的就是极力否认感情破裂。在这一点上，法院一般会倾向于你，他们在审理离婚案件时，总是慎之又慎。"

江静见我说有办法挽救，语气顿时急促起来："那你赶紧告诉我如何去否认感情破裂。"

我建议道："平日与对方相处时要有说有笑，避免争吵。如果已经分居，那要找机会经常见面，最好有亲密举动。若不能见面，逢年过节要嘘寒问暖，多开视频通话。给他买些皮带、鞋子之类的礼物，发票记得留下。大红玫瑰虽然俗气，但该送得送，还要拍下视频说'老公我爱你'，最好能亲手织毛衣……"

江静听了连连冷笑，毕竟对于她来说，这无异于羞辱。我当然也不希望她那么做，除却利益之争，在感情世界里，不必独自固守。

我沉默着，给她思考的时间。江静在会客室四下张望，坐立不安，"怎么没有纸和笔？你去外面帮我拿一下，我要把这些记下来，你一下说太多了，我怕回去就忘了"。

"要有说有笑……嘘寒问暖……"一个五十来岁的女人,很多发丝都白了,却一字一句记下这些话。我忽然感觉有点悲哀。

## 三

"我这辈子最怕的就是忍耐。"这是江静的丈夫苏小武见我时说的第一句话,"被骂一顿、被打个半死,总归会过去,唯独选择忍耐后,就完全过不去了。"

说着,他忽然吼起来:"你们说我吃喝嫖赌抽五毒俱全可以,说我是杀人不眨眼的恐怖分子也可以,不然我真的去杀个人给你们看行不行?再忍下去就只有爆发了。"

江静坐在旁边,语气温和:"我俩都在忍,你以为我一个女人忍得不辛苦啊?都是为了孩子。你家两代单传,我也是三十多岁才生苏志勇,我们这一世图什么?不就是希望孩子健康成长,有个完整的家。要知道,单亲家庭的孩子心理很少有健康的。"

说到孩子,苏小武不再说话了,也没问我们是否介意,自顾自抽起了烟,没两分钟又把烟给掐灭,重新点上一根接着抽,如此循环往复,直到烟盒空了,被他捏成一团扔在地上。

苏小武没事找事,宁愿翻弄垃圾桶也不看江静一眼。江静虽然一直和颜悦色,但在开口说话前总会满脸通红,牙齿咬得咯咯作响。作为局外人,我也能一眼看出他们对彼此的忍耐不是一天两天的事了,双方已经没有一丝感情的意味。

之前听江静说,他们的小孩快成年了,不存在抚养权纠纷,我也没多问。眼下看来，问题很大。我想起自己过去经办的一起离婚案，开庭时，当事人的孩子突然站起来指着我们说："我恨你们，恨法院、恨律师，爸妈离婚，我就成了单亲家庭的孩子了，会让人瞧不起的。"所以从那以后，每次接手离婚案件，但凡当事人有小孩，我都会要求见一下小孩，跟他们聊聊。

这一次，我也提出要见苏志勇："你们说是为了孩子，我想听听他的感受。毕竟连我这样一个在社会摸爬滚打过的成年人，在你俩相处的气氛里感觉也不是一般的压抑。"

"小孩子能有什么想法。"

"大人的事让小孩掺和什么。"

在对待苏志勇的问题上，苏小武和江静态度如出一辙。

苏小武说："就算我们离了也不会不管志勇。我之所以愿意过来谈，就是想双方签字离婚，减少对小孩的伤害。"

江静则突然变得声色俱厉："孩子上高二，正是关键时刻，黄金都买不来的时光，你却存了心要害自己的儿子。大学毕业之前，你休想让我签字。作为母亲，我能挨多久就挨多久，不想让人笑话孩子是离异家庭，不想让孩子惨兮兮的。"

见江静的态度如此坚决，我不再相劝。这样的案子，没有任何纠纷，也没有感情，却掰扯不断，无论是从专业角度还是其他任何方面考虑，我的代理都没有任何意义。于是我只说在这个案件中，律师能做的非常有限，关于费用，我可以和律所协商退还大部分，只收咨询费。

江静却不同意，她怕苏小武的律师给她下套，说如果我要退费就去司法部门投诉我。"你可不知道，他那律师一看就不是好人，一副了不起的样儿。他怪我多事，一上来就数落我，骂我死脑筋。还诬陷我拿孩子当筹码留住男人，我稀罕他镶了金边吗？"

这下，我连退费都不敢提了。但考虑到案子背后最大的问题还是对孩子心理状况的影响，我坚持要见苏志勇。"你这么爱你的孩子，我都看在眼里，作为母亲你是付出了的。苏志勇一定很优秀，很爱自己的妈妈，我想跟他交流交流。"

听我这么说，江静脸上立即泛起骄傲的笑容："自从生了孩子，我就把自己丢一边了，全心全意只为孩子服务。什么穿衣打扮、活得精彩，统统没用，只有子女有出息才是最划算的投资。去学校开家长会，别的女人打扮精致，一说到孩子的成绩她们的脸立时就垮得难看。我虽然粗布烂衫，却代表家长上台分享育儿心得……"

江静滔滔不绝地讲了半小时，我几次打断她都充耳不闻，苏志勇哪年拿了什么奖状，受了什么表扬，小时候说过什么惊为天人的话，她都记得一清二楚。

"你知道地铁里为什么没有风，却呼呼作响吗？"见我摇头，江静更为得意，"一般人肯定不知道，但我小孩知道，那年他才十岁左右，第一次在广州坐地铁，他就说只要拿一根竹竿在空气里来回抽动，也会呼呼作响，这是因为速度本身有声音……"

我顺着江静夸赞她儿子真是天之骄子，最后，她终于同意让我单独见他了。只是一再嘱托我："你告诉他不要分心，爸爸只是在闹脾气，妈妈和律师搞得定。离婚这种事在我们家不存在，他那么优秀，不要因此自卑。"

## 四

那个周末，我见到了苏志勇，一米八五的个子，体形偏胖，身边还有一个身材娇小的女生,对此他毫不隐瞒:"这是我女朋友,我压根不怕你告诉他们。只要成绩过得去,他们什么都会依着我的,就在你来之前,我妈还给我打了一千块零花钱。"

我问他如何看待爸妈离婚,苏志勇满不在乎:"他们离不离婚跟我关系不大,你们该上法庭上法庭,不要扯上我。我只要完成他们定的目标,考一个好大学就行了。"

还没等我细问苏志勇的情况,他就和女友起了争执。当时已近饭点,苏志勇提出去吃烧烤,女生说吃烧烤对身体不好:"看你胖成啥样了,我这都是为你考虑。"

苏志勇突然将背包往地上一丢,说:"不吃了,我知道是你想吃酸菜鱼,却说为我好,虚伪。"说着他闯红灯朝马路对面跑去,还好当时车辆不多,只有一位司机踩了急刹。

我很着急,喊女生一起去追苏志勇,女生却像是司空见惯了,让我别担心。"我们就在这里等着就好。没多久他自己就会回来,再陪他一起去吃烧烤就没事了。"

女生的语气充满了无奈:"他这个人不能哄,一哄就没完没了,脾气特别大,说我只是为了稳住他的情绪才假意妥协。一定要我赌咒发誓,说是真心实意才肯罢休。"

从女生口中我得知,江静一直知道苏志勇在谈恋爱。"阿姨起初咄咄逼人让我离开苏志勇,说我成绩不好,会影响她儿子。谈个恋爱,人家把话说得那么难听,那就离开咯,没什么大不了。后来她见苏志勇情绪不稳,又来求我,说过两年再分,就给我一些分手费。我不稀罕什么分手费,他的成绩不稳定,我不想这时候刺激他。"

果然没一会儿,苏志勇耷拉着脑袋回来了,他对女友说:"我们去吃酸菜鱼，以后你想做啥，想吃啥就直说，只是不要让我做了冤大头还说为我好。再说了，我爸妈离婚关我啥事。"

我知道，苏志勇最后一句话是说给我听的。如果他能接受父母离婚，我本打算让他劝江静放手，离婚不是一件丢脸的事，它和结婚的意义是一样的，聚散有时而已。但看到苏志勇的日常我才明白，他的性格已经受了很大的影响，外人说什么都没用了。

后来，江静问我和她儿子见面的事，还很兴奋："我儿子又高又帅，在学校很受欢迎的，以后走入社会肯定混得开，别的我不担心，就怕他的学习会被女生影响。"

我委婉地劝道："其实优秀的人更容易走极端，他们备受关注，更在意身边人的看法，甚至想取悦所有人，因而压力更大。小孩子有时候不大会自我调节，也可以去跟医生聊聊。"

江静脸色很难看。"望子成龙有什么错，我的儿子我还不清楚吗？你到底在说什么？"

那段时间，我以取证为由，接触了江静的几个亲戚。聊到苏志勇时，他们总是欲言又止，或者干脆一顿夸赞，说他从小聪明，成绩好，懂事乖巧，很是给他爸妈长脸，以后大有出息之类的。然而，他们绝口不提眼下的事。

当时我还没有意识到什么不对，直到后来才渐渐明白个中缘由。或许有些人就是这样，问题出在哪儿，别人多说无益，定要自己悔悟，可大多数时候都为时已晚了。

## 五

当年离婚案件的判决，法院如了江静的意。

尽管苏小武出示了自己和别的女人的贴脸照，尽管他说自己与江静已多年未同房，但江静还是一口咬定："我们彼此相爱。"

苏小武没有选择上诉，禁诉期满后，他亦未再重新起诉，只因苏志勇成绩下降，他觉得确实是自己的问题，并做出书面检讨，说出轨仅是为了离婚，"都是假的"。

只是苏志勇最终还是令他们失望了。

"第一次高考只上了个二本。"在江静看来，这是一件非常丢人的事，"怎么着都不该是这样一个结果。"苏志勇只得羞愧地去复读。

复读了一年后，苏志勇超过一本线几十分，江静"勉强满意"。出分那天晚上，她哭着对苏志勇说了很多话，让他继续争气，大学毕业后找个体面的工作。

仅仅过了两天，江静那天刚从亲戚家回来，开门后就被吓坏了。"像进了屠宰场。"客厅到处都是血迹，玄关处有一只耳朵，苏小武的尸体蜷缩在阳台，脸上盖着一张"优秀学生"的荣誉证书。

很快江静缓过神来。刚开始她以为是自己的张扬遭了人恨，打苏志勇电话又关机，便以为儿子也被害了，于是赶忙打电话报警。警方到家后，江静还一直拉扯住他们说："肯定是有人嫉妒，你们一定要救我儿子，他不能有事啊，他都要去重点大学读书了。死了的先别管，派警力去找我儿子。"

经过一番调查，警方很快锁定嫌疑人就是苏志勇。他涉嫌弑父后，换了衣服，手都没洗，昂着头出了门。监控里显示他表情轻松，在电梯里先是打了一套拳，接着还颇为欣赏地低头看着自己的双手。

第二天，苏志勇在一家小旅馆里被警方抓获，警方破门之前他还在呼呼大睡。被制伏后，他让警察下手轻点："我不反抗，怕你们抓不到我，我专门看了有摄像头的地方。但又怕被你们当场抓住，就动了点脑筋。感谢你们让我好好睡了一觉，结束了。"

得知杀人凶手竟然是儿子之后，江静的态度一下变了。

她不仅将苏志勇的所有物品都扔了出去，还对看守她的亲戚说："这样哦，那就全完蛋了，我宁愿死的是他。辛苦二十来年，手心里捧着一个杀人犯。你们别再劝我怎么帮他了，我给他联系了律师，就此断了孽缘。"

江静开始喋喋不休地夸苏小武是个好人："好人才能任由我折腾，才被我逼得没有退路。是我一厢情愿地强迫他，我要还他公道。我们没有哪里对不起杀人犯。"

江静一直清楚，她和苏小武的感情在很早之前就出了问题。"他后来在我面前基本不开口，话到嘴边都能憋回去，每次回家总是一脸疲惫，只有抱孩子时才有笑脸。二十几年，我们都撑住了，却没想到最享福的那个人不领情，要毁了这个家。我们缺衣少食时先想着他，买房子也是冲着学校去的，无非是想孩子有个好前程……"

这事之后，江静几乎什么都听不进去，只要有人在，她就反反复复问："我们哪里对不起他了？他就这么'报答'我的？前两天我还跟人说，自己还能为他苦熬二十年。"

苏志勇在众人眼里彻底成了个"冷血无情、禽兽不如的弑父之徒"。也有不少人劝我："这种白眼狼就该用大炮去轰，轰完再挫骨扬灰。"可我却想要反问：你们敢保证他是世界上最后一个弑父的人吗？如果是，我也赞同用火箭炮将他轰得灰飞烟灭，再也不要有了。

人们总是如此简单凌厉地看待生命，却很少有人愿意走入罪恶的世界去寻找原因。就像当时被江静问得没办法时，我也这么对她说："你们就是太对得起苏志勇了，以至于他无话可说。你们总有充分的理由令他无法反驳，他只能埋头顺从。可一个人总是低着头，会出问题的。没有人能次次毫无差错地达到谁的预期。"

## 六

看守所里的苏志勇，样子比我在学校见到他时要和缓很多。

之前，他的头发快遮住眼睛了，脸上还有很多痤疮。现在剃了头，反而更清爽，说话的语速也比之前要慢。"没有以后了，我反而安心许多。"

我随口答："那你是不是背负了很多东西，不知放哪儿。最后干脆一股脑给丢了，才砸到了爸爸。"

听罢，他忽然低头哭了起来。

我不是想替他开脱，我也从不给犯罪嫌疑人找借口，我只是想还原事情本来的样子。有时谈话，就得往当事人身上靠，让他们说出作案时最真实的想法，总好过谩骂后得来的一通谎言。

我问苏志勇，警方和检察院提审他的时候，是否存在刑讯逼供或者诱供等行为。苏志勇想了想说："还好，就是检察官认为我是有预谋的，因为我提前准备了别人的身份证。但其实我真的没有预谋，身份证是之前弄来去网吧的，我是好学生嘛。"

苏志勇供述，女友在高考出分后和他提了分手，他发现唯一真正属于自己的感情，原来也是母亲一手安排的。"她说我是好人，但在一起觉得压抑。我接受分手，却觉得可悲。她为什么要陪着我演两年的戏，亏我那么真心对待她。"

那天回去，苏志勇本来就情绪不佳，而苏小武喝了点酒，非要缠着他聊天。"无非是诉苦，说他这么多年为了传宗接代受了窝囊罪，到了还把自己弄得身败名裂。"说到激动处，苏小武竟在儿子面前跪下。"他喊我祖宗，说受够了，让我成全他。"

"我一下气就上来了，到底要怎么做，他们才满意？我妈整天跟我抱怨，说要不是为了我，早就一走了之了。我看着我爸跪在地上那副窝囊相，越发觉得自己像他。难怪女友会离开我，难怪我总是和人处不来，以后我就是这个样子了。"

苏志勇捧着父亲的脸，厉声说了句他自己也不知怎么冒出来的一句话："你这么窝囊，怎么不去死？你活着窝囊，死没勇气，就知道说为了我，我可什么都不怕。"说着，他开始殴打苏小武，一拳又一拳地打在他脸上，"越打越兴奋，停不下来了"。

苏志勇每砸一拳下去，就念道："江静，以后你不要再抱怨这个坏人了，我帮你清除了。"然后又说："苏小武，你解脱了。听见没有？你解脱了，想去哪儿就去哪儿。"

见地上的父亲没了声音，苏志勇说自己更生气了。"这么多年来，你们各说各的，就没有人愿意听我说话，哪怕给我几分钟也好。既然我在你们面前无话可说，那你们长着耳朵干吗？"于是，他又把父亲的一只耳朵割了下来。

苏志勇意识到父亲已经死亡后，在尸体边上坐了一小时，然后起身，将一张荣誉证书盖在他脸上。"把好孩子留在他们家，我出门去，然后结束了。"

苏志勇不否认，进电梯的那刻有成就感："换衣服不是怕被人发现，只因我变身成功。没洗手,那是我发自内心想做的事做成了,都不必演戏了,明明演技不好。"

对于这样的解释,检察院认为苏志勇是优等生,泄愤杀人后害怕被判死刑,想以精神问题来逃脱制裁。鉴定结果显示他精神正常。

江静说,苏志勇曾几次对她放狠话,大意是:"既然你那么讨厌废物,我帮你杀了他吧。既然你对我那么失望,要不你也杀了我吧。"她认为苏志勇早就起了杀心。

我反驳道:"既然苏志勇想杀人,为什么在女友提出分手后,尽管他心里很难过,却没有做出任何伤害女友的举动,而是哭着祝好呢?"

⚖

开庭前夕,我问苏志勇:"后悔吗?毕竟大好的前程,上了大学就能自由了。"

苏志勇笑着说:"没什么后悔的,我虽然不是蓄谋杀人,但祸根在我六岁那年就埋下了。"

他说,自己家买房以前住在村里,每次放学回家,所有人都知道他父母在吵架,叮叮哐哐地砸东西,"我一进去,家里那两位就立刻变脸,打扫的打扫,还给对方擦汗"。

在苏志勇看来,非但没有觉得父母重视他,反而认为是羞耻。"有本事就别砸东西,不要大吵。将一个家搅得支离破碎,然后假装完整,病人是没法假装健康的。"

苏志勇说,他明明见过父亲和别的女人打情骂俏时的轻松状态,但只要自己一露面,父亲马上就眉头紧锁。"他们把人味藏了起来。前两年,我不小心发现了我妈床底的自慰棒。我都成年了,知道那是再正常不过的事了。她非要狡辩,费尽口舌骗我说那玩意是疏通厕所的工具。"

我忍不住劝他:"这个你是可以装糊涂的,毕竟她是做母亲的,要面子。"

苏志勇不以为然:"你不懂的,跟面子无关。在她看来'玩偶'怎么不好糊弄呢?"

在这种氛围下生活久了,苏志勇变得不自信,也不相信人。"总以为别人不过是在和我逢场作戏,背后指不定怎么骂我。尤其我那些亲戚,表面上都是夸我,实际上却不让他们的小孩跟我玩得太近,说我是惹不起的人,事实上我比谁都自卑。"

在苏志勇的世界里,一切都是被人操控的。"我就是个提线木偶,爸妈看着很重视我,却从来没有把我当成一个有七情六欲的人。"

苏志勇尝试过自救。当他得知即便自己易怒,总是跑掉,女友也还是顺着他,在原地等着,就是为了让他感到安心,"我都想去看心理医生了,想治愈自己,不给人家女生添麻烦"。

可那天,与女友分手后,他回到家,醉酒的父亲成为压倒他的最后一根稻草。"一个做父亲的怎么可能跪在儿子面前呢?他可能也是压抑坏了。我想打破这虚拟的世界。"

一直否认自己是优等生、只是一个"木偶"的苏志勇,最终酿成悲剧。用他的话说:"我从来没有家,牢笼早在二十年前就被父母备好了,只是没想到我变成一颗子弹射了出去。"

而江静还在回忆自己的艰辛,原来天底下真有母不知子、子不知母的事。

## 尾声

接手案件后，我多次找江静要谅解书，都被拒绝了。在法庭上，我也没与公诉方进行过多的辩论。律师从来不是要为犯罪分子开脱，但要见证程序合法合规。

法院一审判决苏志勇死刑，立即执行。

苏志勇情绪稳定，当庭表示接受判决结果，不上诉。他看了一眼江静后说："妈妈，你不是恨铁不成钢，是恨我毁了你的骄傲。对不住了，你的投入都打了水漂。"

江静还是那句话："我们没有哪里对不起你。你哪里来的，哪里去，走远点。"

苏志勇哭了，没再说话，话筒里传来一声叹息。

三个多月后，死刑复核的通知下达，不予核准，发回重审——最高院的意思很明白了，该案由家庭纠纷引起，要慎判。一审法院依法坚持独立审判的原则，审判委员会多数成员也依然坚持，如果江静不出具谅解书，那么苏志勇就没有被轻判的理由。

时间来到2018年5月，我再次登门，请江静出具谅解书，但她始终没有松口。没有谅解书，一审法院只能顶住压力，再次判决苏志勇死刑。

苏志勇罪有应得。或者真如他自己所说，江静二十年前就没打算要放过自己的儿子。

## 盗窃罪掩盖下的
## 七年性侵案

# 她们走上法庭

| 时　间 | 2022 年 04 月 |
|---|---|
| 当事人 | 阳府 |

如果成就可以掩盖罪恶，
那么成就本身就是罪恶。

一

我第一次见阳希是受朋友薇姐之托。薇姐在妇联工作，之前给我反复强调了好几遍，说阳希情况特殊，但却不肯告诉我这个女孩究竟出了什么事。"我想让你帮帮她，或者劝劝她。不过阳希交代，在你们见面之前，（我）不可以说她的事。"

见面那天正值盛夏，室外气温高达三十九摄氏度，阳希身穿牛仔裤和长袖，头戴编织帽，脖子上系着丝巾，口罩跟墨镜把整张脸遮得严严实实，到了会客室也不肯摘下。我们刚坐定，阳希就抛出一连串问题，问我毕业于哪所大学，研究生导师是谁，比较厉害的同学有谁，哪些还在读博。

我听着有些不舒服，挑着回答了几句，她却毫不识趣，换了一种方式继续问："你是××大学毕业的？认不认识××这个人？"

"是的，但我不认识。你是什么情况呢？若不方便跟我说，给你介绍女律师。"

她不说话了，我马上请同事李海燕来，借口要去打印资料回避。

十来分钟后，李海燕从会客室出来，问我有没有说什么引起阳希反感的话："人家旁敲侧击问你品行如何，有没有私下为难过女同事……她很在意这个。"

我一时语塞，说自己也是第一次见她，对她的情况一概不知。李海燕说："懂了，那就是有人对她做过什么。一会儿进去，你随她怎么说。在这方面，我比你在行，我看出来了，她是个单纯的小姑娘，她想信任你，对我反而支支吾吾的。"

我点了点头，再次走进会客室，先告诉阳希，律师要有公安机关开具的无犯罪记录证明才能执业。至于其他，我说得再好也是自卖自夸，如果有任何担忧都可以明说,大不了可以换人。这时,阳希才摘下帽子和墨镜,一头黑发垂落,整张脸很精致,眼神灵动,看起来也就二十出头的样子。她说话的语气也软了下来:"那我请问你,怎么看待完美犯罪呢?"

在我看来,阳希这个问题并非无理取闹,当事人有权了解自己的律师看待问题的方式,于是我给出了自己的回答:"我推崇法的精神,主张无罪推定,却不认可所谓的'完美犯罪',希望能避免这种现象出现。而且,并不是说逃脱了惩罚,就'完美'。"

阳希双手托住下颔,再问:"那你又如何看待'正义也许会迟到,但绝不会缺席'这句话?"

这个问题很多人问过我,我的看法还是那样:除了极端主义者,没人会希望正义缺席,与缺席相比,迟到会给人以慰藉。但我从不鼓吹迟到的正义,因为在正义迟到的过程中,受害人可能要付出巨大的成本,包括痛苦与失望。届时我们就会发现,正义来得太晚,也会是一种伤害。正义本应及时到来。

话刚说完,阳希似笑非笑地看着我:"看来薇姐没说错,你是靠得住的。"

就算有顾虑,当事人也必须说清楚事情的经过,之后律师才能慎重考虑是否要接案子。我让阳希直接聊案子,阳希当即给我看了一张手机里的照片:一个男人蹲在地上逗小女孩,小女孩看上去很开心。照片是从背面拍的,男人的臀部露出一截粉色内裤。

我问阳希:"这男人是否有'异装癖'?有没有对小女孩做什么?"阳希揪住胸口的衣服吃力地说道:"你出去帮我倒杯热水再进来好吗?"

我特意等了几分钟再进去,此刻阳希已情绪稳定,看着手机上的照片对我说,照片里的男人是她堂哥,叫刘辉,对面的小女孩是刘辉的外甥女。

"但他身上露出来的那条内裤是我的，当然不是我给他的，是他偷走的，就为这事。"

我没料到事情如此简单，甚至有点纳闷之前薇姐特意跟我打招呼，听上去似乎要严重得多。不过我宁愿阳希是未经世事、小题大做而已，也不愿她有事。我建议她找警方处理："一般会按盗窃他人财物来办，若要给他定罪判刑的话，其盗窃的财物要达到一定的金额。即使不判刑，也可能会对其治安拘留。这样，你找律师作用不大。"

这样说算是婉拒了，可阳希却没有要离开的意思。"若我一定要请你当我的律师呢？"

我打开手机，打算再次联系李海燕，让她进来接手案件。阳希像是看穿了我的意图，望着门口说："你不要老是将人家妹子呼来喝去，我的事，女生不一定扛得住。"

我想那干脆就报个价算了："就这个案子，我做不了什么事，但你执意要签委托协议也不是不行，有钱赚没啥不好，不过费用得上万，若是还有其他案子，会更高。"

本以为阳希会知难而退，没想到她一口答应下来："那就先委托这件事。"

## 二

阳希的堂哥刘辉是留美博士，这段时间爷爷身体不好，他才暂时回到老家。

得知对方是高学历，又有留学经历，我向阳希确认是否还有其他证据。

什么时候拍的照片，内裤又是在哪里丢的，有无购买记录，她是否穿过。说起来案子很小，但没有充分的证据，公安机关甚至都没法立案，仅凭一张照片，刘辉一定会百般狡辩。

阳希摊手说："照片拍了有两三天了，有网购记录，内裤是我穿过的，晾在我家二楼的露天阳台上。"

我问阳希拍了照片之后有没有去质问刘辉，把事情闹开。阳希否认了。我建议她在阳台的隐蔽处装个摄像头，再晾一套自己的内衣裤，看对方是否再犯。

说到这儿，阳希似乎有些喘不过来气。"万一他不再偷了，那这件事就到此为止了是吧？"见我不作声，阳希盯着那张照片掉下了眼泪。"那我先听你的，我不信老天会真瞎了眼。"

几天后，阳希"欣喜"地给我打来电话："他死性不改，又来偷我衣服了，还不止一次，我后来放了两套上去，都被他拿走了，摄像头拍得清清楚楚的，能看到正脸。"

我让阳希报警，剩下的事就交给警方处理，我不收取她的任何费用，到此为止。阳希却执意要与我见一次面。"既然老天给了机会，我就必须抓住。"

我认为事情差不多算解决了，没必要再劳神费力，便拒绝了。可很快薇姐就打来电话，说要和阳希一起来找我。同事李海燕听见，说可以陪我一起去。

第二天下午，我们四个人在一间包厢里见了面。阳希将监控视频放给我看，说："没想到最难的一步，这么顺利。"

我大概猜到了阳希的过往，却不想过多联想，只是静静等待。良久，阳希盯着视频咬牙切齿道："就因为他们，我从五岁开始一直被蹂躏到十二岁，现在还过着不人不鬼的生活，一度不相信这个世上会有因果报应。"

薇姐抱住浑身发抖的阳希安慰道："没事了，我们都在你身边，蔡律会帮你的。"

李海燕也去拉阳希的手，告诉她："我也有过类似经历，好在当年及时挣脱了，其实一进办公室，我就知道你是怎么回事。"

我不知道说什么，又看了一遍阳希拍下的视频——

刘家的亲戚们住得很近，刘辉是从自家二楼翻墙去到阳希家的。为了掩人耳目，他先将一个篮球扔了过去，假装是去捡篮球。在阳台拿到阳希的内衣裤后，他先将内裤放在鼻子底下使劲儿吸，还用双腿夹住文胸，扭动了一会儿身体，最后才把内衣裤塞进自己的外套里逃走。

我对阳希说，按照正规程序，刘辉很可能会被拘留，问她是否还有其他诉求。阳希不停地转动桌上的圆盘，说："我倒也没想毁了他们，原本是想找个机会跟他们聊聊，希望他们能及时悔悟，给我一个道歉，现在看来是我想多了。若是事情难办，你可不可以不要半路抛下我？这些年，我想了很多后果，因为我太了解他们了。"

"你说的是……"我再次跟阳希确认，"他们？"

"是的，是他们，加上帮凶有五六个。"阳希扭过头去。

三

阳希曾是个留守儿童，父母在她很小的时候就外出打工了，她在爷爷奶奶和外公外婆家来回寄住。在爷爷奶奶家，与她一起生活的除了叔叔，还有两个堂哥：刘辉和他弟弟刘宇。

"读幼儿园时，老师告诉我们青草和花儿都是香的，我以为是我鼻子出了问题，因为很长一段时间，我闻着它们是腥的，直到十年后我才知道是怎么回事。"

阳希第一次被猥亵是在她五岁那年，大她七岁的堂哥刘辉带她去割草。"他把我哄进油菜地里，骗我说'做游戏'，然后脱掉我裤子，拿他的东西在我那里戳来戳去。"

噩梦由此开始。只要单独在一起，刘辉就会找阳希"做游戏"，开始两年他还常埋怨阳希，说不知为啥"游戏"总是不成功。天真的阳希还问过奶奶："为什么哥哥每次和我做完游戏就冲我发脾气？"而奶奶只是让我听哥哥们的话。

平日，两位老人对孙子明显要比对阳希好，桌上有好菜，尤其是鸡腿、鸭腿之类的，他们会先给孙子们夹，然后再转过来教育阳希："要让着哥哥，他们在长身体。"

阳希不敢说什么，父母不在身边，她难免性格软弱。性格乐观的她还附和爷爷奶奶，说自己小，暂时不用长身体，吃哥哥们剩下的就好。而刘辉从小就很会做人，他把自己碗里的菜分给阳希，说家里就这么一个妹妹，自然要爱护。有人在场时，他都会认真教阳希读书写字，教她唱歌，给她讲故事。

刘辉很聪明，从小到大学习成绩都是第一，在旁人眼里他很谦逊，从不打架闹事，对大人彬彬有礼。阳希爸妈每次打电话回来都让她跟两个哥哥学习。"每个人都在夸刘辉兄弟，我自然也觉得他们做什么都是对的，包括'做游戏'要脱裤子。"

一两年后，比刘辉小三岁的刘宇也对阳希做了同样的事，并亲口对阳希说："我哥告诉我，自家有个现成的妹妹，咱们关起门来'玩游戏'，是只有兄妹才可以的。"

为了玩更多的花样,他们还带阳希一起关着门看黄碟,并给她洗脑:"你看电视里的哥哥妹妹都这样。"

看完之后,他们就让阳希照着黄碟里的样子做,并威胁她千万不要告诉任何人,要不然爸妈就会不要她了,他们还会死掉。

"我怎么可能让自己爸妈死掉,每次他们离开家,我都要追着跑好远,哭着问他们,打工要打多久才结束。他们说等我长大,就不去外面辛苦打工了。这个事后来还被刘辉利用,说只要跟他们'玩游戏'我就能长得快。有时就算痛,我都会忍着。"

阳希的童年基本就是这样度过的,她对自己的两个堂哥深信不疑。

阳希十岁那年,刘辉考上了全国顶尖的大学。村里拉起横幅,还大张旗鼓请了腰鼓队,刘辉家里更是鞭炮声响个不停,大摆宴席。村里人都夸赞刘辉光宗耀祖,家里的大人春风得意,不但刘辉争了光,刘宇也上了重点高中。

刘辉表面谦逊有礼,说着懂事的话,趁人不注意时却将阳希叫到了楼上。他突然变脸,挥手说自己是个征服天下的王,让阳希咬住一块毛巾。"之前还只是猥亵,这次就是发泄。钻心的痛,我眼泪都出来了,喉咙里嘎嘎作响,却发不出任何声音。"

事后,刘辉还威胁阳希。"不管我知不知道他在做什么,他都不怕,因为他出息大了。他还让我跪在地上喊'哥哥万岁',不用说,我照做了,我知道他备受宠爱,更怕自己爸妈'出事'。"

那时,楼下正敲锣打鼓,吃席的人让自己的小孩要向刘辉学习。刘辉提起裤子,下去继续接受表扬。

## 四

阳希向我道歉,为第一次见面时那些不礼貌的问题,说根本原因是,她害怕那种道貌岸然的人。"有心计还聪明。我怕你跟他是一丘之貉,或者有千丝万缕的联系,我实在太害怕这个人了,以至于一见面,就将自己代入受害者角色里去了。"

我说不出一句安慰的话,想拉她的手,却发现她的拳头一直紧握着。薇姐在掉泪,李海燕握着阳希的另一只手。

这时,我反而冷静下来,说:"无论是猥亵还是其他,事情过去那么久了,证据什么都没保存,弄不好会被对方说成侮辱诽谤,但事实是可以追究一番的。接下来会发生什么,会不会造成二次伤害,就不得而知了,涉及亲属还是得慎重。"

我说得比较含蓄,薇姐没听懂,问我怎么追究事实。我看了一眼李海燕,她心领神会,解释道:"可能还得阳希自揭伤疤,去跟刘辉他们聊一下从前的事,留下文字或者视听证据。法律上大概率无法追责,但阳希应该是不想让事实就此湮灭。"

"好,我可以的。"阳希答得干脆利落,"有人说他们是'完美犯罪',但我想揭露他们,哪怕杀敌一千,自损八百,要获得真相,可能双方都要付出代价。就像你们说的,就算过了诉讼时效,但他们做过的事情会被钉在耻辱柱上。"

阳希问我怎么跟他沟通可以获取相关证据,我说了自己的看法:"这种人防备心很强,一般套不出来什么。不过,他毕竟做了亏心事,完全不怕是不可能的,你可以试着扰乱他的心绪,吓唬一下他,然后放低姿态。这种人一般都自傲,哄他两句就忘乎所以,将他曾经威胁你的事实埋在问题里,算是下一个套吧。"

大家一起商量了一会儿，阳希将刘辉穿她内裤的照片用手机发了过去，还加了一句话："原来我的内裤被哥哥偷着穿了。"

过去了四五分钟，刘辉那边没有回复任何消息。

阳希又发了一条消息："穿了就穿了吧，我再买一条就是。我其实是想不通，为什么哥哥一表人才却要贴着我，想知道你到底是喜欢我，还是把我当成玩物？"

很快，刘辉回了信息："哥哥自然喜欢自家妹妹，何况妹妹还那么漂亮。"

阳希继续追问："既然喜欢，为啥要偷穿我的内裤？我十岁的时候，你就在我身上乱来，怎么你现在还不满足，有对象了还要来纠缠我。这些年，你到底怎么想的？"

刘辉以为阳希是怪他冷落了她，字里行间满是得意："怎么像吃醋了？喜欢才会鲁莽，妹妹肯定也是崇拜哥哥的，不然那时候你怎么那么乖。"

阳希双手发抖，继续发："若你真的喜欢，后来怎么还会让刘宇他们一起来摸我，怎么还不是玩物呢？"

刘辉似乎突然反应了过来，质问道："怎么，你要翻旧账清算吗？当年大家都是小孩，不懂事，也没做什么。做人要有良心，爷爷、奶奶，还有我爸妈对你那么好。我们费力将你培养出来，现在爷爷病倒在床，你非但不懂感恩，反而要搞垮这个家是吧？"

阳希的情绪再次失控，她去卫生间一遍又一遍地洗手，李海燕去陪她，劝她说聊到这个地步可以了，明眼人一看就知道是怎么回事，何况我们手上还有他盗窃的证据。

阳希出来后，一直埋头哭泣："他提起爷爷奶奶，我觉得更加恶心。我八岁那年，奶奶看见过刘宇猥亵我，当时我们四目相对，她没有说什么，反而自言自语，说什么人老了就不中用了，要找个针线盒也找不到，出房间后还对着家里的狗发脾气。"

阳希确定奶奶那天是瞧得清清楚楚的，有次，她偶然听见奶奶私下教训刘宇："还好你是对自家人那样，还好是我看见，换作是别人，人家当场把你脑壳拧下来当凳子坐。"

阳希还傻傻地跳出去问："宇哥哥到底做了什么，别人要将他脑壳拧下来？"

之后，阳希发现爷爷奶奶对她比从前好多了。给她买很多漂亮衣服，有好吃的都会给她留一份，逢年过节会给她零花钱，但对于"做游戏"的事他们只字未提。

"在意识到真相以前，我一直认为爷爷奶奶是天底下最好的，写作文还夸奶奶好伟大。"

## 五

阳希讲述的时候，李海燕做了份谈话笔录。为保险起见，我再次向阳希确认，其说法是否属实。阳希毫不犹豫地在笔录上签了字，并承诺个人承担一切法律后果。之后，阳希说了她的诉求："若他们愿意出具书面道歉，我承诺不再追究，自己也就跨过这道坎，释然了。至于所拍摄的图片，以及相关视频也就用不上。"

我问阳希，如果对方顽抗到底，该如何？

阳希斩钉截铁道："那就豁出去。"

出于职业习惯，我一向会先做最坏打算，便让阳希将视频、图片都发给我，我存一份在 U 盘里，存一份在网盘上。至于手机聊天记录，我建议阳希将手机交给我保管，这段时间先用备用手机，若再有重要聊天记录，继续换手机。

另外，我还想了解一下阳希父母的态度。阳希却说到目前为止，她还没告诉父母。"万一爸妈知道我身上脏了，可能都不愿意回来见我了吧。他们在我六岁那年，在外面生了弟弟，一直把弟弟带在身边。我偶尔会怪他们不把我接出去，可他们对我也不差，给弟弟买什么，一定有我一份，生活费按月打回来，自己省吃俭用全力支持我读书，说女孩一样的。所以我不敢再提要求，怕现有的都会失去。"

我让她回去跟父母说明一切，她却央求我："你愿不愿意陪着我，一句话都不用说，站在我身边就好。"

我说这种事，为了避免尴尬，最好不要有外人在场。阳希却执意要求："我害怕他们知道我的经历后，会勃然大怒，然后和那帮人鱼死网破。又怕他们无动于衷，会伤了我的心。无论如何，如果你在我身边，我会更有勇气。"

⚖

第二天，我和李海燕在阳希的家里见到了她父母。

他们得知阳希的遭遇后暴跳如雷，阳希父亲一脚踢翻了凳子，压着喉咙指墙骂道："这么欺负我女儿，畜生不如。"阳希母亲则抱着她哭："怪爸妈没用，把你一个人扔在家里，我们对不住你……"

阳希跟他们说起接下来的决定，她父亲捡起地上的凳子坐了一会儿，之后走到我面前时，双眼通红，说："假如我当年知道这事，不用说，就算拼了这条命，都得将那两个狗崽子撕碎了。但现在时间过去那么久了，我们打拼到现在，好不容易将子女抚养大，女儿读研究生，儿子在上大学，贸然去闹，毁的还是我们自己家。"

阳希母亲也劝女儿："他们都有头有脸的，昨天还说等你们姐弟毕业了，给你们安排一个好工作，有几家好单位让你们选。就算如此，我明天还是要去抽他们两耳光，但我们就不要再宣扬了，女人难做。再说爷爷奶奶年纪大了，不能让人看笑话。"

阳希听了脸色煞白，一股鼻血当即蹿了出来。李海燕递去纸巾，却被阳希推开了，她只顾哭着说："就让它流，出点血不算什么，人死了不算什么，反正还能投胎重新做人。"

此时，阳希的奶奶进了屋，扶住阳希的头，让她朝天看。忽然，老太太快速从阳希牛仔裤后面掏出她的手机，砰的一声，重重砸在地上。我还没反应过来，只见她捡起来又摔了一次，然后看着阳希说："你喊我去坐牢，我衣服都不带；你要剁了我，我眨眼就是你生的；你让我上吊，我自个准备绳子。要不我跪下叫你奶奶。"

老太太慢悠悠地跪到阳希脚下，阳希一脸木然，鼻血吧嗒吧嗒地往下掉，我说得去医院，阳希没说话，却跟在我和李海燕后面往外走。阳希父亲见老太太跪着，也跪了下去，大声喊道："我的娘啊，您一来就这样，真是看轻我和我姑娘。刚才我很对不住她了，还没来找您要公道，您就受人撺掇来为难我们，那我也没脸劝说了。"

## 六

见过阳希家人后，我几次欲言又止，没承想阳希却主动对我说："我一定要个道歉的，当年我被欺负成那样，可没见老太太这么出头，你们不当成笑话看就好了。"

李海燕以为我会退缩，直接支持阳希："蔡老师，你不要权衡利弊。这两年，我最怕你会变得和有些人一样，动辄顾大局整体。我们虽然羸弱，但要大步往前走。"

我还没来得及说什么，阳希接过李海燕递来的手机，打了报警电话，眼神坚定。

过了三四十分钟，警察来了。刘辉两兄弟主动劝走了老太太，说现在闹开了对谁都不好，一家人不要让外人看笑话，他们愿意协助警方调解。老太太听他们的话，走之前还指着阳希父亲道："我看你还认不认爹娘，认不认祖宗。"

此时，我才知道刘宇是法学博士，阳希之前怕我会顾及人情或是其他，刻意没说。面对民警的询问，刘辉递出身份证的同时，打开随手带来的平板电脑，将他的个人资料及与一些人的合影给民警看。他一边滑过页面，一边说自己是"引进的人才"，愿为国家和人民鞠躬尽瘁、死而后已。刘宇随即进行自我介绍，说他学法律快十年了。

民警了解情况后，说事情不大，问阳希是打算调解还是如何。阳希说调解是有条件的，当前希望民警依法处理。

一位年轻民警劝阳希："我们会进行调查，不过你那套（被偷的）衣服看着也就百来块钱，你们是一家人，兄妹之间有什么误会，不要冲动。"

很快，刘辉的父母叫来了村支书，也是自家人，村支书劝阳希："你们都是我后辈，哪个都是我看着长大的。你认为伯伯对你怎么样？"

阳希回答道："那就看看您怎么处理。"

村支书让民警先回，阳希同意了。"既然家族这个时候还要什么脸面，我就给大家一个面子。我就妥协这一次，不会像从前一样被反复欺辱了，到时候别怪我翻脸不认人。我的要求很简单，让刘辉、刘宇在家族群里承认小时候猥亵我，并向我书面道歉，我就承诺不再追究你们任何责任，也不会对外说。如果你们同意，我现在让两位律师暂时回避。"

李海燕想陪着阳希，被我拉走了。我担心他们万一谈不拢，到时候我们会有麻烦。

我们一出门，刘宇就跟出来了。他手上拿了两个信封，说是阳希给我们的油钱。我悄悄打开录音笔，问他什么事。他倒不拐弯抹角，说："都是同行，照片和视频要作为证据还是有瑕疵的。再说，小孩子过家家，大了来算账，说不过去。人好一张脸，公开道歉、写保证书都是掉身份的行为。我爸妈一直念叨着阳希从小父母不在身边，受了委屈，他们老早就给阳希准备了20万嫁妆，现在说要提前给她。"

见我没有接信封，刘宇话锋一转："律师做事也不要树私敌吧。阳希一个小女孩懂什么，还不是你们从中作梗。真要到了鱼死网破的地步，我们也不是好惹的。不瞒你说，以后我会从政，我哥还考过县长，万一你落我手里，我肯定往死里整。"

我没有搭理他，径直上了车。发动车子以后，李海燕摇下窗户给了刘宇一个白眼，感慨道："人啊，怎么能毫无愧疚之心。我家的小猫小狗做错事了，还知道耷拉脑袋。"

当晚，我们从阳希那里得知，村支书调解失败。对方认为阳希逼人太甚，留书面道歉的话，一辈子都会被她拿捏。刘辉父母指责阳希嫉妒刘辉兄弟比她有出息，她只是上了个普通的本科，研究生也是压线过的，便心生不满，打击报复。

至于盗窃的事情，他们的说法是：阳希奶奶以为阳希的内衣裤坏了，想给她缝补一下，让刘辉去取来。当时刘辉正好在二楼，为了省几步路，才翻墙过去拿了。

## 七

那天，阳希声泪俱下地说："我以为在场的亲人，能对一个小女孩的压抑感同身受。"

十一岁那年，她从一本杂志上看到有关性教育的文章，才知道自己被两个堂哥猥亵性侵了。"当时整个人都崩溃了，全身有种被野猪啃烂了的感觉，突然到处痛，还不敢吭声。"

自从知道了真相，阳希常年做同一个噩梦，直到现在都是。

"总是有两三个男人脱掉我的衣服，把我全身都摸个遍。而我想骂人、想打人、想赶他们走，却总是无力，还要眼睁睁地看完全程。醒来我还会一阵抽搐。我清醒地知道这个梦不会就此罢休，大白天只要有个男人看我久一点，我就会惊恐，生怕自己的衣服会不受我控制松开。"

阳希认为自己脏了身子。"见花儿开得艳丽就想到自己烂透了，挨着其他女同学觉得是罪孽。她们傻乎乎的样子，真令我羡慕。我的童年本该跟她们一样，拉着小狗的尾巴不肯放手，在文具盒里养蚕宝宝，看家里的兔子啵啵，天真无邪地唱着'六一'儿童歌曲，一天到晚就想着吃好吃的，对街边垃圾食品情有独钟……而我只要想起以前的事，就精神萎靡，吃什么都没有胃口，刚才好好的，突然就想哭……"

有一次，阳希想从学校的四楼跳下去。正想抬腿，就见语文老师急匆匆地过来，说学校要开期中考试表彰大会，她作为优秀学生代表要上台讲话。她才没跳。

从此，阳希脑海里总是天人交战，生与死的念头来回拉锯。过了很多年，她才明确了自己的想法："我身上背负的是伤痛，也是证据。刘辉这类人不止一个，受害者也不会只有我。我不想其他小女孩像我一样，生在这个世界，还没来得及认识万事万物，就被玷污了。"

阳希觉得自己在做正确的事，应该会得到理解。但是那天，非但正义没有得到伸张，她身上还反被泼了脏水。

刘辉的妈妈毫不留情地骂她是个"骚货"，并言之凿凿："不骚怎么十一岁身上就来了？别的女孩都是十三岁才来的，你自己脑子里想得乱七八糟的，意淫自己的堂哥，到了（到头来）还要敲诈，你缺钱跟我们讨就是了。"

阳希奶奶也在一旁添油加醋："要说阳希，有一点我不喜欢，小时候就喜欢撒谎，还从我荷包里摸钱，打死都不承认，不过那都是以前的事了，谁对谁错都过去了。"

刘辉不痛不痒地跟阳希说了句"对不起"，当阳希说一定要书面道歉时，他直接变脸，恼羞成怒："我女朋友是大城市的人，家里有权有势，身材外貌比你好多了。讲句难听的话，很多女生排队让我睡，我都没动心，真要做什么，也轮不到你。"

阳希的父亲气不过，抽了刘辉一耳光，场面当即陷入混乱，两家人打了起来。村支书一声不吭，趁乱走了。阳希刚打通报警电话，隔壁传来消息，她爷爷去世了。

阳希的伯伯和奶奶拒绝阳希一家进门吊唁，阳希父亲想去跪拜，也被老太太拦住，骂他不孝子，说老爷子是阳希给逼死的。除非阳希一家在灵前发誓，不再闹得家里不宁，才让他们进门。事实上，阳希爷爷已卧床半年，早在两个月前就说不出话了。

## 八

由于极度失望，阳希不再顾及任何家族情面，毅然决然选择走法律程序。办案民警经过调查，认为刘辉构成盗窃，对其处以行政拘留五日的处罚，由于他家正在办理丧事，当时未将人带走。

阳希的这一举动，在刘辉他们家看来，是要鱼死网破，没有任何余地了。他们放出话来："如若不撤案，包括律师都没好下场。"

那段时间，刘辉并未在家守灵，而是来到省城找各种关系，还通过中间人找到了我。他说他们通过之前的观察，发现阳希很依赖我，我是"关键人物"。

我直言替他感到悲哀，都这时候了，他还没意识到问题所在，以为是我从中挑唆。刘辉狡辩称："人的基因里本就有一些特殊因子，你看首次在巴黎出版的美国小说《洛丽塔》、日本名著《源氏物语》，都是探讨此类东西的。小孩子过家家，是出于人性的本能，真没必要上纲上线。我让我爸妈代替我写一封道歉信行吧？"

我说我和阳希并不太熟，无权替她做决定。刘辉又打起感情牌："为啥阳希在我拿了她的衣服后，挂上更性感的？你就没想过，一直是她勾引我吗？这个女的太有心计，你不要被利用了。"

李海燕听不下去了，当着刘辉和中间人的面给阳希打了电话，表明我们的态度:"警方若只处以五日行政拘留,那我们要投诉,视频里的人属于多次入户盗窃,侵犯了被害人的隐私权,无论金额多少都应立案调查,查实后追究刑事责任。"

刘辉满头大汗,借口身体不舒服,离开了。回去后,他对阳希说自己愿意出具书面道歉。

事到如今,阳希拒绝了他:"你不过是为了自保而断臂,还以为自己很会取舍。"

最终,刘辉因涉嫌多次入户盗窃被立案侦查,一个月后被批捕。

开庭时,刘辉一直说自己爱国,批评外国虚伪、不讲人权,他说自己是看不惯才回来的,立志要建设祖国,以后有钱了一定会捐款、做慈善,因此希望法庭网开一面。

阳希的发言则令我极为动容:"这个世界还是要有基本的公平,没出息的人只是没出息而已,不代表他们就要被有出息的人欺辱。如果成就可以掩盖罪恶,那么成就本身就是罪恶,没什么值得夸耀的。今天虽然审的是盗窃的案子,但我要说我曾经作为女孩被猥亵的经历。我不在乎什么家丑不能外扬,唯一能让我走出阴霾的就是勇敢,所以,哪怕我的情况特殊,就算全国十四亿人,只有我一个人有这种遭遇,也绝不妥协,因为我的人生没有十四亿次,统计学无法消除我的痛苦。"

我听到公诉人在一旁嘀咕:"一个海归博士而已,人品低劣,真不是什么人才。"

最终法院以入户盗窃罪判处刘辉有期徒刑一年。

作为妻子和母亲的
最后四十八小时

# 她们走上法庭

| 时 间 | 2018 年 04 月 |
|---|---|
| 当事人 | 陈月娥 |

"挨打，真是我生活里最容易扛过去的事了。"

2018年4月初，医院重症监护室外围了一大群人，他们哭着闹着朝里面喊话，让病人"懂事一点"，好为家里做最后一点打算。"很明显，你知道怎么样才最划得来。"

躺在里面的是陈月娥，三十九岁。我不知道她能否听得到，但我知道，外面的所有人，除了医生，只有我一个人希望她醒来。

我希望她能醒来，把债务还了，等着大儿子成家，等着小儿子拿回及格的成绩单，希望她家里的三个男人都站在她面前，保护着她……

一

我和陈月娥算是通过要债认识的。

2016年临近春节，一位亲戚找到我说，陈月娥欠了她五千块钱，请我帮忙一起去讨债。等到了我们才发现，陈月娥家外面围了不少人，一个个来势汹汹，全是来要债的。门口已经挤不进去了，里面的人正在骂娘，说要把这房子给点了，还有人已经将一台三十寸的电视搬到自己身边，那是整间房子里看起来唯一还能换点钱的东西，其他的就只剩一张破桌子和锅碗瓢盆了。

陈月娥坐在堂屋中央，披头散发，正在缝着自己的棉布鞋——这样的鞋，去市场上买双新的也就三十块——面对众人的声讨，她不抬头，只是哭着说："他借的钱，你们逼我做什么？"

间或有人上前去将她踢倒在地，她也不恼怒，爬起来继续坐回凳子上。同行的亲戚看不下去，让大家讨债归讨债，不要打人，众人就嚷嚷："谁的钱也不是大风刮来的，她老公当年花言巧语找我们借钱，说给利息，人跑了，躲着不见，不找她找谁？"

陈月娥看到我们，连忙站了起来，从兜里掏出一沓零钱放在亲戚手上。"华姐，你那五千是我借来给儿子治病的，再苦再累都要还。只是今年喂的三头猪也被人拖走了，鸡鸭都没了，实在没钱。过完年我就出去打工，发了工资就先还给你们。至于其他人的钱，没有从我手上过的，既然来了我也认，认了让你们打我一顿消消气……"

离陈月娥最近的一个人甩了她一耳光，抓起一个杯子摔地上，骂骂咧咧地走了。陈月娥捂住脸连声道歉，旁边的几个人没动手，叹着气出了门，剩下的三四个还僵持着，让陈月娥一定要给个说法。

这时，从卧室冲出来一个高个子男孩，大概有一米八，手上捧着一部手机，正在玩游戏，声音还有些稚气未脱，朝着人群大吼："你们还有完没完？叽叽喳喳影响我打游戏，害我输了好几把了！"

那是陈月娥的小儿子，十四岁，穿着时髦，脚上的一双耐克鞋在专卖店得卖七八百块，衣服看着也不差，站在这里，就像是从城里来体验生活的。

陈月娥一下慌了，急忙推儿子回了房间，转身就跪下了。"小孩子不懂事，你们不要见怪，我现在去泡茶，你们坐一会儿消消气。"

几个人面面相觑，发了一通脾气后，终于相继离开了，只剩下我和亲戚在那里。我们之所以没急着走，一是怕她出什么意外，二是亲戚还有几句话要跟她讲。

房子周围瞬间安静下来，远处偶尔传来几声爆竹声，屋内却更显凄凉。

地上散落着玻璃片、谷子和锅碗瓢盆，到处一片狼藉。陈月娥拿着扫把在收拾，说想留我们吃晚饭。

"吃饭就算了，你自己都一团糟。这位是律师，念在朋友一场，看你要不要离婚，想想自己的出路。"亲戚说罢，陈月娥的小儿子又跑了出来，瞪着我们说:"你们两个怎么还不走?!聒噪死了。"

陈月娥假装生气:"你当时生病,只有他们借钱给你,是救你命的人。"

她儿子玩着手机,没好气地回了句:"又不是我跟他们借的钱,救我的是医生,医生是收了钱的。"

陈月娥又过去哄:"怎么说话的,像什么样子……要不你先进去,我过几天给你买一副好耳机。"然后又转过来略带抱歉地对我们说:"孩子还小,不懂事,你们不要计较。"

亲戚摇了摇头,临走前把我的手机号码给了她,说如果她想离开这个家,我们可以帮忙。

二

之后,陈月娥一直没有给我打过电话,直到2017年4月。还是亲戚带着她找到了我。

陈月娥进城打工了,最初在工地上做小工,但小儿子上学,每个月都需要生活费,工地上的钱一般年底才结,陈月娥就想到我家附近一家做手机屏幕的公司做普工,可应聘时因为手有点脱皮,被刷了下来。

亲戚问我在厂里有没有熟人,帮陈月娥说几句好话,说她的手平时不脱皮的,那次是碰了不该碰的东西过敏了。

我说等手好了再去应聘就行了,反正那里大量招人。亲戚却板起脸教训我:"你也是吃过苦的,现在倒好,轻描淡写一句话就把人给打发了,人家是走投无路才来找你的,早一天就好一天……"

陈月娥在一旁手足无措。"我自己无所谓,就怕对不住儿子,他是个要面子的人，只要拿不到钱，就不肯去学校，别的同学每周都是父母开车接送，他都是挤公交……"

我无话可说。

熟人确实有，我有个大学同学在那家公司做法务，但此前很少打交道，事已至此，我只能打电话过去。事情还算顺利，陈月娥当天就入了职。

一个多月后，陈月娥打电话给我，约我和亲戚吃饭，说发了四千块工资，打算先还亲戚两千块。"只要我努力，日子就好过了，五千块钱不用三个月就能还完。我还没到四十岁，还能给大儿子攒点钱成个家，小儿子想上大学也没问题，我有力气。日子还是有盼头的，你们一定要来。"

电话里传来陈月娥爽朗的笑声，听起来她是真开心，就连我也被她感染了。

可当我和亲戚提着水果去到陈月娥的出租屋时，她竟披头散发地坐在地上，折叠桌被摔成两半，地上到处散落着瓷瓦片和汤水。

小儿子仍旧躺在床上打游戏，见我们来了，陈月娥扶住自己的腰吃力地爬了起来，往地上瞅了瞅，说："让你们见笑了，要不你们等一下，我这就出去买点卤菜。"

亲戚拉住了她，问是怎么回事。见她不说话，转身问她儿子，她儿子翻过身去，恶声恶气地答："你问我，我问谁？我也没吃饭，谁让她把钱看得那么重的，真的是够搞笑的，还怪我。"

亲戚见他越发没大没小了，拍着床沿直骂不像话，陈月娥又赶忙过去拉亲戚，说她丈夫刚才来过，抢走了她的银行卡，还逼她说出密码。"不关他（小儿子）的事，他没有动手。我儿子还是蛮懂事的，就是贪玩。"

陈月娥的丈夫以前在工地上开了个小卖铺，一年还能赚点钱，自从跟几个老板合伙做工程后，就越发不靠谱了。那时，陈月娥在家里照顾八十多岁的婆婆，小儿子在外面跟着爸爸，经常饥一顿饱一顿，"吃了苦了"。

说着，她蹲下去捡散落了一地的蛋饺，放在嘴边吹了吹，又将外面的蛋皮剥掉："我听说小律师喜欢吃蛋饺，想着他在外面也难吃得到，就做了好大一碗，想着还给你带一点回去的，没想到沾了灰。我也是小时候吃过苦，才想尽办法要让自己的小孩好。"

亲戚早已为人母，听到陈月娥这样说，又转过头去说小儿子："你看你妈妈多不容易，对你多好，你爸爸打你妈妈，你就在一边看着，也不知道保护她。"

小儿子斜着身子抬头看了我们一眼，说："又不是第一次打了，从我记事起，她就挨打的，她自己都不反抗，凭什么让我去掺和。过不下去了可以离婚啊，干吗呢！"

## 三

自从有一次亲戚知道我家里太乱，让陈月娥过来帮忙后，陈月娥几乎每周都会来我家里坐一会儿。有时是帮我搞一下卫生，有时是煲个汤，拦都拦不住，总说就算亲戚不交代她也会帮忙。"没有父母在身边的孩子可怜，你不要经常吃外卖。"

我执意要给陈月娥钟点费，她却怎么都不要。接连几次都这样，我便假装生气让她不要再来了，到了周末还特意叫了一个家政公司的阿姨过来，那天，她在门口尴尬地站了好久。

等家政阿姨走了后，她才说："要不你也帮我做点事……我儿子要中考了，算是他人生中的关键时刻。学校经常要开家长会，他不让我去。当然他主要还是担心我上班忙，请不到假，去了也会心不在焉的，就想问一下，你能代我去吗，这样可好？"

我让她跟我一块去，并对她儿子说，我可以开车送他去学校，但他妈妈也得去。

我清楚地记得，老师说陈月娥儿子人还是蛮聪明的，学什么很快，就是内向、精力不集中，陈月娥在台下认真地听，用本子记下一些老师和其他家长说过的话。散会后她对我说："我儿子还是有希望的，离及格线也没差多少了，能把游戏戒掉就好，你也帮我说说他，我努把力，让他自己也加把油，苦日子也就这几年了。"

她总是很乐观，把日子往好的方面想。

又过了些日子，有次我下班回家，路过陈月娥所在公司门口，看见一个男人正推着她往前走。陈月娥抱拳求他："你给我留点面子，这是公司门口，还有同事……"

我把车靠边，问陈月娥是怎么回事。她老公似乎认识我，没有说话，只是站在一旁。陈月娥指着我对她老公说："这是华姐的亲戚，是个律师。"

陈月娥老公递了根烟过来，口中念念有词："这是什么破公司，工资都不按时发，无良资本家，就知道压榨工人的劳动，一点保障都没有，害我差点被追债的人砍断手。"

我当着男人的面问陈月娥，要不要重新办一张银行卡，我可以带她去。她老公急了，却不敢向我发脾气，跑到公司门口大喊："黑了天了，这个公司压着我老婆的工资不发，无良资本家，还让不让人活？这是要逼着我老婆陈月娥出去偷人做贼——"

还没等保安出来，陈月娥先跑了过去，拉住他，恳求道："求求你给我留点面子，给两个儿子留点面子，一个还在上学，一个还没成家，你这样，他们以后抬得起头吗？"

男人一脚踢在了陈月娥的膝盖上。"你敢换银行卡，我就让你把脸丢这拾不起！"说完扬长而去。

我问陈月娥是否马上报警，她摆了摆手，让我扶她去石凳上坐着。

"还好他下手不重……这要是把膝盖骨踢碎了，家里该怎么办。我不是不想和他离婚，在这个节骨眼上打官司，还不知道要耗多久，对小孩不利。"陈月娥使劲儿忍着疼。

我说那也不能任由他家暴啊。陈月娥揉了揉自己的膝盖，抬头望着路灯说："挨打，真是我生活里最容易扛过去的事了。从小到大都这么过来的，如果挨几顿打日子就能好起来，他不欠那么多债，儿子的成绩能够多拿几个A，我倒是都能受着。"

说着她突然笑了。"你不知道有一回晚上我被他赶出去，在外面不敢睡觉，怕坏人抢劫也怕别的，就一直在路边蹲着，看街边那些植物，你知道吗？我竟然看到了花开的样子，像个美女在跳舞，扭扭身子，一下子就蹿到你面前，好美。时运来了的话，我们一家一下就起来了，我只要撑过这几年，一切都会不一样的。"

我不好再多说什么。

## 四

陈月娥总是念叨着，等有钱了要请我和亲戚吃顿大餐。当她再次提起时，恰好那天是亲戚的生日，亲戚便让我带着陈月娥一起去她家，说谁请都一样，只要人到了就行。

陈月娥执意要买个礼物,我说亲戚交代了,谁要给她买礼物就不让去了,这才作罢。

去的路上,她见到一家平民连锁服装店打折做活动,想进去,犹豫了一下说:"这种名牌衣服穿起来就是舒服,没想到还大甩卖,等我有钱了就来买一袋。"

在车里,陈月娥的电话一直响个不停,接通后,她反反复复就一句话:"我儿子没有借钱,你们这些诈骗分子。"

到了亲戚家,她的电话还一直在响,家里人不少,亲戚就指着我说:"要不让他接一下,看对方怎么说,再骚扰的话,就交给他去处理吧。"

接过电话后,对方说既然是律师那就更好说话了——陈月娥的大儿子在某网贷平台上借了两千块,一直逾期未还,手机也打不通,他们只能通过通信录找到他母亲催债。对方说能够出具借款凭证,如果需要,他们可以发一份过来,钱不多,没必要造假。

挂完电话,我对陈月娥说,欠款应该是真实的,对方知道她大儿子的身份证号,还有手机通信录,包括电子借条都能出示,听着不像是诈骗。陈月娥猛地拍着桌子站了起来,大声道:"我儿子绝对不是那样的人,我给他买了手机的。"

陈月娥过激的举动把在场的所有人都吓了一跳,亲戚赶忙上前安慰,然后用陈月娥的手机打她大儿子的新号,问他到底有没有借钱。被否认后,亲戚让他加我微信,说我是律师。

直到吃完饭,我都没有见到微信上有添加好友的申请。陈月娥却说她去洗手间的时候和大儿子沟通过了,是别人冒用他的身份办的小额贷款,让我主动加她大儿子微信。"他说加了,但是你那边没反应,可能是信号不好或者手机中毒了。"

我当着陈月娥的面加她大儿子微信，那边还是没有任何回应。

等所有客人都走了以后，我问陈月娥要不要回去，她突然跪了下去，吓我一跳。"是我没良心，不该向你发脾气，可是我不那样做的话，我大儿子的名声就坏了，就再也不会有人给他说媒了……他才二十出头，正是要找对象的时候，我才不得不硬着头皮给他挣点颜面。"

陈月娥说自己很清楚，大儿子在外头打工一年，没往家里寄过一分钱，还陆续找各种理由跟她要了几千块。这次她大儿子说要回来，还让她转五百块路费过去。

我没有去扶她，想着她家里的那三个男人，没有一个省油的灯。

亲戚似乎看出了我心灰意懒，扶起陈月娥后就把我拉进了房间。"就算再失望，到关键时刻了你还是得替我帮帮她。她是一个好女人，当年我俩南下打工，我才十五岁，生活上全靠她打点照顾……"

⚖

回去的路上，陈月娥在车上不停地说话，说她自己当牛做马都可以，就是不想让孩子再吃同样的苦。陈月娥母亲是个残疾人，父亲一个人担着这个家，在家脾气很大，动辄就拿陈月娥撒气。小时候光是上学就要走两个多小时的山路，还得先放牛，放完再赶去学校，已是中午了。每次说自己想读书，就要挨打，所以小学读完便辍学了。"我小时候洗衣做饭、砍柴放牛，回去后还没饭吃，有时还要挨打，大人不把我当人看，后来我就一个想法，我一定不能委屈了自己的孩子。"

出去打了几年工后，陈月娥回家相亲，媒婆刚说出男人家的具体位置，她就动心了——她觉得男人家离学校近，以后小孩上学不用走那么远的路——这便是她嫁给这个男人的理由。

都说陈月娥的丈夫是被她惯坏的，以前没有那么不靠谱。陈月娥嫁过去以后，大包大揽地干活，一碟咸菜就能扒下两碗米饭，一百斤的担子挑在肩上不当回事，好吃的好用的全给男人留着，也从来不过问他在外面的生活，久而久之，男人也就没把陈月娥当回事了。

"我算过命，算命先生说我是有福的，四十岁以后不会再挨打，还能发点小财。还说我儿孙自有儿孙福，这样想来，我死命护的这个家肯定会兴旺的。"

到了出租房门口，她执意请我进去喝杯茶，说从老家带了一点炒茶叶过来，还说今天如果不把话说完，以后就没法面对我了。"其实是真的没有人和我说话。"

那张摔坏的折叠桌被陈月娥修好了，靠在墙角。她想给我洗个苹果，拿起一个又放下，拿起一个又放下，都是坏的。为了化解尴尬，她连忙给我倒了一杯茶，说自己其实不喜欢喝茶。"我想尝一下那种年轻女孩喜欢喝的奶茶是什么味道，她们怎么那么迷恋，听说有点贵。"

听陈月娥碎碎念了许久，我决定为她做最后一件事，之后哪怕天塌下来了，也不管了——当然自从做律师以来，这句话我说过无数次，最后还是会心软。

我拟了一份离婚协议，还给我那个做法务的同学打去电话，请她跟陈月娥的主管打声招呼，让他想办法给陈月娥在公司内安排个宿舍，再重新办一张工资卡。

过了几天，同学回复我，陈月娥不愿意搬去公司宿舍，说不想儿子周末回来没地方待，自己还想着要给儿子改善一下伙食。至于工资卡，说是不敢换。

我觉得自己能做的都做了，往后，陈月娥再没找过我。我偶尔想起她，犹豫是不是要打个电话问问她的近况，最终还是忍住了。

## 五

2018年4月2日上午，我接到一个陌生电话，对方自称是陈月娥的老公。我一听就挂了，过了一会儿，亲戚又打来电话，说陈月娥上班时突然倒地，被送到医院了。

我赶去医院，发现陈月娥的丈夫正在急诊室门口和人争执，亲戚横在中间拉架，我看了一会儿才知道，他们都是陈月娥的同事，被陈月娥丈夫拉住要治疗费。见我来了，陈月娥的丈夫赶忙指着我说："这是我老婆的律师。"

其中一位领导模样的男士把他的电话号码留给了我，说有个明白人最好不过了，"我们就不愿意和那种人谈"。

他们走后，我让陈月娥的丈夫给我手写了一份委托书。我接过来，看都没看就塞进了口袋。只见不同的医生急匆匆地走进那扇铁门，过了好几个小时，才有人出来，亲戚拦住一个医生问情况如何，医生说脑血管破裂了，情况很严重，要看她的造化。"关键就是这两天，熬过去的话，能捡回一条命，至于是什么状态就难说了，有可能成为植物人，有可能瘫痪，家属要做好思想准备。"

我看不出陈月娥的丈夫有丝毫的担心，只见他在一旁骂骂咧咧道："这些胆小鬼医生不说人话，模棱两可，说了等于没说，要是他们把我女人治坏了，我让他们好看。"

亲戚红了眼圈，质问道："你装什么装？现在知道她是你女人了，不知道你安的什么心。"

看着这番场景，我实在有点累，便说反正守在这里也没什么用，就先回去了，有什么消息告诉我一声。

陈月娥的丈夫送我下楼，车子启动后又敲我的车窗，说："你不要关机啊，有什么情况我第一时间告诉你，要记得接听电话啊……为了我老婆实在没办法了……"

⚖

第二天大清早，我就接到了陈月娥丈夫的电话，那边开口就问："你一小时要多少钱，尽管开口，只要你肯过来。"

我没好气地说："那至少得一千块了。"

"一千块不贵，你过来看看我老婆吧，她的情况有点复杂。"

我以为这个人在妻子病危时终于良心发现了，路上听亲戚说，他已经一天一夜没合眼了。提钱就是气话，快过去二十四小时了，我本来也是要过去看看的。

到了医院，陈月娥已经转到了重症监护室，我以为情况有所好转，还在暗自庆幸，见陈月娥的丈夫一直不停地看表，我便打趣道："现在知道她重要，希望她快点醒来了？"

陈月娥丈夫左顾右盼，望着亲戚欲言又止，在过道里来回走动。忽然他走到我身边，小声问我："我老婆这个算工伤的吧？家里的情况你也知道，没积蓄的。"

我说算不算工伤，得分情况，如果是与工作无关的疾病导致的也不一定。"现在人家公司主动垫付了医药费，而且一般大公司都买了保险的，这个倒不用担心。"

"《工伤保险条例》第十五条规定是不是真的，听说在工作时间和工作岗位，突发疾病死亡或者在四十八小时之内经抢救无效死亡的，就能被认定为工伤，对不对？"陈月娥丈夫摊开手掌，照着上面的字念道。

我没有搭理他，只是盯着重症监护室。


## 六

二十四小时过去了，好戏才开始上演。

陈月娥丈夫突然坐在过道上一把鼻涕一把泪，口中的话说来就来："你不要怪我，就两天时间，前面二十四小时我就一心一意地守着你，你醒来那是你的造化，我一刻也没有合眼，这么多双眼睛都在看着的，我是粒米未进啊……接下来二十四小时你要懂事了，你前面二十四小时都没醒，看来也是不想受这个罪了，你别担心了，想去哪儿就去吧……"

一个路过的护士听到他这番话，吓得摘下口罩，眼见着泪水就要夺眶而出。亲戚过去扇了他一耳光，他也不反抗，继续哭："世人要误解我也没办法，说到底，父母、儿女都不可靠，最终还是两口子最心疼对方，冷暖自知……"

换作以前，我定会暴跳如雷，如今见多了，就见怪不怪了，心想肯定气不到陈月娥的——这么多年，她也见多了这个男人的荒唐事，可还愿意相信未来。

很快，陈月娥的两个儿子也被叫到了医院。小儿子还是一言不发，说了句"她又怎么了"，就坐在椅子上开始玩游戏。大儿子的头发脏得冒油，他扭了扭头对着窗口说:"前两天还说要给我转一千块还债的,偏偏就在还款日躺下了。"

亲戚气得摔门而去,说再留在这里,她也得进重症监护室了。

我拦住路过的医生问,重症监护室是隔音的吧。医生莫名其妙地看了我一眼,没有搭理我。陈月娥应该知道她家里的三个男人来了,指不定在偷偷哭,她得有多伤心。

可一旦好戏开锣了,就停不下来。

陈月娥丈夫那边的催债电话又响了,这次他中气十足:"就这点钱也好意思催我,说不定过几天我还给你多加几百块,我这里有个工程,就要结账了,你不要催。"

"您放心,我现在敢开手机,就表示我资金到账了,我不光能还钱,还能投资。"

大儿子听到他父亲这话,眼里也跟着放了光。"这样说来,老妈还给我们留了不少钱?事已至此,我们也只能接受现实了。老爸你能不能像老妈一样替我们着想,不要把钱全撒出去了,我妈说要给我找个对象的。"

在我看来,陈月娥终究还是没有白疼自己的小儿子,虽然还是打游戏打得天昏地暗,但至少没说出什么伤人的话,一局结束,还会向病房望上一眼。

时间一点一点地过去,陈月娥的丈夫越发坐立不安了,他一会儿看看手机,一会儿去医生办公室外转悠。我打定主意,要陪着陈月娥熬过这四十八小时,所以也一直没有走。

接近晚上十点了,再有十二个小时,到第二天早上十点,陈月娥就算撑过四十八小时了。焦躁的陈月娥丈夫不知何时又飘到了我面前,问:"家属放弃治疗,应该可以拔管吧?家属每天都有一点时间进去探望病人的,总不能让我老婆受那种要死不活的罪吧。"

我告诉他，如果家属不经过任何程序，就进去把病人的管子拔了，那可能涉嫌犯罪的。

"那可怎么办？医生应该可以的，我再去问问。"就在他去医生办公室的时候，陈月娥的主管来了，带着一个文件袋，说厂里的同事捐了五万块钱，主管不想把钱给陈月娥丈夫，说是要给她儿子。话还没说完，陈月娥大儿子赶紧挡在我面前，说："我是我妈妈的儿子，你把钱给我就行了，谢谢你们了，好人有好报。"

这时，陈月娥丈夫骂骂咧咧地从医生办公室赶过来，我把主管来过的事跟他说了。他一把揪住大儿子，怒斥道："什么时候家里轮到你来做主了？快把钱交出来，还想翻天了。"

紧接着又继续说："医生说他们不拔管，这到底该怎么办，弄不好连工伤都不算，谁来给她治病？"

## 七

黎明时分，陈月娥丈夫居然开始用手机播放哀乐了，声音虽然很小，但我还是听见了。

我实在忍不住了，走过去对他说："你还是放一首《好日子》吧，可怜可怜她。"

不知什么时候，我靠在椅子上睡着了，等到被一阵嘈杂声吵醒时，已是早上八点多了，只见陈月娥丈夫满头大汗，我问他怎么了，他说："医生进去了，我老婆还是明事理的……"

最终，陈月娥还是没能挨过四十八小时，医生宣布她"医治无效死亡"。闻此，陈月娥丈夫将脸面向墙壁，号了几声。

我愣住了，连忙跑到楼下去找那家连锁店铺，想着她到死都没能满足自己"穿名牌"的愿望，而这是我唯一能做到的，只是跑下去以后我才发现，店铺要到十点才开门。

等我回到医院，陈月娥的丈夫又将我拉到一旁，说："无论从她倒地的那一刻开始算，还是进医院时开始算，都没有超过四十八小时。这个钱保险公司应该不会耍无赖吧？"

我说："如果他们耍无赖，你就请我去申请仲裁，去起诉，给钱就行了。"

几天后，亲戚也劝我去帮陈月娥丈夫跑一下工伤认定，说该拿回来的钱还是要拿回来，毕竟陈月娥走了，那就是另外一回事了。我准备了相关文件，带上证件，以防陈月娥公司找各种理由不配合。

事实证明我也小人之心了。公司的负责人说，他们已经上报了，资料也准备好了，就等劳动保障行政部门做出认定了，如果我要调监控也行，家属所有的合理要求他们都能答应。

没多久，陈月娥的工伤死亡赔偿金下来了，一共八十多万。陈月娥的丈夫说："钱到手了才真正松了一口气。"

见面时，他给我一个手提袋，说："里面是现金，其中五千是还华姐的，我老婆欠的债，我来还。我这人说话算话，你帮我老婆要回了骨灰钱，我该给的报酬一分不少。"

这么多年，陈月娥的丈夫从未给她买过一分钱的东西，眼下他突然出手阔绰，我更替陈月娥不值。但我也没有推辞，把钱收了，然后从包里掏出相关文件，让他签了个字。

就在陈月娥走的那天，她被送去殡仪馆后，小儿子突然把手机摔在地上，哇哇大哭。我领着他回了那间不到三十平方米的出租屋，想去帮忙收收东西，里面其实也没什么。

我看见自己之前给陈月娥的那份离婚协议，用图钉钉在墙上，她签了字的，我将它撕了下来。后来，拿着赔偿金的春风得意的陈月娥丈夫大笔一挥，在上面签上了自己的名字。

再后来，我没有参加陈月娥的葬礼，让亲戚把那份离婚协议带去烧了。陈月娥的葬礼结束后，她丈夫又让我带着小儿子去退掉出租屋，这样能拿到四百元的押金。

在出租屋里，我对蹲在地上缩成一团的陈月娥的小儿子说："如果你考上了大学，你来找我，我给你钱，不用还的，你拿来交学费也行，买耐克鞋也行。"陈月娥的小儿子没吭声。

愿陈月娥安息。

# 三次诉讼,
# 她的离婚之路走了六年多

# 她们走上法庭

| 时 间 | 2022 年 10 月 |
|---|---|
| 当事人 | 莉玉 |

我了解这种男人的套路，基本上是打了再哄，哄了又打。

我从未想过，一件普通的离婚案，会成为我职业生涯耗时最长、最难处理的案件。

数年前，我就因代理满玉的离婚案苦不堪言，几次发脾气说要放弃，但经不住她"走投无路"的哀求，便一次又一次被她缠住，被她的固执和无知搅得心力交瘁。

一

我与满玉的姐姐是同学。我读大学时的一年暑假，去深圳打工，工厂包吃不包住，当时满玉的姐姐和她也一起在深圳打工，在外面租房，就说让我去她们那里打地铺。

那时满玉二十出头，年轻而羞涩，一米六几的身高，长得好看，话不多，见到我时总是微微一笑。满玉爱干净，那一个多月都是她在打扫卫生，她做饭细致又认真，很好吃。追求满玉的人很多，我顺搭着吃了不少零食，她顾及那些人的面子，却从不占便宜，找着机会就会还礼。

我记得那时下班后，我们几个人时常去街上散步，路两边有各种躯干庞大的榕树，虬枝盘曲，绿叶如盖，还有小叶榄仁、杧果树，海风微微吹来，路过的男生总会多看满玉几眼。

我说满玉这么好的女孩，得给她挑个好人家，到时候让她奖励我一碗面就是了。等到夏天结束，满玉真做了一桌子菜，喊来她的朋友们，算是为我送行，她特意将面端到我面前，说："提前给你煮了，回去好好学习，工厂的声音哪有学校的悦耳。"

上车之前，我还朝满玉姐姐大喊："满玉是很好的女孩，她找对象，你要把好关。"

没想到，再次相遇已是五年后。在老家的镇上，我偶然看见满玉大着肚子一个人在街上走，她一眼认出了我，说她要结婚了，请我去。不巧那天我有事不能到场。她挥挥手表示不在意，扶着肚子走了。我想起了那碗面，以为她真的找到一个好人家。

不知又过去了多久，2016年8月，她特意找到我，却是告诉我她想离婚了。

⚖

满玉告诉我，就在我们认识的那年暑假后没多久，她就被喊回了老家。父母说年纪到了，不想让她远嫁，怕受欺负，让她就在家里相亲。

满玉要求高，一些她家人觉得不错的男人，她都看不上，说没有气质。最后一次，面前的男人说自己是大学生，在县城做生意，家境优渥，娶老婆的彩礼准备了十来万。于满玉而言，这些都不是最重要的，但已经三个月了，她早就看累了，觉得这次不管怎样都得嫁。

满玉的家人对这个男人并不满意，尤其满玉的姐姐，说哪有刚毕业的大学生戴着大金链子、油嘴滑舌，还骑着一辆破摩托车，在街上横冲直撞的，"之前相亲的哪一个男人都比他要强"。满玉却执意要和那个男人在一起，不惜与家人翻脸，说这是她个人的事。

在当地，娶老婆必须要"认根本"，就是男方给女方家的亲戚每户包一千块钱左右的红包，他们才当新郎是自家人，再回礼参加婚宴。

结婚之前，男人变了卦，彩礼总共才拿来两万块，其中一万五千块钱是"认根本"的。满玉的父母认为这是奇耻大辱，当时就说女儿不嫁了。可那时候满玉已经怀了孕,只得从中周旋。男人极不情愿地加了两万块钱后破口大骂,"一窝叫花子""你个二手货""你家就这么缺钱要卖女儿"……

"他说'二手货',是(因为)我之前确实谈过一个,算理亏,所以想忍让着过。"满玉向我解释。

满玉以为是那两万块钱的原因,想着把孩子生下来就去打工,将两万块钱还给他,就能好好过日子了。"日子是自己过的,人要有主见,不必在意别人的看法。"

当时也有亲戚劝她把孩子拿掉,赶紧脱离苦海,满玉还有气:"让我杀死自己的孩子,这种事你们都做得出来?还有没有一点人性?"亲戚们也就不好再说什么了。

## 二

满玉一心想护好肚子里的胎儿,护住自己的家。"男人都成熟得晚,只是一时气不顺,等孩子出生,做了父亲,自然就会消气顾家了。"

这只是满玉一厢情愿的想法,怀孕期间,她连基本生活都没得到照顾。满玉找男人要零花钱,男人立即变脸,一阵怒吼:"你卖了那么多钱,还不知足?"满玉听了直道委屈,后来对我说:"你知道吗?一个怀着孕或带孩子的女人,得伸手向男人要生活费,就算他愿意给,我都觉得自己低贱,没有被爱着。"

大着肚子的满玉在那个家,一言不合就会遭受辱骂,偶尔还要挨顿打,一切看男人的心情。男人平时又爱赌博,很少有心情好的时候,即便有时赢了,有了几个钱,反而更看不惯满玉了:"你不过是一个空有一副皮囊,毫无内涵的烂货。"

有一次，满玉坐在男人摩托车上，男人突然想起彩礼的事，余怒未消，咬牙切齿道："恨不得将你们娘俩推下去，摔个一了百了就安逸了！"满玉说，她那时不知该抓稳，还是该护住肚子。

满玉不敢回娘家诉说委屈，怕被骂；曾寄希望于婆婆和男人的两个姐姐，"求她们看在同为女人的分上，可怜一下我，说句公道话"。

可满玉婆婆反而怪她不懂事："谁不是这么过来的？现在你至少没饿肚子，不用去地里干活。当年我怀他们三姐弟，哪次不是饿着肚子去外面，暴晒淋雨都得干活。"

满玉有一次被打，跌跌撞撞跑去婆婆房间求救。婆婆翻了个白眼，说："你是我们花钱买来的，要识趣，少惹他，才能少受皮肉之苦，帮我们家带好小孩才是你的出路。"

满玉自觉憋屈。"他在外面赌钱，输了十几万，我没有多说一句，他反而骂我'背时鬼'，晦气，影响他的时运和手气。"婆婆只说："哪怕输得倾家荡产，有的你吃就行！"

满玉认为男人的两个姐姐倒是明事理，她们听了满玉的哭诉，会给弟弟打电话，说一些"太不像话了，再怎么样也不能动手，女人是拿来疼的"之类的话，可也没什么用。

满玉实在无法忍受，只得向娘家求助。满玉的妈妈性子软，上门后不过是问了男人一句"你为什么老是打我女儿"，男人就暴跳如雷，一跃而起，将指间正燃着的烟头丢了过去，大喊："你这个老癫婆生的好女儿，能再塞回你肚子里去吗？你还有脸来上门？"说罢又抄起一把椅子砸了过去。"还有脸来兴师问罪，反了天了。"

满玉的妈妈与其争执了一番后，没辙，将气撒向满玉："当年不听我们劝，只依自己脾气行事。碰到如此蛮不讲理的人，让我们怎么给你讨公道？当初是你强出头，我们哪里看得上这反复无常的小人？你要伸长了脖子挨宰，那就看看这鸡飞狗跳的日子，死了心最好。"说完就撒手不管了。

满玉大着肚子，熬到生下孩子。男人见是男孩，相当开心，抢着要抱，却未曾过问在鬼门关里走一遭的满玉。满玉不计较，她安慰自己说："电视里总说母以子贵，因为这个孩子，我以后的日子总会好过些。"

一直以来，满玉都很会自我安慰，给男人找理由。

出院时，满玉男人和公婆三个人都围着孩子转，抱孩子的、拿尿不湿的、帮孩子整理衣服的，喜悦之情溢于言表。他们见人就打招呼，互道恭喜，直到走出去一段路，都没有谁回头看一眼满玉是否起身了。满玉终于忍不住喊了一声，男人才退回来扶住她。男人扶她那会儿，满玉想："男人还是知冷暖的。"

但温情还没持续一个小时，刚进家门，男人一把揪住满玉的头发，又开始发作："我好歹是个有头有脸的人，你当众大喊大叫，存心要让我丢脸，我有你好看的……"

## 三

满玉第一次来找我寻求法律帮助是 2016 年。我见到她时，她的脸上、脖子上都是瘀青，语气哆嗦，惊魂未定，向我恳求："我只有孤零零一个人，孩子是我的命，不得已才要麻烦蔡哥哥，求求你了。"

我像看待自家妹妹一样，很是心疼，让她不要怕。"我会尽力帮你的，这样的男人吃喝嫖赌，劣迹斑斑，你能及时醒悟还来得及。"

满玉似乎还陷在挨打的阴影中无法自拔，自言自语："我、我被打坏了，再不走会没命的，到底还要我怎样？"

我安慰她说："不就是离婚而已，有我在，小事一桩。"

满玉说，男人爱面子，认为他甩满玉可以，满玉要离婚，绝无可能。满玉为了能达成协议离婚，不要任何夫妻共同财产，彩礼也可退回一部分，唯一的要求就是带走孩子。

可男人态度坚定："离婚异想天开，更别说要小孩。退一万步讲，哪天我大发慈悲，不要烂货了，若是女娃的话无所谓，男娃要传宗接代的，别痴人说梦了！"

我同满玉讲："起诉离婚，如果男方没有多大过错的话，第一次一般不会判离的，你要做好思想准备，多收集证据。他再暴力殴打你的话，一定要马上报警。"

我特意加了一句话让她宽心："小孩两周岁之前属于哺乳期，基本上会判给你的。"

满玉满口答应："蔡哥哥，我记住了。你放心好了，我一定收一堆证据出来。"

⚖

回去没多久，满玉就哭着打来电话，说又挨了几次打，我很是惊讶："还有几次？你怎么不早说，有没有证据？"她没有理会，喋喋不休道："这次是借了三千块钱给同学，被一巴掌扇到地上。他还说，你那同学不是很牛吗？居然向一个女人借钱，我瞧不起这样的男人！他打完我之后，还骂了些什么，我听不见了，因为耳膜穿孔了，还有血流出来。怕被他打死，我出去躲了三天，今天才被他叫回来。"

我问："为什么不报警？"

"他姐来求情了，说把警察招来多难堪，哪有家丑外扬的？闹个什么幺蛾子出来，以后对小孩当兵、考公务员都有影响。"满玉中气十足，"女本柔弱，为母则刚。"

我不知说什么好，只能学她安慰自己："不是每个人都精通法律，我要好好说话。要不然凶她几句，以后遇到什么事，就不找我求援了。"但是，我马上就后悔了。

还没等我稳定情绪，耐心教导，满玉又自顾说起另一次挨打来："我带孩子回娘家住了几天，他就叫一伙混混过来强行拉我回去，还和我的家人起了冲突，动了手。"

我又问："有没有报警，你拍下来了没有？"

她说："没有，我刚说了报警不好吧……拍照，哪能顾及那么多？大家都催我回去。到家了，他倒大方，马上给了我一千块钱。"

我强压怒火，摁住胸口问道："那你打电话来是？"

"哦，就是告诉蔡哥哥一声。你不是说了吗，有任何情况，要我第一时间跟你说。"

我猜她大概是不想离了。也好，本来接手她的案子，我没想收一分钱，连律所的相关费用都决定给她垫了，她不离了，除了恨铁不成钢，不会对我造成任何影响。

果然，当天半夜我便接到了她发来的一条消息："什么证据都没有，很难离掉吧？"我并未顺势给她台阶下，只说让她试试看。她第二天才回复我："还没想好，要不先别起诉？"

事情就这样不了了之。

⚖

只过了半个月，满玉就又来找我了。这是第二次。我看到来电显示里有她十几个未接电话，隔一段时间，电话又响个不停，我暗道不好，想她恐怕是又挨打了。

果然。"你应该知道我为什么又来找你了，也是鬼上身了。"她一上来就说。

我毫不客气地告诉她我的不满，让她尊重一下我，不可能把所有时间都浪费在他们分分合合的拉锯战里。满玉先是连声道歉："蔡哥哥，我知道你为我好。"继而又发誓："这次是深思熟虑了，一定要离！都被他打得在鬼门关走了一遭，躺了几天不能动，过不下去了。现在我一个人带着孩子，买了南下的车票。"

见她如此果决，我不好再计较，叹气道："分居了最好，我帮你汇总证据，马上递起诉状。"

满玉看着像是动了真格，在朋友的帮助下，开始摆地摊卖衣服。我让她安心在那边待着，一切都会搞定，到时候回来一趟开庭就好了。满玉还给我说："总算脱离苦海了。"

不到一个月，满玉突然问我："蔡哥哥，我听别人说案子起诉了，还能撤诉，不知道对不对。"

我预感不妙："问这个干吗？"

满玉回答干脆："我还是撤诉好了。"

我不知如何作答，满玉却越说越兴奋，说那个男人这次彻底悔改了，写了保证书，按了手印，要亲自来接她回家。"他给我买了新手机，是最新款，还挺贵的，并且承诺以后每月给我三千块钱生活费。最主要是，我不想让小孩生活在单亲家庭里。"

我了解这种男人的套路，基本上是打了再哄，哄了又打。打的时候要多狠有多狠，不怕打死人，哄的时候又全不在乎面子，下跪、赌咒、发誓、自残，不择手段。

做律师以来，我经手了不少婚姻家庭的案例，家暴发生了第一次往往就会有第二次。我想说点什么，但听着满玉欢悦的语气，我又觉得也没什么好劝的了。

满玉一句"谢谢"也没有就挂了电话，留我望着一大堆材料发呆。第二天，她就开始在朋友圈秀恩爱。此后半年，满玉未曾与我有过一次联络。不过我觉得这样才好，就像病人病好之后不想见到医生，没有她的消息或许才是好消息，我之前应该是多虑了。

## 四

没想到，2017年年初，她再次找上门来。我有意躲着她，拒不见面，她便在微信嬉皮笑脸："蔡哥哥，最近忙着赚大钱吧？"还给我发小红包，或许以为我会忍不住收下。我不回复，她便电话轰炸。我招架不住，让她另请律师，告诉她花不了多少钱，别再打扰我。

她说："请了，总不踏实，那律师什么都没说，只会要钱，感觉会坑人，万一小孩没争取到，连活下去的勇气也没了。"之后，她还是不断给我发语音、打电话。

我没有改口，自认为相较而言，我心肠比她硬，她不长记性，我得长记性。

几天后，满玉的姐姐给我打来电话："我妹妹，全家人都怕了她，让你费心了。"她自知不好意思劝我，只是说了一些满玉的情况。

"说来，到底还是她自讨苦吃。"

⚖

满玉撤诉后，俩人只甜蜜了不到一周，男人死性不改，甚至变本加厉，打得更凶了。

最近一次，小孩要看动画片，满玉不太会使用网络电视，多折腾了一会儿，男人便像吃了火药一样吼道："你怎么不去死？电视都不会放，要你何用？"满玉答道："那你来放吧。"他便将满玉一脚踢倒在地，并猛踩其头部、腹部及臀部，像翻一条咸鱼一样。孩子吓得在一旁大哭不止。

地上的满玉缩成了一团，血肉模糊，她终于想起要用最后一丝力气报警、喊救护车。救护车虽来了，乡镇派出所的民警却讲，这是夫妻之间的纠纷，他们不便出面。

满玉的婆婆还四处替儿子开脱："这么一点小事警察都不管的，还要叫救护车，忒娇气了，存了心要丢人现眼，还没死就要喊白车。劝架时我的手也受伤了，怎么没有打120？她跟医院关系那么好？挖空心思要把钱往里送！"

事实上，满玉的婆婆跟着去了医院，却推说没带一分钱，事不关己地等满玉的父亲来交了医药费。满玉父亲说："担架上的毕竟是自己的骨肉，别人可以不把她当人看，我到底心疼。"

满玉躺在医院的时候，男人几次打电话过来威胁她，说他早就不想要她了，准备"上诉"去。儿子一定要归他，彩礼须全部返还，明天就发"离婚诉讼",有她好看的。

满玉还真是孑然一身了。她姐姐告诉我:"满玉不太会做人,不听劝,把家里的人都得罪光了,让她放弃小孩早离早好,非但不听,还呛我们,说这是要她去死。"

听满玉的姐姐如此"数落"满玉,反而令我心软——她的人生都被打散了,我无法看着自己的朋友被所有人抛弃。于是我主动给满玉打了一个电话,问她需要我做点什么,满玉就在电话那边一直喊:"蔡哥哥,我要离,再不离我是狗。"

之后,我连续几天没睡一个好觉,一闭上眼睛,要么是儿子哭着找妈妈的画面,要么就是男人还在一脚一脚地踩她。甚至不由得回想起儿时自己常在家里哭,母亲却熟视无睹。我不想自己的童年在另一个孩子身上重演,孩子至少要有母亲疼的。

我不停地和派出所交涉,好不容易才立了案。带满玉去做伤情鉴定时,她才意识到胸口剧痛,前些天住院的时候,为了省钱,她只是简单处理了一下伤口。司法鉴定员建议做一个彩超,费用六百,不包含在鉴定费里。满玉觉得太贵了,犹豫不决。我提醒她,这个费用到时候可以让被告出的,她才急匆匆地去开单子。片子的结果让我始料未及:一根肋骨骨折,两根未完全性骨折。鉴定结果为轻伤二级,已构成刑事案件。

我很严肃地跟满玉讲:"这次立案就不要撤了。"她有些惊惶:"他在外面和人打架都是拿刀砍的,又有很多乱七八糟的关系。"我让她别怕,越是凶恶无底线的人,越要离开他,不然就真是苦海无边。

我去派出所查了男人的犯罪记录。这一查,真的是令人无言以对——男人曾因打架斗殴、聚众赌博被多次行政拘留,因故意伤害被判刑。其中最刺眼的是,他还曾因盗窃罪被刑事拘留。

满玉不停地抓自己的头发，不肯相信。"是不是弄错了？"我告诉满玉，公安机关的犯罪记录可造不了假，律师是可以查阅的。

"孩子必须我带着，跟了这样道貌岸然、没人品、没底线的爹能有什么出息？认贼作父啊！"满玉自言自语，"嫁给他三年，不知道他做过贼，竟冒充大学生，他所说的生意原来是这样的勾当……"

终于，满玉离婚的决心更为坚定了。

## 五

男人因故意伤害再次被刑事拘留，经过多次谈判，他愿意离婚，但孩子的抚养权不肯让出来。

满玉的家人得知消息，给我打来电话，说这是最好的结果，快刀斩乱麻，将孩子丢给那家人算了。我也认为这是个办法。可一抬头，就见满玉双眼血丝纵横、满是乞求地望着我。我只得告诉她家人："鉴于委托关系，维护她的相关权益是职责所在。"

因此，满玉与男人没有达成协议。一段时间后，男人被办理了取保候审，他极其嚣张地发短信威胁满玉："我在公安局有关系，你给我等着。只要有钱，什么样的女人没有？"他的几位姐姐则轮番唱红脸，说她们的弟弟虽然脾气暴躁，却"爱憎分明"，让她为了孩子暂时忍一忍。"女人嘛，不就是为了孩子，为了男人好。"

满玉不再理会，只是问我："兴许他在外头还欠了不少债务，我是不是要跟他一起还？也担心万一孩子判给我后，他会天天来我家打砸，抢小孩，伺机作乱。"

"夫妻共同债务问题有了新法,你不用多虑了,要不要再考虑一下放弃小孩?"我问她。

她摇头。"绝不!那我一路走来没有任何意义了。"满玉一脸不屑控诉道,"他打我时,没见他们家哪一个人肯为我说一句话,替他求情就都跳了出来!他该坐牢就坐牢,该赔偿就赔偿,一切按法定程序来办。"

时至今日,她是怕了,又什么都不怕了。

⚖

男人知道满玉这次动了真格,畏罪潜逃。十几天后,他被公安机关抓获,因故意伤害罪被判处有期徒刑八个月。满玉问我:"这次能离吗?小孩抚养权给我吗?"我让她放宽心:"他劣迹斑斑,家暴证据确凿,小孩尚在哺乳期,我们大概率会赢。"

法官的意思是,男人正在服刑,现在开庭的话,得联系监狱那边,还要考虑移交押送问题,因为他之前被看守所羁押的三个多月抵刑期,再过四五个月就会出来,是否等他出狱后再开庭。我说,监狱那边我来协商处理,无法协调再说,法官同意照此办理。

我折腾了很久,终于让监狱那边同意,将犯人押送至法院进行庭审。前期庭审相当顺利,我全场压制控局,对方律师自知无力回天,很少进行辩驳,都懒得质证,轻飘飘地说:"知错能改善莫大焉,请给被告一个改过自新的机会。"

最后法官例行公事,问满玉:"你们夫妻二人的感情是否破裂?"

满玉一直往我这边看,问:"蔡哥哥,我该怎么作答?"

我回道:"请你如实作答。"

法官又问："你们感情破裂，是否为律师教你这么说的？原告律师请不要说话。"

满玉看了看我，又看了看天花板，还想了想，回答道："是的，蔡哥哥说我们感情破裂了，让我上法院离婚，我就来了。"我坚持揭露男人的暴行："满玉，被告殴打你数次，伤你，连你妈都挨了他的打。"

"数次是什么？我没懂。他打我妈？那倒没有，只是将烟头弹到我妈身上，凳子没砸着我妈。那不叫打吧？蔡哥哥，我如实作答。"

这时，被告律师两眼放光，接着问满玉："被告对小孩怎么样？"我赶忙阻止："被告律师没有向法庭申请提问。"满玉却抢着回答了："他对孩子还是相当好的。"

庭审全程录音录像，就算满玉被家暴，男人坐牢是事实，她的这番言论算是彻底否认了夫妻感情破裂。本来第一次起诉离婚，法院一般就不会判离，这下正好。

⚖

后来判决书下来，其中有一段写道："被告虽走了弯路，但积极悔过，原告对被告尚有情谊，夫妻感情并未破裂。二人应相互包容，共同抚养孩子，经营好家庭。"

得知未被判离，满玉一脸不解："蔡哥哥不是说我们赢的概率很大吗？"

我说："因为法官问你感情是否破裂，本来你回答是就行了，你却问我，还说是我教的。"

满玉急了："我的意思是，如果不是蔡哥哥帮我起诉，我自己确实不太会，这是实话。蔡哥哥，我现在去跟法官解释，说我们的感情破裂了行吗？

你该早教我的。"

"对不起啊，是我的错，没有早教你。"我只得安慰自己，这个世上有很多像满玉一样的女性，她们心性善良，却因读书不多，被别人欺负，好不容易才抓住一根救命稻草。我也只得最后交代她："接下来六个月是禁诉期，就是说你要半年以后才能进行第二次起诉。蔡哥哥能力有限，性格也不好，没多少耐心，以后可能没法代理你的案子了。除此以外，看你还有啥需要我做的，尽管说，我能做的一定去做。"

满玉红了眼圈："蔡哥哥不要太自责，我就是太想儿子了。"

我说："你喊上一帮人，直接去他家，跟他妈说你要看儿子，抢了就跑。"

几天后，满玉打来电话："蔡哥哥，我舅妈说了，抢人是犯法的，何况是未成年。"

我沉默了几十秒，回道："你不是最信任蔡哥哥吗？去抢吧，不犯法。你是孩子的妈妈。"

"可是我舅妈对我也很好的……"满玉似乎左右为难。

我问："你舅妈是做啥的？"满玉答："种地的。"

我又问："蔡哥哥是做什么的？"满玉回："律师，然后呢？"

我说："想孩子，就去抢，然后来省城生活。"满玉继续绕圈子："可是我舅妈说……"

我挂了电话，几秒后电话响了："蔡哥哥还没告诉我怎么办呢。"我想了想，说："去抢吧，我在公安局有个同学，跟他备案了。他说满玉可以抢孩子，但不能起冲突。"

满玉抢到孩子后，直接来了省城，找了份饭店服务员的工作。我去看她，只见她忙得晕头转向，小孩跟在后面跑，喊妈妈。满玉火急火燎地回应："宝贝，你自己去玩一会儿。"很快，小孩趴在桌子底下睡着了。等满玉忙完，我劝她："你一人带着孩子上班，独木难支，还是要和家里搞好关系，我也替你说说，让他们帮忙。"

"我不靠任何人，他们不喜欢我的孩子，我姐都不和我说话了。只要儿子在身边，我什么苦都能吃。蔡哥哥你那样的家庭，不也长大了吗？我儿子好歹还有个娘。"

我突然好难过，钻进车里，转动钥匙。满玉抱着孩子站在前头，问："蔡哥哥，你哪里不舒服？饿的吧？我点了几个菜，上桌了，你不吃就是看不起我们母子俩。"

我赶紧熄火，下车，吃饭时又嘱咐了她几句："去办个居住证，到时候孩子上学要用。万一支撑不下去了，就回去找孩子他爸。你也知道，他们一家是爱孩子的。"

满玉点点头说："抛开他打人不讲，其实他人还不错，还算大方。但我只要一想起我妈怀胎十月，将我生下养大，还要受他的气，我就不舒服。"

如此一想，满玉还是决定要将离婚进行到底。

## 六

五个多月后，满玉给我打来电话："蔡哥哥，我又可以起诉离婚了。"她算着日子，一天不差。我说："那行，我们去起诉。不过这次要收费，就算咨询也要给钱。"

满玉满口答应，说应该付费。不过她在省城几个月，换了四份工作，带着孩子实在不易。一开始老板觉得她可怜，两三千的工资也不算高，就睁一只眼闭一只眼。后来发现孩子在店里免不了会哭闹，就算乖巧懂事，看着也不是个滋味，而满玉自己也觉得入不敷出，更不能忍受别人说她儿子的闲话，也就不稀罕那些工作了。

满玉的意思是她就算借，也要支付律师费，不过需要时间，且有个条件："现在孩子不在哺乳期了，蔡哥哥必须保证孩子一定判给我，不然我就等孩子大了再离。"我从不向当事人保证会胜诉，尤其是满玉，便建议她申请法律援助继续起诉。

满玉听说法律援助免费，愿意一试。很快，她第二次起诉，当地法院以感情并未破裂为由，驳回了她的诉讼请求。又半年，满玉第三次起诉，再次被法院驳回，满玉不服判决，上诉到中级人民法院，维持原判。就这样，满玉的离婚之路走了六年多。

其间，满玉还遭遇过"杀猪盘"，并一直瞒着我。有天，她拿手机给我看她丈夫发来的威胁信息，我正看着，不巧微信弹出一条语气截然相反的暧昧信息。

我这才发现满玉在对方的花言巧语之下，被骗了六万多块钱。我问满玉哪里来的这么多钱，她支支吾吾："其中四万，是我妈返给我的彩礼和我之前打工放她那里的钱，另外两万是我找人借的。我一个人带孩子在外不容易，需要温暖，刚好这个人整日嘘寒问暖，就算再晚都会在线等我，还说带我投资，一年能赚十几万。"

我打了个激灵，看着眼前刚满七岁的孩子，瘦小、胆怯、体弱多病，我见他多数是在满玉上班的地方。好几年，他似乎就只在做一件事，就是等妈妈下班。小时候在大厅、杂物间、茶水室等，稍大一点后，一个人在房间等，还经常被满玉的男同事捉弄，趁满玉不在的时候让他喊"爸爸"。孩子不愿意，总是大声喊叫，因为满玉说他是没有爸爸的。

  有次，满玉哭着给我打电话，说孩子发烧，咯血了，挂不上号，不知怎么办。我过去看到孩子光着身子躺在床上，有气无力的样子，心中五味杂陈，让满玉实在撑不下去了，还是得找孩子爸爸。孩子在床上听了，翻过身看了一眼。

  后来男人找到了省城，与满玉大闹了一场。孩子却很开心，他发现自己是有爸爸的孩子，还拿着他爸爸买的零食带去学校分给同学，骄傲地说："这是我爸爸买的。"如此看来，满玉无论是在生活条件上，还是在对孩子的引导方面，是能力不够的。

  满玉的姐姐也找我谈过，说那个男人对孩子不会太差，这几年他做生意也赚了一些钱，孩子跟着妈妈似乎也没好到哪里去，还不如趁着年轻能生，把抚养权给出去看看。满玉死活不肯，说孩子不在身边，她一定活不下去。

  这些年，她也确实因为孩子一直勉强支撑至今，为此她一连三问："到底怎样才是对孩子好？没有钱就要抛弃孩子吗？一个女人，就算做错了事，为了孩子一意孤行，就活该没有家人了吗？"

  我没法回答满玉的问题，只是告诉她，作为朋友，我从未想过要放弃她。

  法官这次也说了，无论如何都要判离了，但孩子何去何从，不是法官和律师的问题。

病到最后，
家人想要拖死她

# 她们走上法庭

| 时　间 | 2015 年 03 月 |
|---|---|
| 当事人 | 陈代平 |

这不只是一场普通的遗产分配案件，还关系到一个小女孩的生命。

一

2015年3月，不少花都开了，倒春寒却使得枝干上又压上厚厚的雪，路上的车辆都小心翼翼地行驶着，我提着一袋文件疾步奔向法院。吸了几口冷气，喉咙呛得生疼，也不敢再大力喘气了。

折腾了几个月，我代理的这桩遗产继承纠纷案还是走到了上法庭的地步。

来法院之前，我去医院探望了陈曼。女孩十五岁，患有急性髓系白血病M2——这个病并非不治之症，有经济条件的话，能活命。

陈曼爱美，我经常送她各式各样的假发，她说自己很幸运："学校管得严，连好看的衣服都不许穿，何况各种颜色的卷发呢。我踩着高跟鞋咚咚咚，比别人早长大。"

看着陈曼一天比一天憔悴，我说不出话来，她懂事地安慰我："看着你们为了我跑来跑去，是从心底关心我的，这就够了。无论官司输赢，我不怪任何人，要不是生病，我不掺和这些事，多伤人，人都不像人了。"

见我头发湿了，陈曼让我拿吹风机吹个造型再去法院。"我自己就没必要去博同情了，都是上一辈的事，他们要是想帮衬早帮衬了。"

其实，在开庭前，法院曾组织过一次调解，那次陈曼去了。法院的调解员说，他虽然是中立的，但希望走出门时，大家还是相亲相爱的一家人："我只能把话这么说了，希望你们好好想想。"走出法院，陈曼对着我不停地摇头，说："我以后可不可以不要来了，我不想看着亲人变成猛兽咬人。"

眼下，这场令人窒息的官司仍在继续。

⚖

  法庭上没有外人，全是陈曼一家的家族成员。这么冷的天，本该是一家人围着火炉话家常的，现在每个人的脸都像被冻成了块状。

  法官还未宣布开庭，陈曼的父亲陈代平就蹲在了地上。场面一度十分尴尬，陈代平四个哥哥姐姐有的冷眼旁观，有的直接开口骂他"太下作，丢人现眼"。法官劝诫无效后，打算喊法警进来，走到门口又折了回来，冲着下面喊："你们赶紧把他扶起来，都一个个的像什么样。"

  我扶起陈代平，连忙向在座的人道歉，顺便说了一下陈曼的情况："第一次化疗花了十多万，第二次化疗的钱还没凑到，接下来可能还要进行造血干细胞移植。我的当事人作为儿子本该依法继承父亲的财产。身为父亲，他心系女儿安危，难免情绪激动，毕竟这不只是一场普通的遗产分配案件，还关系到一个小女孩的生命。"

  虽然一码事归一码事，我还是希望法官可以先入为主，在心里给陈曼留个位置。

  果然，陈曼三叔的代理律师率先提出了异议："鉴于当前的情况，孙女无法代位继承，对方律师不应讨论与本案无关的事情。"律师说话时眼神躲闪，陈曼三叔则在一旁拍手叫好。

  随后，陈曼的大伯、二伯、三伯以及姑姑顺势达成一致意见："如果陈代平的代理律师再如此胡搅蛮缠，制造话题，影响开庭进度，我们建议将二人逐出法庭，缺席审理。"

  我努力克制着自己的脾气，一再告诫自己开庭要冷静，不要被激怒。但看到陈曼大伯还在环顾左右，问他们几个是不是要联名签个字时，我终于忍不住了，把手里的文件砸向桌子。

他们立刻站起来跟法官说:"您看,他藐视法庭,这样的人就该吊销他的执照。"

法官铁青着脸,看了我一眼,敲了敲法槌,宣布开庭。

## 二

法庭上来的陈家人,我打过不少交道,开始我还想晓之以理动之以情,可好话说尽,最终却发现他们在金钱面前只会装聋作哑,亲情在他们眼里一文不值。

陈曼的父亲陈代平原来是一家国企的普通职工,后因厂子效益不好早早下岗。好在凭着家里的关系在乡政府楼下开了一家打印店,勉强养家糊口。陈曼的母亲是家庭主妇,身体一直不太好。陈曼祖父退休几年后,店铺被收了回去。又过了两年,陈曼就病了。

陈曼生病时,祖父还在世。陈代平硬着头皮求父亲救救陈曼,他自己没有房产,老婆每个月还要买药,积蓄花完了不说,能借的地方都借遍了。老人问怎么救:"我的钱为了给你妈治病,都花没了,到了人还是没留住,现在只剩这一套房了。"陈曼祖父以前是乡镇干部,在市里有一套商品房。陈代平跪了下去,声泪俱下:"我不孝,现在只能求您卖房了。"

说到卖房,老人有自己的顾虑:"我有五个子女,对你这个老满(湖南方言,指最小的儿子)算是格外关照了,其他几个我没跑过任何关系,他们对我多有不满,只是不敢说,如果现在把房子卖了,我一个糟老头睡哪里无所谓,就怕老了,没有儿孙来送终,那就笑话大了。"

说到底,老人还是怕没有孙子给他祭拜——在老一辈人看来,小辈中若是没有男丁参加祭祀，就意味着绝后——每次陈代平来恳求，老人都是说："得一碗水端平，人哪，各有各的命，丫头命苦。"

陈代平实在没有办法了，去求医院的医生，用救护车将陈曼送到老人面前，随行护士也帮着劝："孩子这么小，我们医护人员看着都心疼，会全力医治她的。"

陈曼就坐在轮椅上一直哭："爷爷对不起，不是我们要赶你走，是死神要带走我……"

老人终于松了口，同意卖房救孙女。"不过这么大的事，通知一下另外几个还是有必要的，这是光明正大救人的事，不够的话我再让他们每个人都凑点添进去。"

陈代平给父亲磕了几个响头，陈曼不停地哭着说："我真的不争气，让爷爷受委屈了……"

此时，陈曼在医院已经欠费十来万了。

⚖

几天后，陈代平见到了自己的哥哥姐姐们，他们都来了，姐姐更是从千里之外赶了回来，一同来的还有四个律师。他们一上来便质问陈代平："这几年你到底花了父亲多少钱，你尽过赡养义务吗？"同时又数落老人太糊涂："被人忽悠了大半辈子，要不是我们闻讯赶来，恐怕连棺材板都得让人给卖了。"

陈代平没想到哥哥姐姐这么铁石心肠。"平时照顾老父亲都是我，你们侄女现在躺在医院，没见你们来探望过，人命关天，你们还要搬弄是非，就算是我欠你们的行吗？"

"你欠我们的还少吗？老爷子就给你安排了工作，我们在外面打死工。"

"我儿子生病的时候几时见你来看过？"

"你就是借着女儿生病这个事来霸占家产。"

见他们七嘴八舌，老人半天说不出话来，挣扎着对陈代平说了句："个个都知道要依法办事，你也赶紧找个律师吧，看你们谁搞得赢。"随即就倒了地，好不容易醒来，落下个半身不遂。

"我非常不愿意去求老爷子，在旁人眼里我就是个扶不起的阿斗，都到这个岁数了，其实也想活张脸，把女儿培养出来，不让他们看笑话。但和陈曼的性命相比，脸面算什么，跪下去又怎样？"后来，陈代平在病房的走廊里讲述这段经历时，握住我的手泣涕如雨："你一定要帮我们办理好相关手续，不能出幺蛾子。"

当我们走进病房时，陈代平竭力做出自然的样子，陈曼却大哭起来，说："我的爸爸很辛苦，绝对不是阿斗。"

三

陈代平找到我，是 2014 年 8 月。他一再对我强调，我只需要协助他调解各方关系。"老爷子早答应了我，只是暂时被他们搅黄了，卖房的时候，你帮我把一下关，不要被中介什么的给坑了。"

我让陈代平不要声张，在和他们对簿公堂之前，不要透露我的身份，重点在于解决问题：既然老人同意卖房救孙女，只要老人同意委托我们将房屋处理了就行了。

陈代平比我大十几岁，我这样反复叮嘱，后来都有点不好意思了，可又不得不多说几句——他看着确实是个老实人，话少脾气犟，没多少社会经验，总是患得患失，对道听途说的东西容易信以为真。有次他问我："我朋友说可以把老爷子的房子偷偷拿去做抵押，只要是子女都可以，是吗？"

我说不可以，他却若有所思地说："可是我那朋友说可以。"

我问他的朋友是做什么的。他说是杀猪的，"但他有两套房"。

看着他一脸认真的样子，我倒是能理解那种病急乱投医的感受，只能劝他决定权最终还是在老人那里。

⚖

老人在医院住了几天后回来了。中风导致了偏瘫，老人醒来后住不惯医院，说不能死在外头，死活要回家。五个子女起先商量说要轮流照顾，但等人回了家，个个又都说走不开，最后一起出钱请了个阿姨，前提是陈代平不能单独见老人。"主要是防着你在老爷子面前搞阴谋诡计，破坏家庭和谐。"

陈代平气得撂下狠话："要不是我还有女儿要照顾，就随老爷子去了如了你们的意。"这句话后来被他们兄妹几个当作陈代平咒父亲早死的"罪状"，骂他不孝。

照顾老人的阿姨是老大媳妇娘家的远房亲戚，有人来访时，她被要求第一时间在群里汇报相关情况。等阿姨了解相关情况后，也看不过眼了，陈代平带我上门的那一次，阿姨特意给我说，让我不要担心。

为了打消我的戒备，她还把我拉到一旁，主动说了自己的看法："我是护工，不是间谍，说他们精明呢，又挺蠢，这时候都不愿守在老人身边。当然，他们可能怕老人万一病个十几年甩不脱，这样说来还是精明过分了。"

我和老人聊天，老人还是那句话，担心自己死后，大儿子不会举灵幡，孙子不会参加祭祀。"我本想把他们兄妹几个叫来好言相劝的，看来是我太把自己当回事了。要不是我有工资自己养老，恐怕情况还会更糟糕，我说来也是儿孙满堂，不想死了之后落得个不体面。"

我说陈曼那么聪明懂事，等她好了以后，一定会尽孝的。

"曼曼好是好，可究竟是个女孩，关键是老大还说，她那个病是个无底洞啊！"

我劝老人，他的孙子最大的有二十多岁了，父辈的恩怨就在父辈手里，小辈不会掺和进来的，现在的年轻人都有自己的想法，不那么在乎土地房子，都不至于的。

好说歹说，老人终于同意了，护工阿姨还帮我架起了相机。拍摄前，我跟老人说，首先，他可以写一份委托书，让陈代平帮他处理房产，所得的钱拿来给孙女治病；其次，万一事情进展得不顺利，可以再签一份房产赠予的协议，最后再立一份遗嘱，双保险。

来之前，我本想自己写好，将打印稿带过去让老人签字就行，但陈代平却说："如果不难写，就让老爷子自己弄，在他答应之前我们就把文件准备好还是不妥，老爷子在政府部门工作过，写材料看文书什么的在行，你只要提点一下就行。"

拍摄过程中，陈代平又自作主张，将村主任叫来做见证人，说需要第三方证人在场，遗嘱才能有效，他觉得我年轻没经验，也不好意思开口问，就趁我不注意，直接给村主任打了电话。

老人刚刚写完，村主任就来了，表面上客客气气的。"我就是过来做个见证人，一定实事求是，录像就没必要了。"开口说话前他刻意躲避镜头并关了相机，说完他又俯身在老人耳旁小声说了一段话，随即抓起桌上老人写好的两份协议揣进兜里。"我还得回去一趟，盖上村委会公章，文件才显得正式，有村委会的见证，你们自然有底气些，等我一会儿。"只剩下一份遗嘱，由于被我拿在手上查验他没能拿走。

我总感觉不对劲儿，不自觉地站去门口堵住他的去路。"不麻烦村委会了，文件我先看一下，有需要的时候再找你们。"

"怎么着？你还想绑架国家工作人员？"村主任撸起衣袖开始拿架子。

陈代平出来解围："没关系，有村委会的见证，以后他们就不怎么敢闹了。"

我没让开，想把协议接过来，因为老人签了字它们就生效了，赶忙又想了个托词："反正村委会不盖章就没生效，不如我先拿回去斟酌一下措辞，到时候再来麻烦您盖个章。"

村主任没有理会我，怒气冲冲地推开我，骂骂咧咧地走了。我在窗边看到他步履不稳，慌乱地骑着摩托车走了。看着那一阵飘起的尘土，我心中生出一种很不好的预感。

老人似乎是看透了，敲了敲床沿，说："我尽力了，这一去是福是祸和我无关了。"说罢便转过身去。

村主任走后，为了保险起见，我想让老人再写一份遗嘱，可老人却装作睡着了，怎么都叫不醒，良久才醒来让陈代平帮他翻身。老人叹了一口气，眼角有泪，说："送律师走吧，老满啊，你到底性情软弱，成不了大事的，还不如一个娃娃，以后可不能再怨我了，八字还是得信……"

## 四

我真希望自己是敏感过头了，可事实却正如我预料的那般。

村主任出门就给陈曼大伯打了电话，大伯当即从县城赶了回来，进屋就把阿姨赶了出去，然后在老人的床前痛哭流涕："爹爹，您是要逼死我吗？"

老人让老大扶他起来，说："送你弟弟和小伙子走吧。"

我起身要走，陈代平还在苦苦哀求，扇自己耳光，老大过去阻止他："你又是何苦，等下还得回去照顾我侄女。"我本想说点什么，心里却堵得慌，沉默了一会儿后听到一声冷笑："我一向敬重你们这些所谓的精英，能搞事，清官难断家务事，何况我们家风淳朴，我真不怕你，要不坐下来喝杯茶。"

我当即起身走了。

第二天，老二、老三、老四都相继赶回来了，几个人对着陈代平就是劈头盖脸一顿骂，陈代平啥话都说不出，坐在那里狠狠地扇自己耳光。我听说他们回来了，主动赶了过去，想恳切地和他们谈谈，给他们的侄女一条活路。

这几家的经济情况都比陈代平要好得多——老大开饭店的，在县城有两套房子；老二在一家政府单位做合同工；老三退伍回来后在城里做押钞员；老四嫁到了外地，自己做会计，老公是单位的部门经理。

他们嘴上都说不是钱的问题，老大看中的是老人房子附近的学校，在替他未来的孙子做打算，老二则想着拿来给儿子做婚房，老三想留着自己住，老四则是单纯不服气，说老人年轻时就重男轻女，"就想看看老爷子还认不认女儿"。

每个人都把话说得很好听，都表态"绝不独占"——

老大提出把房子过户到他儿子名下，等小孩进了学校，再拿出来给大家分。"房子算我借的，分的时候我那份就不要了，算作利息给你们。"

老二同样说，等儿子顺利完婚，他们有了自己的房子，就把房子让出来,"就差一个婚房了"。

老三则愿出钱买:"反正大家都是亲戚,就按老爷子当年买房的价格,我先拿出一笔钱当首付,剩下的分期付款。"

老四没说要房子,她算了一下,房子现在价值一百万元左右,只说"分到我名下至少要二十万"。

开始是老大和老二在争论,老二说老大胃口太大了:"你儿子还只是在谈恋爱,你就火急火燎的了。我儿子可是去年订的婚,现在就等着娶新娘子进门了。"

老大回击:"你儿子在外面找的什么乱七八糟的女人,我儿媳妇可是金枝玉叶。"

老三又凑起了热闹:"果然兄弟大了亲情淡如水,我离婚好几年了,没见你们操心。"

陈代平则让他们消停点:"我才需要钱,不是要贪图什么,我现在写借条,当牛做马都要还,我还不起,陈曼接着还,只要她能活下来,不会让你们吃一点亏的。"

陈代平一开口,老大他们几个马上停战,掉转枪头,把火力引向陈代平。

老大装作苦口婆心的样子:"老满,我理解你,事到如今我就不瞒你了,我找人算了命,那丫头今年这道坎是过不去了,我们就算倾家荡产也是白搭,不是我们无情啊。"

老二像是个捧哏:"房子给了你,万一丫头没救过来,谁知道你做的什么打算。"

陈代平听到这些话,气得要上去打人。我拉住了他,正想开口说话,老三出头了,向我大声喝道:"我们家里的事,什么时候轮到一个外人来说?

想放屁等大家的律师到齐了,你们扯你们的。今天你闯我家里来,想要干什么,你算什么东西?!"

老人全程都没有睁开眼,一周后,干脆撒手走了。

## 五

我当时以为,老人走了,陈曼就相当于得救了。

只是还有两件事让我隐约不安:一是老人居然留下了四万块钱办后事,陈曼需要钱治病他却说一分钱都没有,之后又同意委托陈代平卖房,到他去世我都猜不透他到底是什么心思;二是村主任的女儿竟然出现在葬礼上,头扎白布,白布里头裹着红布,这是未过门的新人的祭祀装扮——原来跟老大的儿子谈恋爱的就是她。陈代平见了,恨不得拿头去撞棺材。

我去送了花圈,他家人倒也没有为难我,否则就是失了礼数。

老大虽然是长子,却不大认识来客,全家只有陈代平在老家住的时间最长。我让陈代平一定要主动去跪迎来客,尤其要在贵客面前哭诉父亲仙逝、女儿还躺在医院,真是祸不单行。

有关领导过来吊唁时,直接将礼金给了陈代平,账房那边也就默认了陈代平和他们一块儿收礼金,后来的人纷纷效仿,将礼金直接交给陈代平。

等几个哥哥反应过来时,滑稽的场面出现了——只要陈代平出去迎客,灵堂里的孝子一个不留,全跟着出去,陈代平哭,那几个哭得更凶,仿佛是要刻意盖住他的哭声。

老人出殡前一晚,老大为了让陈代平把收到的礼金交出来,先是在家祭时痛斥家里出了小人:"老父亲尸骨未寒,有人恨不得马上掌权,目无尊长,好不快活。"

第二天清晨,他又把大家伙召集起来,说老人葬他地里的事还没谈妥。"老爷子葬我地里,以后那块地就成了坟地,一块坟地四万块,兄弟几个谁不给就葬谁地里去。"陈代平知道老大是冲他来的,当即表态:"那就葬我地里,我一分钱不要你们的。"老大便把风水先生推了出来:"那就请老先生重新看地吧。"老先生摇了摇头左右为难,说:"我真是闻所未闻,时辰快到了,却要重新看地,这叫什么事啊。"

这时,他们的舅舅出面了:"好一帮孝子贤孙,各怀鬼胎,那好办,把尸体挂起来!"

经舅舅这么一呵斥,老大终于不敢再说什么了,另外三兄弟也消停了。陈代平拿着收来的两万块钱礼金往医院跑,其他三兄弟则寸步不离地守在账房等着分钱。

那天,陈曼在病床上难过极了。"我们不要怪爷爷了,他将最后的情面都留给我了,世态炎凉,爷爷还是善良的,只是抵不过伯伯他们,心里只装着自己,是不会管别人死活的……爸爸,我们就当爷爷是个慈祥却没有任何遗产的老头好了。"

我对陈曼说,她的祖父就是个慈祥的老头,也有遗产,一套大房子,位置很好,南北通透,只要有阳光,房子里就暖洋洋的,里面的绿植好久没浇水了,却依然葱绿。这套漂亮的房子,爷爷留给了他最爱的孙女,他说曼曼要积极乐观,快好起来。

我没有说谎,因为老人的遗嘱就是这么说的——"房子留给老满,让他把陈曼救回来"。

## 六

老人头七之后，我就遗产继承纠纷向法院提起诉讼，请求法院依法分割老人遗产，依照遗嘱，主张陈代平合法继承全部遗产。由于房子在一所名校附近，只要挂牌出租，很快就能租出去。我让陈代平强硬一点，先租出去多少收点钱，给陈曼把医药费交了。

结果租客上门的第二天，老大就带人把锁眼给堵了，在门口又吵又闹，一副凶神恶煞的样子，吓得没人敢再上门。租客听说了陈代平的情况，退钱时少要了五百块，说给小姑娘买点好吃的。"房子是挺好，被人糟蹋成这样，也是暴殄天物了。"

⚖

法庭组织调解，调解不成，一审开了庭。

那天，我在法庭上痛心疾呼，法律应该明辨是非、区分善恶，通晓人情、敬重生命，不让人性的恶无限制滋长，以至于良知泯灭。但这段话，似乎没有打动任何人。

陈代平的二哥、三哥寸步不让，他们在质证环节怀疑遗嘱是伪造的，在我播放了视频证据后，他们又说老人当时的精神状态不正常，遭受到了胁迫，并提出至少要对相关材料进行司法鉴定。法官同意了他们的诉求，准许进行鉴定，做笔迹对比。

我知道他们这是在想方设法拖延时间，至少证明他们没有别的招数了。

反常的是老大，在法官宣布开庭后，他突然安静了下来，不争不吵，双手交叉在胸口，仰头看天花板，对任何事情都没有异议，我不知道他葫芦里卖的什么药，心里反倒有点慌。

好在没多久，一审判决的结果就出来了，法院认定遗嘱是老人亲笔所书，一审判决陈代平继承其父在市区的那套房产——暖春像是真的来了，走出法庭时，我给陈曼发消息："你希望房子卖给一个什么样的人？"

"首先他得很爽快地给钱，然后有一颗温暖的心，最好是住着一家人，真正的一家人，经常因为柴米油盐吵闹，却永远不会散掉。"过了很久，女孩才回复我。

陈曼的精气神已经一天不如一天，由于负担不起高额的医疗费用，她已经停止化疗好几个月了。发烧、出血，情况越来越危急，医生让家属尽快交钱治疗。我和陈代平拿出判决书给医生看，让他帮我们找院领导求个情，宽限几天，等判决书一生效，这边马上变卖房产交钱。

医生看了以后却说："这都要打官司，算什么事。"

## 七

当我在上诉期限的最后一天接到陈曼大伯上诉的消息时，满心想的都是，这个世界为何没有"神"，却有"鬼"。

几天后，我看到了老大递交的新证据——已不必用最坏的恶意去揣测了，他就是最恶的。如今，陈曼已经确定活不了了，她的大伯才终于坦诚了一回："我就是要拖死他（陈代平）女儿，他做初一就我做十五，一审我让你唱戏，二审该我登场了，当然二审完了你还能申诉。"

一审判决下来后，他让自己八十岁的岳母了住进了那套房子。"死活就在里头了。"

二审时，陈曼大伯在法庭上哭诉："父亲去世后，我一时悲痛，忘了整理他藏在床底下的盒子，当我看到父亲亲手写的材料后，我才知道老爷子防的是那个道貌岸然的小人。"

我严厉抗议，认为老大所谓的新证据为有意逾期提供，在一审期间故意遗漏证据，必须自行承担证据失权（证据失权是指负有提交证据责任的一方诉讼当事人，如果未能按照约定或者规定的时间向法庭提交证据，视为放弃举证权利，其提交的证据不再予以组织质证，也不能作为认定案件事实的依据）的法律后果。其实说这段话时，我脑子里一片空白，心里只是想着："陈曼怕是真没得救了。"

老大提供的"新证据"，是老人新写的遗嘱，时间就在村主任通风报信让老大赶回来的那晚。如今我已无法得知老大那晚将我们赶走后，跟老人说了什么，以至于他又改变了主意。

《中华人民共和国继承法》第二十条规定："遗嘱人可以撤销、变更自己所立的遗嘱。立有数份遗嘱，内容相抵触的，以最后的遗嘱为准。"

老人的第二份遗嘱内容为：房产由老大继承。而且这一份也是老人亲笔所书，还有见证人，不是村主任，而是村支书。

我以前有个案子，同样有两份遗嘱，第二份遗嘱为代写，是打印稿，代写人和见证人都没有签字，只有遗嘱人的签字，法院以第二份遗嘱有瑕疵为由判决第一份遗嘱合法。但眼下这份遗嘱我挑不出任何毛病，法院很有可能会认定其为有效的新证据，因为老大说是这几天才找到的。"老爷子立遗嘱时，我不在现场。"

我也没有提出要做笔迹鉴定。因为，我很清楚再也不会有什么柳暗花明了，过完这个春天，夏天会如约而至，只是陈曼看不到了。

那天，作为律师，我一点都不专业，因为情绪激动将资料摔得满地都是，差点被法警赶出去。但回到医院后，我还是对陈曼说，买主来看房子了，她还有希望。

这一次，我只能不停地说谎："我在法庭上慷慨陈词，法官不停地点头，让我再说一遍，我说得你大伯羞愧不已，他要来向你道歉的。"

这个"道歉"，陈曼肯定是听不到的。

因为没过多久，法院二审还没判，她就被送到了抢救室，内脏坏了，牙齿掉光了，身体浮肿，有瘀斑。她说的最后一句话是："妈妈，我不想再等了，成丑八怪了。"

其间，陈代平曾恳求社会各界人士帮忙，响应寥寥。"干部的孙女还需要我们这些平头百姓捐款吗？"陈代平百口莫辩。

## 尾声

陈曼走后，陈代平与老大达成和解，一审判决被撤销，陈代平放弃了遗产继承。老大突然间变成了一个慈祥的老头，主动过来跟我握手："我理解你的工作，不是你能力不够，让老满别伤心，我那苦命的侄女，都是命，算命的说她这道坎难过去。"

一年后，陈代平夫妇收养了一个男孩，之后，我也不知道他们的去向了。

我偶尔会想起陈曼说过的话："我喜欢吃重口味的东西，榴梿、鱿鱼、臭豆腐……"想来在人世间，还有很多口味更重的东西，小小的陈曼全都咽了下去。

不敢离婚的女人，
杀了自己的丈夫

她们
走上
法庭

时　间　2020年08月
当事人　邹玫

"不知道我是否有资格谈离婚，
都不记得是第几百次挨打了。"

2020 年夏天，我接到警方的电话："你来公安局一趟，前段时间那起凶杀案，家属死活认定有些事与你有关，还是得查清楚。"

我自认没犯事，问对方："你这算口头传唤吗？"

"其实都不算，是家属一直在闹。将心比心，被害人一家五口，死了三个，现场的惨状你应该有所了解。不谈法理，就情理而言，你总该来局里配合调查吧。"

我强忍着怒火："要不你们出示'拘传证'。就因为邬玫夫妇的事，我被搅得只剩半条命。这才回来几天，又要我配合，你们干脆把我关起来，倒是清净了。"

电话那头无应答，只有嘈杂声。我挂了电话，几分钟后，刑侦大队的领导来电："刚才与你通话的是我同事，都是年轻人，说话有点冲。你可能误解他的意思了，我们确实是刑侦大队的，不过是以私人名义与你商量，毕竟老太太七十多了。"

脑海里回想起几天前那个乱糟糟的场景，我满心无奈，不知该如何结束这场荒唐至极的闹剧。

一

在两栋居民楼之间的空地上，临时搭起来的棚子就是灵堂，外面缠了几圈黑布，中央摆着两副棺材，来往的人不多。以往这时节，早已热如蒸炊，那天却有些冷，风刮得呼呼作响，大滴的雨往地上砸，灵幡和花圈飘得到处都是，急得人手忙脚乱的。

满仓被祖母从灵堂里揪了出来，祖母骂骂咧咧："那个女人还想作妖，我看她有多大能耐。你这个祸根，只配跪在外面，别脏了他爷俩的棺材。"

满仓委屈地跪在雨中，没人过去扶。他握不住两幅遗像，只好小心地叠在一块儿，把父亲的遗像摆外头，祖父的摆里头。

"跪半天我就回去，我……那女人还在殡仪馆，您说只要我过来替她磕头谢罪，就不再为难外公和那个……尸体的。"

老太太听满仓还挂念着那边，更来气，边戳满仓的额头边骂："那贱货就该被挫骨扬灰。"满仓埋头呜咽，老人不依不饶，依旧恶语相向。旁人不敢劝，毕竟老太太在两天之内同时失去了丈夫和儿子，几次哭得不省人事，此时不人不鬼，还要操办后事。

满仓今年十四岁，本来已经被外公带走了，眼下又被老太太逼了回来。老太太曾去派出所和居委会大闹，将刀架在脖子上，威胁说："我家颜面扫尽，你们不把场面给我做足了，那就再死一个。"

所谓做足场面，就是让满仓过来给祖父和父亲送终。满仓来了，可老太太想起前段时间发生的事，又觉得满仓玷污了灵堂，过不了心里那一关，心痛之余，又将他赶了出来。

来往的人打量着跪在外面的满仓，望着他怀里的遗照道："满仓和他爹看着像一个模子刻出来的，没想到不是亲生的。两口子也真是生死冤家，离婚三四年，到了还在纠缠。"

看到跪在雨里任人唾骂的满仓，我忍不住去扶他。这一扶，引起了旁人的警觉，众人议论纷纷。

"律师才是这个野种的爹吧。越看越像，不是亲爸爸，怎么这个时候护犊子？"

"邬玫当初要离婚就是他从中挑事，不然那么软弱的一个女人，十几年都忍了，怎么突然就搞事了。"

## 二

认识邬玫是在六年前。

当时，只要有案子我就接，有活就干，心无旁骛，一心只想多赚钱。平日下班后，我要马不停蹄赶去电器城卖手机，晚上还要去培训学校教课，有时忙得连自己都不知道在干啥。就在我绞尽脑汁想发财时，恰逢网约车补贴大战愈演愈烈，兼职司机收入可观。那期间，我就连去法院立案，都要打开软件先接个单。

满仓的妈妈邬玫，是我的乘客之一。那次，车子后座上放着一大堆材料，我怕她给差评，停车后就下去整理。邬玫连说不用，这种小事她能搞定，并承诺会给我五星好评。不巧，路上碰见运管查车，我心想两万块没了，这个月白忙活了。没想到邬玫主动给我解围："我们是朋友，他送我回家。"她流利地说出了我的名字和工作单位——她是从车后面那堆材料上得知我的相关信息的。

运管走后，邬玫试着向我咨询："我能离婚吗？"

"离婚自由，你当然有离婚的权利。"我有点纳闷，第一次见当事人这么问的。

"别的女人有权利我晓得，不知道我是否有资格提离婚，都不记得是第几百次挨打了。六七年间，身上的伤就没好过，活该吧……可又不甘心。"邬玫自言自语，不像是在问我。

被打了这么多年了，才想起要离婚，还问是否有资格，也不知她怎么想的。我没想再问下去，只是让邬玫考虑清楚，想起诉，我愿意接她的案子，价钱还可以适当优惠。

当时，邬玫全部身家只有五千块钱。"还是偷偷摸摸替儿子攒下的跑路钱，从儿子出生就开始攒了。觉得少的话，我还可以加三千块，现在就去挣，做什么都好。只有一个要求，给我加急，最好明天起诉，后天就给我判决下来，孩子是我的。"

邬玫活脱就是一个法盲，与之前应付运管时的聪明劲儿相去甚远。我说离婚不是寄快递，无法加急，只能步步为营，至于费用的话，多少钱我也接，只当还人情。

⚖

案子接了，我去邬玫住处走访。

邻居得知她要离婚，都大吃一惊："榆木脑袋居然开窍了。"以前她被丈夫家暴，从来不反抗、不吱声、不报警，就连娘家都很少回去，身子恢复后就继续干活。

对她本人，旁人对其评价很高："踏实能干，吃苦耐劳，从来没有过什么闲言碎语，家里收拾得干干净净，除了挑男人的眼光不行，没有什么短处可以说。"实在要从鸡蛋里挑骨头，大概就是过门以来只生了满仓一个，后来几次怀孕都流产了，不过满仓是男孩，即便人丁不旺，婆家也没什么好说的。

至于邬玫的老公魏仁相，从小就脾气火暴，曾因故意伤害罪坐过两年牢。邬玫嫁给魏仁相时，谁都没料到。"不丑不残不傻的一个年轻姑娘怎么就看上他了，图什么？要人没人，要钱没钱，还是个炸药桶，还真的是男人不坏，女人不爱。"

"图他不会一声不吭就跑了。就算打我，至少能听一个响。"邬玫说，魏仁相对父母不孝顺，动辄打骂自己，唯独将满仓这根独苗捧在手心，重话都舍不得说一句,每次在一起都又亲又抱。见过这对父子的人,都说他们一个模子刻出来的,"连语言、神态都很像"。

"最初我认为是好事,心里一块石头落了地,他应该不会伤害孩子,那我就认了命。"邬玫说,自己至少能忍受魏仁相二十年,"尽管晚上他更变态,还经常辱骂我。骂我不是处女,如果仅此而已倒也好了啊。"

随着满仓一天天长大,邬玫发现这孩子的确越发像魏仁相了。"他连打牌都带着满仓,儿子想抽烟,就把烟给点上。满仓本来胆子小,挺文静的孩子,结果变成了二流子。"

"找了个什么样的男人我无所谓,儿子不该有这样一个爸爸。"

## 三

关于起诉离婚,在我看来并非难事——魏仁相一直都是稍不顺心,便下死手殴打邬玫。家暴的事实有目共睹,随便哪次都能鉴定出轻微伤。我向她提议:"放弃小孩的抚养权,反正争不到,你没有稳定的工作、固定收入,何况是个男孩,很难争取。"

听说得放弃孩子的抚养权,邬玫用力推了我一把,大喊:"要我们死啊,你再说一遍!"很快邬玫意识到自己失态了,蹲在地上大哭了起来:"孩子压根不是魏仁相的……"

初次听到这个消息,我心里一激灵,即便是我,都会有种被欺骗的感觉。不过这样一来,抚养权不用担心了,亲子鉴定报告一出,法院不可能再把孩子抚养权判给魏仁相。

邬玫哭着说:"见识过他的脾气后,我想过拿掉孩子。他疯了似的抓我头发,说拿掉孩子就是不想跟他过日子,就算是个怪胎都得生下来。如果我拿掉孩子,他就拿掉我的命。"

之后邬玫每次挨打,都说服自己:"是我该打,他的脾气撒我身上就好。真是一时起念对不住人,便永远对不住了。不该说谎,越到最后,越没勇气承受真相。"

⚖

邬玫十五岁就出门打工了,办了一个假身份证。当年很多打工者这样做,厂里睁一只眼闭一只眼,工资以现金的方式发放,能干活就行。

到厂里不久,邬玫交了个男朋友,分手后过了几周才发现自己怀孕了。当年手机号以及QQ都不是实名制,对方没比邬玫大多少,同样用的化名,"他一走就再找不到了"。

邬玫不知该怎么处理,她听说有的女同事在外面做人流手术,把命都丢了,也不敢去做。前几周,她拿小刀在肚子上乱划,想让孩子感受到痛,知趣自己掉下来。之后又好几天不吃饭、跳绳,终于见了红,她以为孩子掉下了。之后,邬玫回到家里休养,恰逢妈妈病重,自然也不敢问她。

邬玫回到家里没几天,魏仁相出狱了,他比邬玫大十几岁。父母知道儿子年纪大了,坐过牢,没谋生的技能,再不成家踏实过日子,以后肯定废了,便咬牙放话出去:"谁给魏仁相介绍上媳妇,给现金一万块,二婚三婚带小孩的都行。"

就这样,魏仁相通过媒婆与邬玫见了一面,之后便死缠烂打、威逼利诱,将邬玫接回了家。此时的邬玫也知道,那天见红,小孩没掉。

七个月后,邬玫生下满仓,因营养不良,孩子像个早产儿。他们那边有

"七活八不活"的说法,自然没有人怀疑,包括魏仁相。

令邬玫感到讶异的是,满仓越长越像魏仁相,同样的单眼皮、大脑袋、塌鼻子。虽然长相一般,但是在魏仁相看来:"只要是我的孩子,就是有出息的王者之风。"

只有邬玫知道,自己拼命捂着的不单是秘密,还是炸弹。"说不定哪天砰的一声,将我们母子炸得尸骨无存。有时顶不住压力,甚至想过一死了之,成全他们一段父子缘分,又担心孩子这辈子没妈妈。也想过给他再生一个,即便哪天他知道真相了,兴许还能放过我们,可是一直没能如愿,这是报应。"

在邬玫看来,身体上的痛不算什么,有时她想狠下心来告诉自己,这样一个坏人,就算身上有孕,嫁给他又怎样。"他对我只有虐待,没有怜悯。可我做不到像他打我一样心安理得。在我心里,错了就是错了,没法装作若无其事,为自己开脱。"

满仓是邬玫黑暗世界里的唯一光亮,眼看着这道光快被魏仁相掐灭了,邬玫才想起要离婚,带满仓走,去一个没有谎言,能够正视生活,不被噩梦缠绕的地方。

我怕邬玫想不开,还安慰她:"每个人都有一些隐秘的、见不得人的事,只是有些人藏得深,有些人容易忘,真正坦荡活着的人其实不多,你还能回头。"

## 四

我曾问过法官,能否以魏仁相家暴为由直接把孩子判给邬玫。法官回复:"在我们这里,儿子通常会判给男方,除非你们出示其他的相关证据。"

魏仁相性格极端,若得知自己溺爱的儿子是别人的,难免杀人放火。于他而言,或许孩子的血缘没那么重要,丢面子才是大事。此时法律倒是简单,可人心难测。

邬玫则更为忌惮,打算考虑两天再做决定。"他是一个不达目的誓不罢休的坏东西,好几次我都是从阎王殿里爬出来的。事情如果败露,可能我们一家人都活不成了。"

后来有半个月,我一直没有邬玫的消息,电话打不通,联系当地居委会才得知她进了医院。邬玫又被打了,情况比较严重,左臂粉碎性骨折,尾椎骨骨折,多处软组织受伤。

原来,邬玫回去跪在魏仁相面前,求他让自己带满仓走:"你提任何条件我都答应。"

魏仁相一脚下去,骂道:"你有什么能耐,你得死在这里,哪怕有十条命都带不走儿子。"

我以为邬玫挨了这顿打,原本一筹莫展的事会有转机,毕竟魏仁相已涉嫌故意伤害,追究下去十有八九会被判实刑。邬玫也想以此作为谈判的筹码。"骨头断了我自己接好,只要不让我们骨肉分离,他不用坐牢,我再断一只手都挨得住。"

魏仁相一听说邬玫的条件,双手伸到我面前。"婚,可以离;钱,有多少赔多少;儿子,想都别想,我坐完牢出来当天就会算账,汪——"魏仁相突然大声学狗叫。

我将录音放给病床上的邬玫听,建议她将魏仁相送进监狱,带孩子远走高飞。"既然多年的家暴你都能忍受,离不离婚一点都不重要,婚姻不自由,那就让生活自由。"

邬玫蒙在被子里哭了一阵，然后将湿透了的枕头递给我，说："麻烦你让护士帮我换一个吧。带着孩子跑了，爹妈就得替我去死。希望他打死我，一辈子出不来才好。"

事情都到了这种地步，邬玫依然不肯将事情公之于众。"我没脸去公开抢小孩，孩子不是物件。物件就算被抢、被偷走，是假的、次的、烂的，都没有人看它的笑话……"

邬玫决定协议离婚，放弃抚养权，接受魏仁相包括医疗费在内的七万块赔偿金。

签完字，魏仁相按照我的要求，带着满仓来到医院看邬玫。邬玫不肯让人搀扶，吃力地爬起来，额头上全是汗珠，抱着满仓又哭又亲："以后不要赌钱，不要打架，不要游手好闲。不是妈妈不要你，妈妈攒的钱给你上大学。不知道大学是什么东西，等大一点我带你去看。你不要只看到爸爸的拳头，还要看看好人的模样。"

在不足十岁的满仓眼里，妈妈是受气包的代名词，不给他零花钱，买不起玩具，而爸爸就算打牌输了，都会给他钱。所以满仓一直和邬玫不亲："这么大了还哭，你抱疼我了！"

满仓离开时，邬玫死死地盯住门口不肯眨眼。满仓拉着魏仁相的手蹦蹦跳跳："爸爸，你说妈妈是打不疼的死猪，我看着没那么轻松，待会儿给我买个奥特曼吧！"

怕邬玫无法承受，我关上门，安慰她："这未尝不是一个好的解决方法，满仓是个好孩子，本性不坏，不一定会变成第二个魏仁相。有时候为了自在地活着，可以适当地淡化血缘、出身以及乡土，给自己一个出口。"

这话，不知邬玫听进去了多少。她出院后请我吃饭，彼时她对生活多有憧憬："噩梦做得少了，没人打我，赚钱虽然辛苦，一想到是给满仓攒钱上

225

大学，便干劲十足。"

后来，邬玫没再找我，我反倒觉得挺好。就像我常跟自己当事人说的那样："往后你们不联系我，我不会责怪，恰恰是我能给的祝愿。"

## 五

没想到，再次见到邬玫，竟然是在殡仪馆里。她的尸体是青白色的，鼻孔里塞了东西，左眼珠缺失，颈部、腹部有刀伤。在场的只有邬玫父亲和满仓，还有几位陪伴我的实习生。

满仓哭了，想去抚摸邬玫，被外公制止了："不要碰尸体，不吉利的，尽快料理后事吧。"

我拉着满仓的手小心往邬玫脸上贴："你要喊妈妈，让她放心，你会长大成人的。"

"妈妈，妈妈，我不再说你是我的耻辱，你痛不痛……这么多年我都没问过你。"

最终，邬玫化成了骨灰。望着骨灰盒，我忽然想起她生前说过的话："我这辈子就说过一次谎，除此以外再没有骗过人。老天爷会不会原谅我一次，让我把罪给赎了。"

据说邬玫离婚后，将魏仁相给的七万块钱退了回去，并叮嘱他找一个能生养的对象。"满仓一个人孤单，你给他再生几个弟弟妹妹，负担重的话，我可以帮着带。"

当然没有正儿八经的女人愿意嫁给魏仁相，钱都被他拿去吃喝嫖赌用了，甚至还带着满仓。满仓不愿意，跑开了。邬玫大概听到了一些传言，却因理亏不敢上门声讨。

邬玫精神压力越来越大，某次，她哭着将折磨了自己十多年的秘密告诉了闺密王芳。"我现在只相信你，再不倾诉出来，就要崩溃了。"

虽然王芳当时发毒誓要保守秘密，可几天后她就出现在了魏仁相面前。"邬玫让我找你算账的，我见不得她被欺负。"王芳开口向魏仁相要三十万："邬玫想通了，你不给钱，就将你的丑事公之于众，让你身败名裂。千年王八万年龟，你几世都翻不了身。"

魏仁相以为王芳真是邬玫叫过来的，一脚将其放倒，身子坐上去，左手摁住下巴，右手扇耳光。"长能耐了，敢要挟我，就你这副身板，还不如那个贱货扛揍。"

被打怕了的王芳连声求饶，又改口说自己是来告诉魏仁相真相的。"你被那个贱货给骗了，当了十几年冤大头。我是不忍你给别人养儿子，是邬玫想拿着三十万块钱跑路。"

魏仁相怒不可遏："让你胡说八道，满仓是我看着生下来的，就是我儿子。什么时候轮到你来诋毁。"之后，他骂骂咧咧地将王芳绑了。

接着，魏仁相又把满仓从学校骗了回来。一进门，满仓就被控制住了，手脚同样被绑住。接下来的事，满仓是目击者："爸爸很生气，拍照让妈妈过来把话讲清楚，不然就要害死我。"

邬玫第一时间赶了过来，她知道事情败露了，挨打时一声不吭。魏仁相问她为啥要把儿子扯进来，他说自己再坏，都不会拿儿子当垫背的。"我从没怀疑过。"魏仁相想让邬玫承认自己是胡说八道，"你放过儿子，我以后再也不打你了。你想怎么样都可以，亲子鉴定没必要做，事后说那些，做那些太伤人。"

从地上爬了起来的邬玫，嘴里念念有词、含混不清，满仓和王芳听不清她在说些什么，到最后变成了嘶吼："儿子是我肚子里带来的，不是你的！他爸爸是个四川人。你能打我这么多年，不是因为我懦弱，而是亏着理，今天我来还债！"

邬玫从怀里拿出剪刀，直接往自己腹部扎。魏仁相没有阻止，也没再继续打她，却用刀划烂了王芳的衣服，大喊："要不大家都不要脸，儿子，我现在告诉你，你是从哪儿来的！"

邬玫彻底失控了："不要当着我儿子的面变态，那是我儿子，是我的，你个畜生。"邬玫握着剪刀扑了上去。

⚖

接到魏仁相死亡的消息，他的父亲当场倒地。几天后，一声不吭地跟着儿子走了。

## 六

那天，我赶到公安局，见了电话里自称是领导的老秦。老秦说话很和蔼："你比我想象中要年轻。"见我一脸不解，老秦笑了："就是聊一下家常，我有数的。"

我还在云里雾里，邬玫的父亲和婆婆就带着满仓怒气冲冲地朝我走来，尤其是邬玫的婆婆，说话阴阳怪气的："这小白脸扮猪吃老虎，我还真当这个世上有好人呢。"

我望向老秦，他还是那般慈眉善目："你当然委屈，家属的情绪也可以理解，没怀疑你作案，他们猜测有些事与你有关。"

说着，他把我单独叫到办公室："是这样的，他们怀疑满仓是你的孩子，经人挑拨便越看越像，说邬玫曾托梦来证实就是你的。"

我这才明白老秦一开始调侃我年轻是什么意思，气得从椅子上跳起来，抓起桌上的杯子高高举起。老秦不恼不怒："你砸就是，没关系的。就当是帮我们一个忙，反正不是你的孩子怕啥，做个鉴定你也还自己清白了。"

见我把杯子放下了，老秦大倒苦水："我们也是没得办法，老太太整天来闹，给拘了吧，年纪一大把，老伴和儿子都死了，带着个拖油瓶，指定赖上我们。万一要有个三长两短，那就更说不清了。说起来我们有苦难言。"

"那行，我身子骨硬朗，拘我好了，随便关多久，我若申请复议或投诉就是猪。"我脱口而出。

"那不能，我现在是休假状态，以个人名义调解，算是做好事，没有执法权的，也就没有约束力。我身体毛病也多，都要去派出所了，到时候这事还是我来处理。"

事关颜面，我坚决不松口，跟老秦就这么"友好"地僵持着。此时，满仓推开了办公室的门，探进半个头，问："到底谁是我老爹，可不可以别让我当野种？"一个平时嚣张跋扈惯了的孩子，此时试探性的询问，显得单薄无力，底气不足。

老秦打开门让满仓进来，对他说："只要你做个好孩子，我们都会帮你的。你得明白，奶奶的怀疑是没有道理的，叔叔们不过是想让你看到我们最大的善意。"

我点头表示认同："一起去医院做个鉴定吧。"

满仓在这一瞬间变了个人，说："谢谢您没有嫌弃我，不知道为什么，我有点想哭了。"我搭着满仓的手臂走出了门，或许给他一点温暖，以后他的路不会那么难走。

⚖

亲子鉴定的结果出来后,魏家人依旧不依不饶。

最后连警官老秦都看不下去了,他让我回去:"你再不要出面了,事情交给我来办。该公安局管的,按法律办事;不该警方插手的,谁都不要出来当冤大头。"

我没生气,更不怕瓜田李下,当他们的面我抱住满仓,说:"要不,再做一次亲子鉴定?"

"不能没了爸妈,就紧着赖别人,只怪我不该出生。"说这话的时候,满仓没哭,我的泪水却打湿了他的肩膀:"妈妈是好的,她这辈子都是为了你;爸爸没那么坏,就算到死都没有怀疑自己的儿子;你最好了,只记得他们的好,没被黑暗打败,迟早能见到光。"

她最疼爱的儿子，
因母爱丧命

**她们走上法庭**

| 时　间 | 2021 年 02 月 |
|---|---|
| 当事人 | 郑梅凤 |

提起郑梅凤对孩子的教育方式，
大家都欲言又止，
竟是一个禁忌。

一

2017年，为了开庭，郑梅凤第二次长途奔波到省外。在高铁上时，她一直沉默不语，到达酒店后，情绪再次失控，一个踉跄撞到石柱上，还好伤情不严重，我们将她送到了旁边的卫生室。

都这样了，她依旧是那个时刻替别人着想的人。在卫生室坐稳后，她问身边的人："酒店的血迹擦干了没有，不要影响人家做生意，如果老板介意，得给人家包一个小红包，道个歉。"

给她扎针的护士是实习生，因过度紧张，试了几次针孔都未能顺利扎入血管。我们都看不下去了，郑梅凤却没反应，也不吭声。护士大概是见郑梅凤身边的人阴沉着脸，好似要发作，更加手忙脚乱，急得快要哭了，又不好意思找别人。此时哭肿了双眼，声音嘶哑的郑梅凤轻声对护士说："他们不是给你摆脸色看，慢慢来，阿姨不怕疼。都是爹妈的孩子，不要为难别人。"

很快，护士将针扎了进去，针头正常回血。面对护士的道歉，郑梅凤轻声细语："都是小事，你看这就好了。我也是当妈妈的人，从怀孕那时候起，就只想着拼尽一切保护好自己的孩子……"

护士走后，郑梅凤的妹妹忍不住哭了："姐，都什么时候了，你还替不相干的人考虑。"我看着也心疼，想起开庭可能会加重她内心的创伤，便劝她："要不明天您别出庭，交给我处理吧。"

郑梅凤突然用右手用力握住手机，说："一定要去的，殡仪馆都去过了，还有啥不能承受的？我要亲眼看看对方是怎样一只——野兽，手段那么残忍，事后那一声声'妈妈'是怎么喊出口的。"

郑梅凤还是骂不出一句脏话。在大家的印象里，她从来都温婉得体，虽出身农村，读书不多，待人接物却无可挑剔。农村里很多女人满嘴粗话，但与她相识的人从没听她说过粗鄙的话。

几年前，她丈夫意外身亡，郑梅凤为了儿子才硬撑过来的。看着她脸上挤成一团的褶子以及绝望的眼神，我心里不是滋味，想着她儿子邵鹏飞怎么这么不争气，郑梅凤后半辈子该怎么办？

"我没伤天害理，没起过害人之心，老天爷为什么要这么折磨我？"郑梅凤嘴里一直重复着这句话。其实，她身边的每一个人都知道答案，真相很残忍，但事已至此，没必要再提醒了。

⚖

郑梅凤是我大学同学的表婶。我们初见时，她三十出头，儿子都十二岁了。她性格大大咧咧，真诚不做作，从不摆脸色给人看，第一次去她家我就感觉很自在。

那次郑梅凤想给儿子邵鹏飞找个家教，本来是请我同学过去的，但他怕自己教不好，到时候两家人都尴尬，便借口自己忙不过来，让我替他。"就算是替我背锅，你也得把这事顶下来。"

路上，同学对郑梅凤赞不绝口："其实我们以前很少往来的，我爸妈和表叔他们年纪相差比较大，表婶又一直在外面。还是有一回我生病，我妈四处借钱，一分没借到，还遭了不少白眼，只能在家给我敷冷水，说我死了她也只能跟着去。恰巧那天表婶回家听见众亲戚笑话我爸妈无能，连孩子发个烧都拿不出钱。她非但没有和他们一块讥讽，还让表叔送钱来带我去医院。"

当我见到笑容满面的郑梅凤时，才知道同学所言不虚，我们面前是一个漂亮又随和的女人。

同学之前跟郑梅凤提及过我的家庭情况，说我得靠自己做兼职赚钱上学。我们才坐下没多久，郑梅凤就给我和同学一人包了一个二百块的红包，相当于我们半个月的生活费。同学拒绝不受："我怎么也不能再要您的钱，之前生病借的钱我家过了两年才还上，考上大学您又是主动借钱又是封红包。平时还经常喊我过来蹭吃蹭喝，今天这个红包我无论如何也不能收。"

郑梅凤拗不过同学，便向他使眼色："今天的红包，你们两个人都得收着，谁也不能拒绝。"

从那天起算，我一共给邵鹏飞上了十节课。后来偶尔还是会想起郑梅凤，却再没去过她家。

二

直到 2017 年，在检察院任职的同学打来电话，说邵鹏飞出事了。我只能叹气："怎么就到了这地步？"同学认为事情不意外，只是担心郑梅凤。前两年丈夫意外去世，她为了这个儿子好不容易硬撑过来，邵鹏飞又出事了，表婶的天算是彻底坍塌了，不过事情还是得处理。

几个月前，警方接到报案，有人在当地城郊水塘边发现了一具男尸。经法医鉴定，死者身高不到一米六五，面部高度腐烂，口鼻被封了 502 胶水，耳朵被硬物贯穿，全身多处刀伤，肋骨多数骨折，双手被绑，身上除了衣物和一个模糊不清的厂牌，没有其他能证明身份的文件。

一般破案的关键点是要确认被害人的身份。为此，警方对附近的工业园进行排查，但没有发现有失踪人口及其他报警记录，就连几个月内登记在册的离职员工都一一联系了，并无失踪情况。

警情通报发布后，也有几个人前去认尸，发现死者与他们的亲属特征不一致后，又都带着庆幸离开了。一时间，案件因无法确认死者身份陷入僵局。

经过讨论之后，警方决定暂且搁置确认受害人的身份，将侦查重点放在凶手以及作案工具上。从现有的线索来看，凶手至少使用了铁锤、砍刀以及502胶水，公安局一共派出两队警员，一队对这几个月内离职的相关人员进行详细盘问，一队负责向周围商店的老板打探情况，看近期是否有人购买过这些作案工具。

一番调查之后，警方基本排除了工业园里离职员工的嫌疑，而另一队警员在调查取证时发现，由于当地超市以及商铺的监控记录大多已被覆盖或未保存，原本想通过监控视频确定嫌疑人的难度较大，部分店铺老板不知是担心惹火上身还是没有印象，面对警方盘问，矢口否认。

即便如此，警方不愿放过任何可能破案的细节，考虑到当时移动支付已开始普及，且各大支付平台间为了竞争，给出大量红包补贴，使用移动支付的人越来越多，办案人员便让各个店铺的老板配合，主动出示出售502胶水、铁锤及刀具等相关的支付记录，并对相关人员进行调查和传唤。由于这些东西的销售量不是很多，警方最终锁定了嫌疑人，其中一名叫邵鹏飞的外地男子嫌疑最大。

⚖

邵鹏飞就是郑梅凤的儿子，我印象里的小孩一晃二十来岁了。

当警察出现在自家门口时，一向体面的郑梅凤情绪激动，拒绝让他们进屋。"你们少冤枉人，我儿子现在是空少，在大航空公司上班。前两天我们还联系了，他现在懂事了，以前也只是有点顽劣，知道我不容易，常嘘寒问暖，每个月都给我转钱。"说着郑梅凤掏出了手机，给民警和社区工作人员看她和邵鹏飞的聊天记录，看上去邵鹏飞确实懂事。

当民警问郑梅凤是否知道邵鹏飞的下落时，郑梅凤依然言之凿凿："我用人格担保，我儿子绝对不会杀人。他被公司派到国外接受封闭式训练了，国内的手机号用不了，公司还有保密要求，不能发语音。我们都是通过打字聊天，即便如此，据说那边的领导每天还要查他们的聊天记录。"

郑梅凤的这一番话更加引起了民警的怀疑，他们接着问邵鹏飞在哪家航空公司上班。郑梅凤答不上来，为了让警方相信，她翻出了邵鹏飞发来的制服照："你们看，我儿子多神气，哪里像杀人犯……"

民警看着照片问道："你大概知道你儿子多高吧？"关于这一点，之前有很多人问过相同的问题。她以为民警同样是在嘲讽，伸出双手大吼："你们要抓人就把我抓走吧，我替我儿子坐冤狱。这么多年，反正没人相信我儿子，不过是见不得他好，一直就有人嫉妒我们的家庭条件。我儿子在我眼里是最优秀的，个头虽然不算太高，但是能力出众，就不能被破格录取吗？"

三

换作平时，没有人会认为郑梅凤是一个无理取闹的女人。"我们知道她很少撒谎。"但只要提起邵鹏飞，以及郑梅凤对孩子的教育方式，大家都是摇头，欲言又止，算是一个禁忌。

去郑梅凤家做家教后不久，我便领教了打破这种禁忌的后果。后来很长一段时间，只要见到带孩子的女人，我都会感到有些不安。

邵鹏飞确实聪明，很多知识点一讲就懂，但问题也不少，比如总是无法集中精力，喜欢耍小动作。上了几次课，我想找机会让郑梅凤带邵鹏飞去儿童医院查一下，看是否有儿童多动症，如果没有相关症状，那对这个孩子的教育就得严厉一些。可每次上完课，郑梅凤总是对邵鹏飞赞不绝口："就说我儿子是最乖的，这不就在做题了，说不去网吧就不去了。"还让我跟着一起夸："小蔡，你觉得这孩子怎么样？"我答道："挺聪明的一个孩子，不过……"下半句还没说出口，便见郑梅凤笑容满面，说："见过的人都说我儿子脑瓜子聪明，跟个灯笼似的透亮。"我只得暂时将邵鹏飞的一些坏习惯硬生生憋了回去。

每次讲完课，郑梅凤总是变着法子做好菜来犒劳我，晚了还会给我打车。我很感动，觉得自己有义务让邵鹏飞进步，便委婉地提醒郑梅凤："宠小孩是没有错的，我也喜欢鹏飞。不过他一个人时不大自觉，需要我们多加陪伴。"

郑梅凤似乎只听到了后半句，一边不停地给邵鹏飞夹菜，一边说："儿子，你放心，我会一直陪伴你的。"

后来邵鹏飞越发放肆，找各种理由不完成学习任务，一会儿肚子疼，一会儿笔不好用，让他看书，还说纸张太干燥，怕划伤手。批评他几句，就朝我翻白眼，嘴里念念有词，像是咒骂。

我终于忍不住将这些问题如实反映给郑梅凤，想着她是一个明事理的人，也确实重视孩子的教育。怕郑梅凤反应过激，我还试着缓和气氛："不过孩子普遍都有这些毛病，我小时候一样。"

郑梅凤没有理会我，直接进去房间安慰邵鹏飞："儿子，你今天是不是不想学习？妈妈相信你休息好了还会继续努力的。今天我就替蔡老师给你做主，不学了，下次可不能这样啊。"

下次过去，邵鹏飞还是一样。郑梅凤又来打圆场："儿子是不是没休息好，要不妈妈再等等？"尽管两次过去都没法上课，郑梅凤依然像以前一样给我付费。我总觉得自己白吃白喝不好，便进房间跟邵鹏飞谈，让他以后不要撒谎，认真学习，不要只顾着耍小聪明。刚说这么两句话，邵鹏飞就哭着跑了出去，说自己受到了侮辱。"我从来不骗人，他冤枉我，不如死了！"

郑梅凤生气了。"都说了今天不上课了，小蔡，我今天是饭没煮够，还是菜没炒熟，你这么挑？"说着她抱住邵鹏飞，"妈妈连自己的儿子都不信还信谁？你先不要哭了，我会处理好的。"

只见郑梅凤从卧室里拿出一个红包，单手递给我，说："小蔡，谢谢你这段日子的尽心尽力。"

过了近十分钟我才缓过神来。我没有要红包，径直走到门口，又回头跟郑梅凤解释："对不起，我没有恶意的，其他不说了。"郑梅凤将邵鹏飞喊出来，说："我们送送蔡老师。"就在郑梅凤换鞋时，邵鹏飞突然对着我手舞足蹈、做鬼脸。

后来我从同学口中得知，邵鹏飞怕我再过去，在郑梅凤面前说了我不少坏话，我让同学把之前的课时费都退了回去。没几天他头上就裹着纱布回来了，是被邵鹏飞打的。"怪我跟他爸告状，害他和他妈被骂。表婶听说邵鹏飞是为了护着妈妈，非但没责罚，反而说孩子长大了。"

一年后，同学的表叔因意外去世，留下二百多万现金和一辆车。据说邵鹏飞那几日很开心。"能降服我的人自己先死了，我还怕谁。"

郑梅凤看着儿子没有父爱了，更加宠溺邵鹏飞。

## 四

见郑梅凤情绪失控,民警解释道:"邵鹏飞只是有嫌疑,我们来核实情况,没人给他扣'杀人犯'的帽子。既然你相信你儿子不会杀人,就该配合我们尽早排除他的嫌疑。至于你儿子是否为空乘人员,我们先不争论。我们今天新了解到一些事实,其实还有另一个猜想,当然也不是什么好事,所以你必须稳定情绪,接下来得跟我们走一趟,可通知家属或律师陪同。"

警方出于保密原则,没有过多谈论案件的细节,只是反复确认邵鹏飞的特征。我和同学此前接触过不少类似的案件,在与民警沟通后,我们更加担心,决定一块陪同郑梅凤去千里之外的案发地探明情况。路上,郑梅凤不停地给邵鹏飞打语音电话、发消息:"儿子,妈妈会一直相信你。"

我和同学知道,邵鹏飞很可能再也不会回复她的消息了。同学递给郑梅凤一块蛋糕,让她无论如何都吃点东西:"婶婶,鹏飞不是凶手。"郑梅凤又看了看我,我点头,给她递了一瓶水。郑梅凤很快就把蛋糕吃了,主动擦了眼泪,说:"你们这样说,我就放心了。"说着自顾自地笑了起来。

抵达当地后,我们去了公安局,民警先给郑梅凤采血,说待会儿再去医院看看。郑梅凤一脸不解:"我没病,不要检查。"同学说想出去抽烟,我也打算跟着出去透气,民警叫住了我们:"总要面对的。"

郑梅凤懵懵懂懂地被带去停尸房,我执意留在外面不想进去。很快里面传来几声叫喊,我的身上一阵透凉。哭声和回声夹杂着在停尸房里回旋,那具伤痕累累的尸体就是邵鹏飞。

确认了被害人是邵鹏飞后,警方查了他的交际圈子以及活动轨迹,发现他没什么朋友,曾在工业园附近的小旅馆住过一段时间,个人账户里没有工资流水。至于为何在被害后,还有人冒充他与郑梅凤联系,并一共给郑梅凤转账三千多块，警方怀疑是凶手所为，动机暂时不明。

进一步调查后发现，转给郑梅凤的钱，其实来自另一个人给邵鹏飞账号的转账。警方很快找到那个人，并迅速将其控制。经过审讯，得知他常年混迹于网吧，确实加了邵鹏飞的社交账号，说是因为有人找到他，给他五百块钱做酬劳，让其帮忙将四千块钱存到银行卡里，再通过社交账号转给邵鹏飞。经过调查，警方确认情况属实，凶手另有其人。

审讯并非一无所获，那人虽记不起对方的详细样貌，但提供了一些有价值的线索：基本可以确定让他转钱的人身高一米七五以上，偏瘦，虽然没有穿工装，却几乎能确定是五金厂的工人，身上有味。

工业园里的五金厂不大，车间里的男性员工不超过五十人。经过筛查，算上离职的，一米七五以上偏瘦的不超过五人。为了不打草惊蛇，民警直接去车间带人。不料一名叫姜洋的男子直接举手："我看得出来你们是警察，不必布控了，厂里正在干活，不要吓到我同事，是我做的。"

五金厂的人都不信姜洋会是杀人凶手。他十六岁从山区来这打工，刚刚三十一岁，没换过地方，勤奋踏实，为人正直善良，曾多次帮助受伤的同事。他在外面从不乱来，省吃俭用，每天下班给家里打电话，按月转钱给妻子，他们有一个五岁的孩子，姜洋最大的愿望是早点在老家起一座房子，就不出来打工了。

在审讯室，姜洋讲述了详细的作案过程："我把邵鹏飞骗到偏僻的地方，然后用铁锤敲他的脑壳，再用他自己买的502胶水封住他的嘴，还跳他身上踩了几脚，最后抛尸，不解恨，又砍他。"

说到为何事后冒充邵鹏飞与他母亲联系时，姜洋哭了。

"她老人家现在还好吧？好吧，我是个大傻子，没资格这么问，人家儿子没了还能好到哪里去。邵鹏飞是身在福中不知福……"

## 五

邵鹏飞在他父亲去世后没两年，就完全不去学校了，经常在外面厮混。郑梅凤认为，都是因为丈夫去世，儿子承受不了打击才变得叛逆。"我只要他人健健康康的就好了，再无他求。"

邵鹏飞在外面偷别人的摩托车，郑梅凤给三倍的钱私了；邵鹏飞打架，她去赔礼道歉；邵鹏飞说要去学汽修，她给交五万的学费，结果邵鹏飞连螺丝都不会拧；后来又去学什么软件……

有亲戚看不下去了，劝说郑梅凤不要太惯着邵鹏飞，她心情好的时候会说："我儿子只是这两年有点懵懂，等哪天开窍了，自然不会比别人差。"心情不好的时候，她反驳人家："自从他爸爸走了以后，你们就瞧不起他了。一个孩子没了爸爸多可怜，我们孤儿寡母的碍你们什么事了?！"

不到五年时间，邵鹏飞以做生意、开店等各种借口从郑梅凤手里拿走近百万并挥霍殆尽，最终还是一事无成。邵鹏飞没有学到任何手艺，却总爱说自己是做大事的料。后来郑梅凤想着邵鹏飞没几年就到适婚年龄了，用剩下的一百多万买了一套房，打算等邵鹏飞结婚时做新房用。

为了生活，郑梅凤去了一家商场做保洁。有人给郑梅凤介绍更好的工作，她断然拒绝，只因对方说过她儿子不成器，让她先顾着自己。她咬牙切齿道："我和我儿子不靠别人，就是要争一口气，让他们知道不要看轻任何人。"

有次，邵鹏飞带着一个在KTV里认识的女人逛商场。他去上厕所时，恰巧碰到郑梅凤正在弯腰拖地，在旁边小便的男人一脸嫌弃，喊她快点走，还有几个男人发出些奇怪的声音。邵鹏飞见状，抢过郑梅凤的拖把，而郑梅凤却假装不认识他，低头说："先生，没办法，人流量太大了，我得清扫。"

那天邵鹏飞没有再像往常一样出去，他早早地回家等郑梅凤下班。郑梅凤回来，邵鹏飞将一封信递给她，上面就写着两句话："妈妈，你不要去了。我去闯世界，请你相信我。"

这次邵鹏飞没有向郑梅凤多要钱，他噙泪道："借个车费给我，要还的。"郑梅凤给了他一万块钱，并让他放心："我信你，妈妈没有去偷去抢，就连做寡妇都是清清白白的，没什么丢人的。"

只是她没想到，再见时，他们母子竟是阴阳两隔。"我到处跟别人讲我儿子当了空少，不是要炫耀什么，不过是觉得他有美好愿望，想成为一个让妈妈骄傲的人，这份心终究是好的……"

⚖

姜洋在宿舍见到邵鹏飞时，距离邵鹏飞离家已经过去两个月。

没人知道邵鹏飞那两个月在做什么，姜洋回忆道："反正我们和他相处的那段时间，简直就是噩梦。第一次见邵鹏飞时，他像个流浪汉，脏兮兮的，身上一股馊味，把我们桌上的面包都给偷吃了。"姜洋所在的五金厂没有宿舍，员工居住在厂里租的安置房里。"那天他突然抱着一床凉席出现在我们宿舍，说是隔壁厂新来的员工，我们是混合宿舍，也就没多问。"

起初，姜洋想着打工不易，新舍友初来乍到能帮则帮。"邵鹏飞没衣架，我还匀了他几个，可后来我们宿舍三个人都发现他不识好歹，用我们的牙膏、洗衣粉就算了，经常半夜一点才回，然后不管不顾地开灯、冲凉。还说他不得，我们好言相劝，他就砸桶子，说自己受不得气。"

## 六

邵鹏飞搬来后，从前一沾枕头就睡着的姜洋开始神经衰弱，每晚都失眠。"我是数着日子一天天过的，每天都盼着他赶紧被开除，暗自诅咒他被车撞死。可到了第二天半夜，他又像个幽灵一样地把我们吵醒。我申请上夜班，他就中午回来打游戏。我不再去寻找其他解决问题的方法，甚至没心力想我的妻儿，真恨透了这个人，认定他该死了，才下狠手，发泄积攒的愤怒。"

第一次审讯，民警问姜洋是如何将邵鹏飞骗到那个偏僻之处的，又是如何抛尸的，是否还有同伙。姜洋一口咬定是自己一个人作案，即便警方明确告诉他，其他两名室友也被控制了，他还是大包大揽："他们不知情。"另外两人在接受审讯时，口径一致："我们什么都不知道。"

直到姜洋与自己的辩护律师会见过后，他才知道之前盘算的一切都已轰然崩塌。好巧不巧的是，他精心挑选的僻静之处，确实没监控，但附近车辆的行车记录仪上，记录下了发生的一切。

姜洋的辩护律师还给他带来一个消息，他想要包庇的两人中，有一个是他的老乡。那人在听说姜洋被抓后，竟跑回老家对他妻子说："老姜把你托付给我了，以后我们一起过日子。"那天他一直在姜洋家不肯走。

姜洋总算看清了一些事情："好失败，好后悔。"

之后姜洋如实交代了他们三个人作案的过程。"说实话，我是起了杀心，但只是想想而已，想到要弄死他还是手软脚软的，最多就是和老乡随口抱怨几句。"姜洋说这些年来，他再苦再累，都信奉一个道理："只要勤劳，熬得住苦累，就能过好日子。"邵鹏飞的到来，只是让他觉得自己稳当的生活被打乱了。

姜洋的老乡睡眠沉，雷打不动，其实很少受影响，但他说："见不得自己兄弟被欺负，就他那尿样，有个那么好的娘总是问他在外面过得好不好就算了，居然还有两套房，而我娘就知道问我要钱，骂我没出息。凭什么这个世界是这样的，让这种不思进取的人来屋檐下恶心人。"

"确实不公平，一个偷天换日的骗子，那么好的妈妈都骗，没羞没臊，当着我们的面给妈妈打电话，毫不避讳地扯谎说大话。明明抽烟、上网，半夜才回，却说在奋斗。不知道从哪里弄来一套皱巴巴的制服，冒充空少，让别人给他拍照。换作我是他，一定不会混成这样。"

三个人对邵鹏飞有着不同原因、不同程度的怨愤。一次酒后，姜洋的老乡从床底摸出一个装有铁锤、砍刀等工具的黑色搬家袋。见姜洋犹豫，老乡拍胸脯说："我见不得这种欺负好人的痞子。"几番劝说后，姜洋同意了："如果他还是和以前一样，一回来就吵得我们不安宁，就不管了。"

"邵鹏飞丝毫没有收敛，那天老乡从后面给了他一锤，结果他倒地后还叫嚣着要弄死我们。我非常讨厌他的声音，就抄起锤子再次敲击他的头，另一个人下手更狠，邵鹏飞很快没声了。本来老乡还拿出了刀，考虑到房间里要是有血腥味不容易去除，就没用。最后我们一人在他身上踩了几脚，把他装到了袋子里。"

姜洋用电动车将邵鹏飞的尸体运到了郊区池塘边。"到了我才反应过来自己完了，是我杀了他，却也恨他毁了我。我想他站起来跟我道歉，他却没声了，我越想越气，就拿出袋子里的砍刀，又在他身上招呼了几下。用胶水堵他的口鼻，是我见他用胶水粘他那个破帽子时，就想做的事。"

回到宿舍，他们清理完现场后，姜洋的老乡想把邵鹏飞的手机、身份证卖了。姜洋说事情因他而起，让另外两个人隔一段时间就走人，剩下的事交给他处理。"如果哪天事情败露，你们照顾好我的孩子，每年多少给他们一点钱，我不跑，要打工存钱，能赚一点是一点了。"

## 七

姜洋的辩护律师联系我，说嫌疑人家属想见我，我如实告诉郑梅凤："他们来求情的，你不愿意，我就直接拒绝了。"自从见到邵鹏飞的尸体，郑梅凤几乎每天都哭得死去活来，早已不成人样。听说了对方的请求后，她来了精神："要见的，他们不找我，我还要去找他们。"

怕郑梅凤会朝姜洋的妻儿撒气，我特意交代郑梅凤和她的亲戚，骂归骂，不要动手，最好不要吓着孩子。郑梅凤垂着头向我保证："我是有杀了那个人的心，但打骂他的妻儿又有什么用。"

见面后，姜洋的妻子带来了四万块钱，说是姜洋这些年来所有的积蓄。"我们一直想盖座房子，无奈生活压力太大，再怎么攒都只攒了这么一点，我也不知道怎么就会出了这种事。"

郑梅凤没有动手，竟然还给孩子包了一个十八块钱的红包。接着，她趴在地上抱住姜洋妻子的小腿，撕扯着喉咙哭喊："我求你们了，我有两套房子，还有车，都给你们，你们把儿子还我好吗？"

姜洋的妻子不知说什么好，跪到地上也开始哭："对不起，他没有那么坏，我给您跪下了。"一旁的孩子先是茫然，而后也跟着大人哭起来，或许他自己都不知道在哭什么。我和姜洋的辩护律师只得各自扶起自己的委托人，其实双方的亲属都是受害者。

在法庭上,郑梅凤见到姜洋,扑上去想打人,被法警拦住了。姜洋说他不是故意冒充邵鹏飞的。"我承认自己故意杀人,但不是故意要骗您的。我知道邵鹏飞手机的解锁密码是六个八,一开始我只是好奇,妈妈究竟是怎样一个人。后来却把自己给代入进去了,我一直想,我有那条件肯定会令妈妈满意,不会到外面去打扰别人。我给妈妈转账,是真心觉得自己多活一天就要尽一天的孝……"

郑梅凤冷冷地回道:"你的这些话,没有一句让我舒服,你杀了我儿子还抢了他的手机。"

郑梅凤没接姜洋妻子的钱,说他们都不够赔偿罚金的。另外两位嫌疑人的家属自始至终没有露面。郑梅凤不谅解任何一个人,包括她自己:"我不该让鹏飞出去,他留在我身边,无论怎么胡闹都无碍。"

一审结束,法院认为被害人虽有过错,但被告人作案手段特别残忍,影响极其恶劣,姜洋与其老乡均为主犯,因故意杀人罪、抢劫罪被判处死刑,另一人被判无期徒刑。三名被告人均上诉,二审法院改判姜洋与其老乡死刑,缓期两年执行,剥夺政治权利终身,另一人被判无期徒刑。

郑梅凤不满这个结果。"到底只是我的儿子就那么没了。我倒宁愿他是个杀人犯,那样的话,我们至少还能努力一把,把房子车子都卖了也要救鹏飞一命。为什么死的是他?"

警方调查过,工业园里没有厂子承认邵鹏飞是那里的员工,五金厂以及隔壁厂的领导也都说,直到警方找上门才知道这么回事。邵鹏飞为何能拿着钥匙走进那个房间,我们没有找到答案。

到现在我还记得,一审开庭那天,大雨将外面地上的泥沙冲刷得干干净净。可就在大家走出法庭的那一刻，天空中竟出人意料地悬挂着一道彩虹。

路上人群里有人惊叹，有人欢笑，郑梅凤面如死灰，世上日子一天新过一天，总有人会笑，却没人能代替她的儿子。

离过四次婚的女人,
守着永恒的爱

# 她们走上法庭

| 时 间 | 2021 年 05 月 |
|---|---|
| 当事人 | *胡婷* |

"一个人是很多次犯法吗?"

一

2021年5月，胡婶约我见面，手里提着十年前的那个篮子，装有我爱吃的腌菜。除此之外，还有一张起诉状副本，她被人告上了法院。"万一要上法庭说理，倒也是个说理的地方。或许诉讼也不是什么坏事，反正我是老油条，没啥可怕的。正好告诉她们，我到底为啥活着。"

我接过篮子，同胡婶开玩笑："现在找我打官司，收费可不低，这点腌菜不够写份材料的。"

胡婶反而认真了："我有我要守住的东西，钱当然是不会少你的。你学生我，老了啊，今年六十五岁了，钱这个东西，唉……"

六十五岁的胡婶很会打扮，头发白了一大半，却不曾刻意染黑，灰白微卷的头发反而看着时尚，脖子上系着丝巾，挡住了颈纹以及松垮的皮肤，口红鲜亮而不浓艳，眉毛修剪得精致得体，即便年纪大了，天然的长睫毛依然浓密，一双杏眼，让人忍不住遐想她年轻时的模样。胡婶这天穿一件淡黄色大衣，配高腰牛仔裤、海盐色系带靴子，比十年前我初见她时还要利落。

起诉书副本上有对她"狐媚惑主"的指控。

原告是孙伯的女儿，向法院起诉孙伯所立遗嘱无效，其与胡婶的婚姻亦该撤销。"被告为了利益，公然违背公序良俗，同时违反相关法律，明知原告父亲患有严重精神疾病，还与其登记结婚，并在其丧失辨认能力或者控制能力时，连哄带骗，诱使老人立下遗嘱，窃取资产。"

我与胡婶相识于十年前，认识孙伯却比胡婶还要早半年。那时孙伯精神状态确实欠佳，破衣烂衫，成天在街上游荡，时而口中念念有词，时而充满愤怒，指天大骂，说要弄断谁的手脚。无论大人还是小孩，都对他有所恐惧，见着孙伯都是绕着走，大家都喊孙伯"癫老头"。一些人知道"内情"，说他是受了情伤。

胡婶进城后，认识了孙伯，不到两年，便与孙伯登记结了婚。当时认识他们的人，都不看好这段婚姻。孙伯亦自知会有诸多阻力，也没通知家人，只请了几个街坊老友参加了婚礼。

两年前，孙伯因中风瘫痪在床，在床上躺了一年多后离世。他立下遗嘱，将城里的一套小公寓、镇上的一间铺子、十二万元存款，以及个人物品处理权都给了胡婶。用孙伯女儿孙舒文的话说："一套公寓三十万起卖，镇上的铺子少说值六十万，以后发展起来，上百万不是不可能，还有现金，加起来总共一百多万。被告就算给我父亲做了七八年保姆，高于市场价开工资，也不过是二三十万，简直想钱想疯了。"

胡婶思来想去，说到底不想闹得太僵，便委托我作为中间人，找时间约孙舒文谈一谈，看能否就一些问题私下达成和解。"舒文始终不肯接我电话，再怎么说，我们都算是老孙的亲人，应该在家里关起门来，把该吵的架都给吵了，再去外面说理。"

听说孙舒文在国外工作、生活多年，原以为与其协商时，我们至少能理性地对话。然而，我一坐下，她便歇斯底里地喊："放臭屁的老狐狸精，谁跟她是亲人？这会儿知道认怂了，早知如此，当初就别动歪心思。说是保姆，都算抬举她了，站街都没人要的诈骗分子，只能打神志不清的老人家的主意。你让她等着，我有她好看的。"

我看了胡婶手上与孙伯遗嘱有关的材料，作为法律文件来说，当然没有任何问题。孙舒文的代理律师对我说："你应该清楚这种案子，按照以往的经验，只要家属提出异议，闹到法庭，法官会酌情让你的当事人退还至少百分之二十的遗产。"

胡婶得知孙舒文的态度后，与我签了委托协议。"可不是什么百分之二十的问题。"

## 二

开庭当天，我在法院门口遇上了孙舒文的律师，她笑着望向我说："蔡律，有个事我本不该说，想待会儿在法庭上打你个措手不及。但现在看到你，又忍不住想说了，你们情况不妙。如果你的当事人在进法院之前肯放弃全部遗产，并向我的当事人道歉，我倒是可以看你的面子，劝说一下我的当事人，给老人家留点颜面。"

我当即表示，自己一直很欣赏她，此前我就有所耳闻，她是国际法方面的高手，而国际法这一块正是我的短板，于是我发出邀请，说有机会想请她吃个饭，讨教一下相关知识。见孙舒文的律师答应了，我又顺嘴提了一句："你说的情况不妙，大概是哪方面的？"她倒也乐意提点："是关于你当事人过去的事。"

我确实对胡婶进城之前的事知之甚少，在我印象里，她总是笑嘻嘻的，不多话。送孙舒文律师进去后，我又回到法院门口，等胡婶过来。一见面，我赶紧问她之前是否受过刑事处罚，如诈骗之类的前科，是否被人掌握了一些上不得台面的东西，我直言对方律师扯到了"颜面"什么的，让胡婶不要对自己的律师隐瞒什么。

胡婶瞪大了眼睛，嘴型夸张："啊？我还想着那个美女律师挺好的，她怎么那么厉害？"

见我神色凝重，她扭头看着我道："我找男律师，总不会受道德谴责吧？"

见我一头雾水，胡婶拍着我的肩膀道："你放心好了，胡婶做的事都能拿到太阳底下晒，就算晒蔫儿了，也只是一道菜，不过各人有各人的口味，总会有人不喜欢。"

在办案过程中，确有当事人对律师隐瞒相关事实而导致案件频出问题。但既然胡婶这么说了，我自然愿意相信她。在我的印象里，胡婶是一个体面而自尊的女人。关于孙伯遗嘱的情况，她坚称合理合法，不存在任何阴谋诡计。

只是，等到了法庭上，胡婶却开始面带忧色，看得出没有之前那般轻松，似乎很在意对方到底会出哪一招。

孙舒文的律师没有危言耸听，拿出了她所谓的"撒手锏"，当庭提交了新证据。胡婶的眼圈立时红了，眼泪没能憋住。

我那天身体有些不适，还没来得及质证，便突发低血糖，晕倒在诉讼台上。法官不大喜欢孙舒文律师这种临时提交证据的行为，见我又突发疾病，当即宣布休庭。

我被送至医院，就诊后，胡婶一直拉着我的手不放，口中念念有词："我只是伤心，没什么的，过去的、现在的，都不怕。你以后要记得吃早餐，晓得吗？"

⚖

孙舒文提出的新证据指控胡婶是"骗婚、诈骗的惯犯"，她们查到胡婶离过四次婚，并已证实其跟过八个男人，且有证人证言及相关视听资料，以此攻击胡婶"品行不端"。其中一个视频显示，胡婶曾在大街上被几个女人当作小三殴打，还被骂是"惯犯"，专门破坏别人家庭。因此，她们的结论是："胡婶心虚，被扒了衣服都不敢去报警。"

在我去医院的路上，孙舒文的律师发来短信："蔡律保重，若不是我劝说当事人，恐怕这些东西都流传到网络上去了，那时候你们应该知道是怎样的暴风骤雨。"

就在我盯着手机沉思时，胡婶主动提及法庭上的情形："我难过，完全不是因为对方律师提交了新证据。说我跟过八个男人，其实不止呢。我做姑娘时，难道就没有喜欢的人吗？名声这玩意从来不是我想要的，谁要给我一块贞节牌坊，立马拿去当柴烧了。别人越是把我当贱草，我越想孙老头，我的贵重在他那儿。"

没等我开口，胡婶兀自道："声名狼藉，说再多也会被认为是套路，是策略吧。"

## 三

十年时间，不一定能看清一个人的真面目，人比任何动物都善于伪装。作为律师，我应当谨慎，但面对胡婶，我却不知究竟何谓"声名狼藉"，恍惚间以为是褒奖。

得知胡婶被告上法庭，从前的一些街坊邻居以及菜市场的熟人都来联系我，说一定要出庭为胡婶作证。尤其是卖鱼的"吝啬大爷"陈爹，扯着嗓子大喊："就算损失再大，也要关门一天上法院。"陈爹是一个极其勤快的人，据说曾长达五年全年无休，即便年三十乃至正月初一，都要开门做半天生意。

陈爹认为，连胡婶都被告上了法庭，这个世道又会少一些美好，"养鱼的水越来越浑浊了"。我有些不大相信这是陈爹说出来的话，他却不在乎："我杀鱼无数，美不美好还是分得清的。你勤快点，帮她赢了官司，我送你一条十斤的鱼。"

我调侃道："胡婶是美好的，陈爹血仍未冷。"陈爹也不回避："当然，难道她不够美好？"

⚖

记得初见胡婶，是在一个夏日的午后，太阳明晃晃的，连树枝下的光影都是白色的。我被晒蔫儿了，打着哈欠，有气无力地走在路上，一个不小心踢在一个竹篮上。我连忙道歉，却发现篮子的主人压根没有反应。定睛一看，发现是一位五十岁左右的大婶，她靠在路旁的护栏上打盹。我站了一两分钟，犹豫着要不要叫醒她，很快大婶醒了，瞥了一眼篮子，又看了看我，问道："小伙子啊，现在几点钟了？"

我向大婶道歉，发现篮子里装的是腌好的雪里蕻，便提出要全部买下。大婶说："腌雪菜炒肉末，炒红烧肉都好吃，就算直接炒也下饭。"我告诉大婶，自己是农村长大的，我们那里称之为"黄菜"，得多放油，自己一直想吃这道菜，但市场里的腌菜大多放了化学添加剂，没有老家的味道。

大婶看着篮子里的腌菜说："这些我不能卖给你。你想吃，我另外再腌，你拿五块钱给我买雪菜就好，大约一星期就能送来。"于是，我给了大婶十块钱，并念了一遍自己的电话号码。大婶说她的手机坏了，我们便约定一星期后在此地见面。末了，她走了又折回来："忘了告诉你，我姓胡。"我点了点头，表示知道了。

其实，我压根没想过胡婶一星期后会来给我送腌菜，那时我一边工作，一边读研，整日忙碌，第二天便将此事抛诸脑后了，此后半个多月都是早出晚归。直到有一天，凌晨一点左右，我走在那条街上，突然听到一声呼喊："哎哟，小伙子，终于见到你了，欠着你的东西一直不好受，我可不想老了还被人当成骗子。"

看到地上的篮子，我想起是胡婶，心里有些感动，正想着说些什么时，胡婶连声道歉："小伙子，对不起啊。我们约好是一星期会面，可是第七天我正好有事。第二天再过来时，就找不到你了。是我的错，以后你想吃腌菜，我都给你送。"

我坦言自己未将此事放在心上，那天也没能赴约，胡婶其实不必大费周折地等我。大婶却猛地甩手，语气急促："唉！那可要不得，人活一辈子，得讲诚信。提前收了你的钱，怎么着都得把菜送过来，要不就成骗子了。我困难时，有人出于好心帮助我，白给我钱，我一时还不起，还得说一声阿弥陀佛，记着人家的恩德。"

半个来月，胡婶为了等我，竟意外赚了不少钱。她做的腌雪里蕻、酸萝卜，还有藠头，很多人来问，但每次都是等到太阳落山了，她才肯卖出去，然后第二天再来等。

## 四

此后，我经常能见到胡婶，她常常提及："小蔡啊，我是靠你的十块钱发的家。"我笑问:"是不是发大了?"胡婶总是笑着答:"可发大了,我又好好活了一世呢。"

与胡婶熟络后,我才知道她曾长达好几个月无家可归,住在因拆迁而废弃的楼房里。

我能在街上遇见她,是因其住处没有水源,要来城郊附近的井边打水,顺便把菜洗了。那天她的水桶坏了,有些累,靠着栏杆休息便睡着了。当初她不肯将腌菜卖给我,只因菜叶子是从菜市场捡的,她说自己吃无妨,卖给别人不能缺德。

在等我的那半个多月里,胡婶卖腌菜加上捡废品所赚的钱,总共有一千多块,还有一家手工米粉店约定让她长期供应酸豆角。"所以我一定要找到你,遇见你我才发现,就算是一个没人要的老太婆,也能在城里生活下去,而且日子还能往好里过。"

我无法相信胡婶是一个曾流浪了几个月的女人,整个夏天她都穿一袭长裙,身上散发出香皂的清香,头发一丝不乱。捡瓶子时胡婶会戴手套,装废品的蛇皮袋子也是洗得洁净。她卖菜没空去捡废品时,有人会主动将矿泉水瓶装进她的袋子。胡婶走在街上,气定神闲的样子,仿佛一个复古装扮的模特在走秀。

我去过胡婶住的地方,外面是残垣断壁,得弯着腰,摸着砖块才能进到屋内。走进房间,发现那是一个整洁温馨的"家"。房内一尘不染,蚊帐轻盈洁白,物品摆放看不出一丝凌乱,一排排坛子擦得透亮,胡婶全然不像偷摸闯入的寄居者。

我夸胡婶讲究时,她谦虚道:"是房子本身就不错,老天爷并未对我赶尽杀绝……"说着胡婶脸上闪过一丝感伤,很快又恢复如常。"这个房子总会拆掉的,何况冬天洗澡什么的都不方便。我算有了赚钱的门路,等过完这个热天，就出去租个房子。"

我终于忍不住问胡婶："您的家也是被拆迁了吗？"

胡婶点头："算是吧，不过没有补偿，不算回迁户，是命运要把一个家拆得七零八落，连个说理的地方都没有。"见胡婶回答得模棱两可，我不好继续追问，为了避免尴尬，情急之下又问出一个更尴尬的问题："这里没有水，就算是夏天也没法洗澡啊。"

胡婶丝毫不介意，双手做出游泳的姿势。"我可以晚上去河里洗澡，穿我女儿的泳衣，像鱼一样，可舒服了。就算被人发现也没什么的，小蔡不会也觉得老女人下河游泳，有伤风化吧？"我连忙说不会。

那时我处于被压抑的状态，二十出头，为生存奔波，为学业忙碌，整日忙得晕头转向，真心觉得她洒脱、有个性，年纪再大也掩盖不了自身的魅力。我猜测胡婶一定是经历了重大变故才暂居此地，可她身上依然有我不敢有的自由。

⚖

这样的胡婶，也迷住了平日里有些"疯癫"的孙伯。孙伯突然不再愤怒，衣着变得干净清爽，开始定期理发、刮胡子。胡婶来卖菜，他就在不远处假装卖水果，按季节摆点橘子、三两个西瓜、一盘李子、一堆红柿子，有时提着一杆秤就出来了。

孙伯的生意很差，只有小孩光顾，他也不收钱，更多的时候是在唱歌、用外语念诗、在地上写毛笔字或者说书，有时他一声不吭，拿两把伞，看天气，守到胡婶收摊。

在法庭上，孙舒文多次攻击胡婶"卖弄风骚，几番勾引老年人"，胡婶有些生气，扬起头骄傲地说："我是爱孙老头，但得有一说一，起初我还真没把他当回事。是后来他实打实陪我听过夏天的蝉叫，见过秋天的银杏，迎过冷冬的风雪，等到初春的桃李盛开时，我才过去问他一句——嘿，老头，看够了没有？我要收摊了。"

胡婶说，孙伯摸着自己的头，小声地说了一句："看不够，你和我说话了，明天还来吗？"

## 五

孙舒文坚持认为，她的父亲绝不会再对她母亲以外的女人产生感情。"我之所以决定远赴国外，就是因为不想看到父亲在母亲去世后，想尽法子折磨自己，不肯抽离。"

关于孙伯的过往，我知之甚少，直到接手胡婶的案子，才对他有所了解。孙舒文在法庭上也证实了一些传闻，她的父亲与母亲一直情投意合，结婚二十年，少有争吵。孙伯曾是一家大型企业的高级工程师，年轻时一表人才，一米八几的大高个，收入颇丰，妻子是一名小学老师。两口子在家，都是孙伯做家务，大事小事都是妻子做主，孙伯则言听计从。尽管孙伯是理工科出身，却很懂浪漫。无论是结婚纪念日，还是情人节，他都会放在心上。

提起母亲，孙舒文泣不成声，说父母伉俪情深、遭到了老天的妒忌。一天夫妻俩外出散步，走到半路孙伯突然烟瘾犯了，说去小卖铺买包烟，让妻子等他两分钟。就在孙伯买烟时，身后突然传来一声急刹车的声音，接着砰的一声，一辆失控的渣土车直冲路旁，孙伯的妻子当即被卷到车轮底下，当场身亡。

那年，孙舒文在上高中，在她眼里，"失去母亲的同时，父亲也不见了。那个温文尔雅的男人，让女儿引以为傲的父亲，一夜之间变成了关在笼子里咆哮的野兽"。

周围的人，包括孙舒文外婆家都指责孙伯："你买烟，就不能带她一起吗？让她一个人孤零零地站在那里等，她没有任何错，就为了你一口烟，最后竟把命搭上了。"

孙伯也认为是自己害死了妻子，经常狠抽自己耳光，用打火机烫自己的嘴，大喊大叫："老婆让你戒烟，你不听。贱骨头，要不是你为了买烟，两个人早走开了。"

父亲越咆哮，孙舒文越沉默，成绩很快一落千丈，她同样将责任归结于孙伯。"他毁了我原本幸福美满的家，以前老师、同学乃至其他家长都羡慕我，自从母亲去世以后，我变成了可怜虫。因此，我但凡有挫败感，就算是自己的错，也会往我父亲身上推。他想管却不敢管我，我拒绝与他交流，偶尔有眼神交流也满是厌恶。"

孙舒文上大学以后，就很少回家，即便寒暑假，大部分时间也是待在朋友家。大学毕业后，国外有一个工作机会，尽管最初只是在一家公司做销售，她也要出去。

女儿尚在国内时，孙伯尽管性情大变，还能勉强支撑上班。而孙舒文出国的第二天，孙伯就办了病退。因专业过硬，有公司找他挂名技术顾问，有需要才找他。自此以后，孙伯就像孤魂野鬼一样在街上来回游荡，行为怪诞，不搭理任何人。

早些年，即便孙伯有些不修边幅，还是有不少各方面都较为出色的女人愿意嫁给他，做媒的亲朋好友也挺多，有些人还联系上了孙舒文，但都被孙伯一口回绝。孙舒文也曾劝过孙伯："我妈已经死了，人死不能复生，你一副要死要活的样子给谁看？你要找就找吧。"孙伯也只没好气地回复一句："你说死了就死了？"

后来，孙伯干脆拿出医院开具的一个"精神分裂"证明，说自己"随时可能进行家暴、搞破坏，惹急了还会杀人放火、毁灭地球，坏事做尽，没法安心过日子"。

孙伯总出现在街上，不知不觉晃荡了二十来年，除了愤怒、孤僻、日渐苍老，倒也没什么其他过激行为，"差不多在街上走完了他的一生"。直到后来胡婶出现。

## 六

第一次休庭大概过了半个月，法院进行第二次开庭。怕我再次低血糖，孙舒文的律师特意给我准备了早餐，告诉我，若她是被告律师，定会劝胡婶放弃遗产，因为这个案子打下去，有很多"劲爆"的地方，"而且不是道听途说的，我们手头证据一大把"。

这次我直接告诉孙舒文律师，我接受她的早餐，但既然是官司，当然要打下去才有意思。

上次休庭后，我对孙舒文一方当庭提交的证据展开调查。胡婶未有任何刑事犯罪记录，连"行政拘留"都没有，关于"做小三被打"，以及"不守妇道、举止放荡"之类的"证人证言"，在我方质证后，视频中的"原配"以及相关"证人"也向胡婶当面道了歉。

至于离婚四次，除此之外，还有一段婚姻是丧偶。对此，她笑言："总还谈过几个。"

出于八卦的心态，我问过胡婶，她最爱哪一个。胡婶认真答："我都爱过。"为了让她打开话匣子，我故意逗她："是不是最爱初恋？"胡婶语气俏皮："没有啊。我后来也爱得很深。"我又问："那你会不会在法庭上，说你最爱的是孙伯呢？"

胡婶回答干脆："我不会那么说。到时候要问问法官和律师，一个人爱很多次犯法吗？就算犯法，我爱了心甘情愿。难不成每个人都好运，爱一次就得以圆满？"

⚖

因对方律师为赢官司，多少有些不择手段，我不确定她们是否会利用舆论，为保险起见，我辗转见了胡婶两任前夫，以便谣言出现时，自己能及时反击。

胡婶的第一任前夫对其赞不绝口，夸她人美心善、心灵手巧，曾是当地很厉害的裁缝，甚至连家里改建房屋，胡婶都参与了设计。只不过他俩有缘无分，结婚三年一直未孕，夫妻二人去医院看了，却查不出问题。男方家四代单传，在农村无法承受"断后"的压力，才提出离婚。胡婶哭了一场，哭完后表示理解，亲手做了几套小孩的衣服给前夫，并安慰他一定会儿孙满堂的。

就在我离开前，胡婶的第一任前夫还特意交代："尽管我都当爷爷了，但她有难处，我会出面。我老婆子的娘家也是这附近的，同为女人，说心里对她只有敬佩。"

第二任前夫则是自己身体有问题，一开始他是为了面子去追求的胡婶，以为胡婶是个比较开放的性格，后来他发现胡婶是个实在人，不想害了她，不到一年就离了。那个年代的农村，离过两次婚的女人，免不了遭受非议，家里有人建议胡婶消停几年，不然就远嫁他乡。胡婶则不以为然："我没有对不起谁，为啥要藏着掖着？"

一年后，胡婶又欢欢喜喜地结婚了，并顺利生下一个女儿。男人知冷热，尽管自己是头婚，却从未对胡婶说过半句难听的话，对女儿也是疼爱有加。不幸的是，他俩结婚四年后，男人被查出结肠癌。胡婶毫不犹豫地拿出所有积蓄给他治病，最后还是没能将男人救过来。胡婶一个人带着孩子，并独自还清近万元债务。

此后胡婶再婚就大受诟病了，周围的人骂她"不考虑孩子感受，只顾自己快活"。胡婶却"厚着脸皮"回应道："我想找，即使不找也不要扯上孩子。我可不想到时候跟孩子算账，叫嚷着自己受了天大的委屈。孩子没那么狭隘，看你会不会爱。"

说是这么说，当胡婶发现男人在家打赤膊，有时只穿一条内裤，还屡教不改时，尽管男人勤劳能干，与女儿相处融洽，没对女儿做更过分的事，她还是坚决要离婚。尽管在农村很多男人都这样，但胡婶觉得，"绝不能置女儿于危险的境地"。

胡婶的第五段婚姻，半年不到就离了。男方与胡婶交往时，是离异状态，但与胡婶登记结婚后不久，又回老家与前妻复婚了。由于当年婚姻登记信息没有联网，胡婶一直被蒙在鼓里，直到男方妻子带一伙人找来，将她按倒在地，胡婶才知道自己被骗了。胡婶没有报警，她说："我们都是受害者，这种事说不清的，只能一方让另一方出口气。"

最后，男方因重婚罪被判三年有期徒刑，胡婶去探监，问他到底爱哪个，还是贪心不足？男方想了很久，还是说："就是真的两个都爱。"胡婶听了反而消了气。"这是真实的回答，我们是可能同时爱上两个人。只是有些人这么说，不可信，他们可能谁都不爱，无论是说忠贞地爱一个人，还是苦恼地爱几个人，都不过是他们玩弄感情的借口。但真的有人会两个都爱得很深，只不过他们不说，或是不敢说。"

我半开玩笑地调侃胡婶："真就是一个渣老太。"

胡婶却语重心长地回道："你还年轻，不要因为别人说几句话，就去定义好坏，群起而攻之。话不好听，但可能就是真相。"

## 七

第二次庭审，孙舒文的律师撤回了之前提交的一些证据。我私下质证时，给那些证人普了法，先不说做伪证，光涉嫌侮辱、诽谤等，我方就可对其提起刑事自诉。

那些证人听后立马道歉，并如实交代让他们诋毁胡婶的人正是胡婶的女婿。我这才知道，在孙舒文前去打听胡婶的相关情况时，胡婶女婿表现得尤其积极，对胡婶更是百般诽谤，并教唆自己十三岁的女儿说外婆不是好人。孙舒文当时想："这老女人在仅剩的两个亲人眼里都如此不堪，女婿还拿出不少证据，更坐实了她是无情无义、毫无底线、年老色衰的'诈骗犯'，那她就是要处心积虑地搜刮城里独居老人的养老钱。"

我建议胡婶将其女婿告上法庭，他的行为可比"搜刮独居老人的养老钱"恶劣多了。胡婶一番犹豫后说："还是算了吧，我不在乎。以前老孙听到那个人骂我，气冲冲地说要去教训他，被我劝住了，只要老孙在乎我就好。"

十二年前，胡婶的女儿才二十六岁，也被查出结肠癌晚期。女儿为了不拖累家庭，打算放弃治疗。女婿老实巴交，说一定得治，但马上又说自个儿有天大的难处。"我们在城里工资不高，孩子才两岁，身体也不好，奶粉钱都不够，要留点钱保障孩子的生活。家里的车子不值几个钱，就一套房，卖了就得带着孩子流落街头。"

胡婶只有这么一个女儿，女婿有诸多难处，她不能有。"我唯一的难处是怕失去女儿。"她拿出自己的全部积蓄十四万元，又将农村的房子卖了十万元，一共二十四万元，都给了女儿治病。习惯了农村生活的胡婶，为照顾女儿，提着一个包住进了女儿女婿家。

女儿在病床前当着丈夫的面说："钱算我们两口子借的，以后得还。"女婿点头，表态说："怪我没能力，将妈妈的养老钱都拿出来了。到时候您开口要，就算砸锅卖铁也要还。"

两年后，胡婶的女儿还是走了。原本客气的女婿一反常态，经常借着酒劲儿胡乱找碴，怪她做的饭菜咸淡不协调；洗小孩的衣服，洗衣粉倒多了；女婿甚至怪胡婶给女儿的钱数是"24"万，不吉利……

为给女儿治病，胡婶能掏的钱一分不留全掏了，真的是身无分文。她也曾想过要给自己留条后路，但她不去医院交费，女婿也不会交一分钱。其实胡婶一直看得清："我不能拿女儿的命同他耗同他赌。老婆没了，男人能再找；女儿没了，当妈的世界就塌了。看着他对外孙女还不错，我就不忍心翻脸，等我赚点钱就会腾地方。"

但不到一个月，胡婶女婿就下了逐客令，理由是孩子还小，想给她找个妈，也有女人愿意与他接触。他痛哭流涕地劝说胡婶："家里就两室一厅，对方倒不是嫌房子小，她和孩子她妈一样，是个通情达理的人，也愿意照顾孩子，就是说没理由还要服侍您。要不然，我就只能一个人带孩子，您就当再帮这个家一次。"

见女婿急不可待，胡婶顺嘴提了一句："那我以后怎么办？"见胡婶松口了，他难掩兴奋："我国法律明文规定，女婿是不用赡养丈母娘的。不过我不可能对您不闻不问，以后只要您开口，几百上千块我凑一凑还是拿得出来。至于那二十几万，那是您母女之间的事，当然那时她病得厉害，为了不刺激她，我也就提了一嘴。"

本来"识趣"的胡婶，见女婿如此无情无义，偏要争一下。胡婶跑去社区控诉女婿欠钱不还，社区工作人员说女婿确实不用赡养丈母娘，何况女儿都不在了。至于欠钱的话，得出示借条。最后他们让胡婶与女婿达成和解，女婿出于道义，每月支付胡婶生活费六百元，社区也会尽量与村里商量，为其争取低保等福利。

尽管孑然一身，但胡婶没有签字，也就没要钱，只说了一句："女儿死了，我还得活。"

在小区一个保洁阿姨的好心提醒下，她暂时住进了那栋拆了一大半的楼房里。

## 八

在法庭上，双方律师少不了唇枪舌剑，但法庭之外，双方的过招其实更为重要。我总算是将胡婶的过往厘清了,也拆掉了孙舒文律师的一些招数,却没想到她们还有"后手"。

孙舒文在父亲的遗物里找出了一堆胡婶的"不雅照",用来证明胡婶放荡无度,用干瘪的身子勾引老人。我看了一眼胡婶,大声说道:"我的当事人可是不省心啊!"胡婶却有些羞赧:"难不成我给你看吗?"孙舒文插嘴道:"她只给老人家看的。"

我没有搭理孙舒文,接着调侃胡婶:"现在好了,我是看呢,还是不看?不看的话,现在向法官提出,原告律师提交的证据与本案无关,这样能给你留点面子哦。"

这次的庭审庄严,却因涉及家庭琐事而不乏温度。法官是一位四十多岁的女性,自从听我讲清胡婶的经历后,似乎温和了很多,她私下说:"我也谈过三四个,离过两次了,没什么的。"书记员也嘀咕:"我谈了三次还是个好人。"

法官问胡婶:"对于照片,被告什么意见?"胡婶说:"既然都交了,那就看吧。有几张拍得还挺不错,尤其是侧身的那一张,胸部下垂没那么厉害,我还蛮喜欢自己的身子的。老孙拍照技术不错,他还设想过有机会拍一组老年女性的身子,怕是少有人能拍出那种美。"看得出来,胡婶说这些时,心里自信,眼里思念。

八张照片,时间跨度正好是八年。最后一张,只有胡婶半裸的身体,那时孙伯已卧床了,只能动一只手,却不忘结婚纪念日,照片里的胡婶依旧满脸温柔,笑着看孙伯。

⚖

　　那时，被女婿扫地出门的胡婶，在开始摆摊后，不到两个月便租上了房子，一年后就在菜市场旁有了个小摊位。胡婶不再是流浪女，稍加打扮便风姿绰约，加上为人和善，顾客不论男女，都喜欢来她的摊位买菜。

　　周围的单身汉更是轮番表白，其中不乏比她小好几岁的。卖鱼的陈爹是追求者之一，他老家拆迁，有三套房、一辆面包车，儿子在上海工作。陈爹自认为自己的杀鱼技术全县第一，工作又努力——原本他全年无休的记录能连续保持八年，但胡婶结婚那天，也难过地关门三天。

　　胡婶自嘲"阅人无数"，越老越难追。"我才不会被一些老头廉价的付出感动，以为帮忙收个摊，买一瓶水、给点红糖就是爱了。我都没'大姨妈'了，还喝红糖水？在我不需要钱的时候，拿房子跟车子来显摆，也是廉价的爱，我要那些做么子（方言，什么）呢。"

　　起初，胡婶将孙伯的守候也当成廉价的追求。"一个无所事事的老头，本就靠晃荡打发时间，玩些小把戏。后来才发现有些话不必问，不必说，他一开口，我就信了。"

　　听到孙伯说"看不够"，胡婶一改往日的冷漠，问："你家里有的看吗？我对你的情况完全不了解，就知道你以前总是在骂人，还想着你会不会把我篮子给扔了。"孙伯如实回答："我老伴还没变老就走了，我想了她二十年，这两年才看到你。"

　　胡婶又问："我不想瞒你，我在老家的名声可不好了，结过五次婚，够可以的吧？"

　　孙伯答非所问："几十年前我可能见过你。"

　　胡婶笑道："没必要吧？"

孙伯却一脸认真："我也是听你说话的口音，才想起的。那年我是知青，下乡插队，见过一个女孩，笑得很甜，脖子上也有一颗痣。我只见了两次，后来就去了别的生产队。"

孙伯说的地方正是胡婶的娘家，他所描述的场景与胡婶的记忆相差无几。

## 九

在法庭上，胡婶拿出一张泛黄的作业本纸。"我舍不得将两口子的心迹展露给他人，这可比我的身体更隐私。可不拿出来，有人会说我为了钱怎么的，我会伤心。"纸上是孙伯用正楷写下的结婚时他说的一句话。

法官看了问："有必要进行鉴定吗？"此时，孙舒文一方态度已经缓和了很多，说没必要了。

五十七岁的胡婶再次走进婚姻的殿堂时，菜市场附近的老头个个痛心疾首，说一个大美女挑来挑去，挑一个"疯子"，连退休的老干部都败下阵来，大家实在想不通。

婚礼现场，就是趁着下午两点，没多少人来买菜的时候，在菜市场简单布置了一下，简单到大家只能看到漂亮的新娘。胡婶毫无避讳："结婚五次，总算穿上了婚纱。"

我是这对"新人"的证婚人。起初我不愿意，怕乱了辈分，也怕惹麻烦，孙伯却对我"道德绑架"，因为胡婶说了，我不做证婚人，她就不嫁，这是她提的唯一要求。

我以一句自己喜欢的诗开头："天地寂寥山雨歇，几生修得到梅花？"

看着身穿婚纱的胡婶，我热泪盈眶，胡婶递来纸巾，孙伯则拉着她的裙摆。我擦干眼泪，念道："我在此见证一对新婚夫妇的誓言——老头啊，你一定要珍惜你的姑娘。"

孙伯发言时，只说了一句："我见过你，我忘了你；我记得你，我娶回你。"胡婶则是不停地重复："很好，都好；我觉得很好，一切都好。我很认真地嫁给你了。"

刚结婚的胡婶说："即便遇见老孙，一样也有苦有甜，我从来没想过哪次婚姻会是甜到底的。"后来她又在法庭上说："按理说，是有苦的，但我不记得那滋味了。"

在老孙的指导下，胡婶用上了智能手机，学了半个月才知道如何发微信。因为老孙说两个人年纪大了，容易得老年痴呆，所以要留下爱的痕迹，说"晚安"和"爱你"时，当面说一遍，还要在微信上发一遍。胡婶问："既然得了老年痴呆，连人都不认识了，哪里还会认字？"老孙特意打字回复："此意为，届时可让他人来告诉你我一声，我们彼此如此在意，一字一句摆在心中，存于手机。"

孙伯的呼噜声太大，胡婶无法入睡。他便等胡婶先睡，但决不分房："揽卿入怀，我愿等到半夜。"孙伯曾在胡婶的一条朋友圈下面留言："我们过夫妻生活较为频繁，你怎么看？"胡婶回答："共同好友也能看到。"孙伯则回复道："正合我意。"

陈爹说："孙老头结婚后，比之前更'疯癫'了，成天炫耀，就不怕被罩麻袋。"

我深表认同，孙伯越来越"讨嫌"了。有一回，我去他们家做客，不小心裤子绷坏了，孙伯连拖带拽逼着我将裤子脱下，说他老婆是"缝纫大师"，为此他还特意买了缝纫机在家，三两下就能给我缝好。等胡婶将裤子缝好给我，孙伯还要拿着欣赏一番，说完全看不出是缝过的，比原来的针线还要细致均匀，"这才是天衣无缝"。

胡婶心里一直有个遗憾，认为自己初中没毕业，算是文盲。她初恋是个知青，当时胡婶为了让他吃饱饭，省下自己的口粮。后来知青回城了，还数落胡婶读不了名著。孙伯得知后，一直陪着她去老年大学上课，有次我被邀去讲课，看到胡婶皱一下眉——其实是被蚊子咬了——孙伯马上站起来："蔡老师，我认为你没讲清楚，经验不足。我老婆子智商那么高的人，都没听懂，其他人更不用说了。"这句话几乎得罪了整个教室的人，胡婶赶忙拉他的衣角，孙伯却不管不顾："我老婆子好厉害的……"

我哭笑不得，只得跟其他人解释说："孙伯是老一辈的高材生，毕业于名校的……"孙伯这才谦虚起来："我们学校后来合并了才名气大，还是老年大学好。"

+

开庭之前，我确实没料到，这样一个再简单不过的民事案件，庭审会从早上九点持续到下午五点多，中间只短暂休息了一会儿。法官相当有耐心，对于具体细节，她也非常乐意倾听。

其实，在我方证人出庭之前，孙舒文就已经改口喊她"胡姨"了。陈爹却还是气鼓鼓的："尊敬的法官大人，被告那么好的人不应该坐在这里接受审判。"

我赶紧打断他："您是前来证明被告在菜市场诚信经营，且其与原告父亲结婚，系原告父亲主动追求。"

陈爹像是没听见似的："我请求法官将被告判给我做妻子，我愿意与其结第七次婚。"

孙舒文的律师忍不住问了一句："为什么？"

陈爹望向孙舒文，说："就凭以后我脑出血瘫痪，她不会走，而是辛苦扶我站起来再活几年；就凭我儿子不敢忘恩负义，在我死后为难我爱人，丢人现眼……说得够清楚了吗？你父亲脑出血那会儿你在哪儿？"

若不是这次官司，连我都不知孙伯曾患过脑出血。若不是胡婶及时发现，孙伯很可能就没命了。胡婶每天陪他做康复治疗，伺候吃喝拉撒，孙伯只用了一年就能正常行走了。为了方便照顾孙伯，胡婶离开了菜市场，与孙伯一起在镇上开了一家杂货铺。这些年，她赚了些钱，两人买城里的那套公寓时，她还拿出了自己的八万块钱，而且没有要写自己的名字。她说："我无儿无女，没有什么亲人了，外孙女与她爸爸和新妈妈处得很好，不用我做打算。小孙一个人在国外不容易，哪天回来了，就当我封了个红包。"

孙伯去世一年，胡婶从未想过要将那些房产过户，孙伯的银行卡，原来放在哪儿，现在还在那。"我不过是想守住我们共同的日子，还有他的一些心愿。我一直想带小孙去看看，可小孙只当我是骗钱的保姆，什么都不听。"至于胡婶说的"心愿"具体是什么，我到现在也不知道。

当年两个人一起开的那家杂货铺，主要是胡婶在经营，孙伯自己也管了一个角落，生意不大好，但他总要进些货。"都是舒文和她妈妈爱吃的，还有满满的各种各样的烟。"胡婶说，老孙其实一直惦念着自己的女儿和已故的发妻。"我不在乎，我知道他同样如此在意我。一到过年，老孙就爱在音箱里放广东歌《祝福你》，说一个人、两个人、三个人、四个人要欢欢喜喜，热热闹闹地过年。来买货的人，无论如意还是困难，祝福他们。"

至此，庭审其实已经结束了，孙舒文的眼泪说明了一切。她倾诉自己在国外不易，不过是打苦工而已，丧母之痛一直未能缓解，想找个出口，只能怨恨自己父亲，恰好他也是破罐子破摔。"我亲眼看着一个家就那么坍塌了。"

胡婶在几年前就给孙舒文备下了十几双布鞋，一套红色礼服。是孙伯让她亲手给孙舒文缝制的，按照他们当地的规矩，女儿出嫁要穿红衣服，带布鞋去婆家。她安慰孙舒文："我不需要代替你母亲，你也无法替代我女儿。我之所以还在，是替老头等你回来。老孙的遗嘱我只拿来做纪念，上面有他的字，继承记忆就够了。"

对于陈爹的示爱，胡婶表示感谢，说："我的老头还没走，我在他就在。一些东西还在延续，这就是我的一生了。我做小生意，最赚的就是遇见他，花了五十多年的成本才赚到的。"接着胡婶向我鞠了一躬，继续说："我亲爱的小蔡，谢谢你啊。老孙说，以后你的裤子坏了，一定要拿过来补，虽然我们是自由恋爱，也算你半个媒婆。"

当天，孙舒文撤诉，此后，她与胡婶一起守着自家的店铺，一起听吵闹的音乐，开门迎客。我的答辩状，有一段与案件无关，法官说这也是审理案件的意义，我是如此写的——

如我有幸，历世间疾苦，生离死别，全无神灵眷顾，孤身一人时，还能看见我所爱所念之人，无畏、炽热、坚定地向我走来。我不幸失去所有，那么所爱即所有。即便你先走，爱留下了，就非一无所有，我要守下去，守到最后无人记得你我。

# 后记

书稿早在几年前便已完成，作为一个记录者，或许我不该有过多的话。那为何有后记呢？只因案件里多数当事人的人生未完待续，她们依旧努力地过着自己的日子，未曾丧失勇气。

捅了母亲七刀的钟湘华，跟丈夫在工地上做事，累得腰都弯了，却每天乐呵呵的，毫不掩饰自己对丈夫的爱。每天下工后，他们会挽着对方的手散步，谁也想不到她曾被自己的母亲卖过多次。

自出狱后，她每年秋天都会背一袋自家种的新米来看我，说人难熬的时候，就要吃新米，要盼着有新的开始。她真心感谢每一个助她重获新生的人，包括警察、检察官、法官，以及监狱的管教。钟湘华让我有机会再写写她："我都没来得及和关心我的人说声谢谢，我们现在的日子苦甜苦甜的，我们在工地做事，除去开支，目前攒了六万块钱，至少不会挨饿了。还有我们的孩子成绩不是倒数，是倒数也没关系，但他每科有七八十分，中等偏下。"

因离婚而无家可归的匡腊英，终于砌了房子，有了属于自己的家。她请我去家里做客，几次"炫耀"她的房子，说踏实、稳当。其实就是三间小砖房，没有粉刷，电线裸露，屋顶盖瓦，也没有像样的家具，唯一精致的是挂在墙上的一个相框。相框里是法院的判决书，她之所以要挂出来，"就是要告诉那些别有用心的人，哪怕我女儿生女儿，女儿的女儿生女儿，这个家里的女人世世代代都生女儿,都有家可回,这是法律支持的,就算一百二十个人反对也不行"。

为了女儿而杀人的"癫子"郑晟仍旧疯疯癫癫,女儿毛毛不知所踪。郑晟有次见到我时,给我塞了一个橙子,说是从垃圾堆里翻出来的,但其实光泽饱满,干干净净。他对我说:"我癫着,毛毛好着,没有消息就是好消息,你放心,过去的过去了,毛毛好着,畜生们不好。"

经历十年无性婚姻,最后用刀在自己脸上划叉的黄丹,还好这不是最后的结果。离开刘世龙以后,她开了一家小店,生意红火,顾客们都喜欢她风风火火的性格,夸她笑起来好看。黄丹也不忘调侃自己:"看来我确实是诚信经营,表里如一,有口皆碑,这副尊容居然没有吓跑顾客,还是真诚最为动人。"对于两性关系,她也毫不掩饰:"结不结婚无所谓,这是我自己的事。"一个女人要做真实的自己,是多么不易。在我眼里,如今的黄丹比从前好看。

遭遇过性侵的辰辰,我没有再见过他,我刻意躲着不让他见,熟悉的人和事于他而言,并不是好事。我能做的就是祈祷辰辰不要有新的伤害,曾经的伤害不要延续到他成年。

罗桂娇仍在"赎罪",插在她身上的"管子"没能被拔掉。长年累月被儿子压榨,有一次她晕倒了,醒来后,说的第一句就是:"我为什么没能死过去,还要吊着这条命,既然还喘气,那就要继续赎罪,人这一辈子真不能做错事,有些事错了就是一辈子,我过不了自己这一关。"

我不想让她继续这样的生活,但人总归要自己转弯的,头撞南墙,或许是因为头痛了,心里会舒服点。因为罗桂娇,我这些年一直在思考人该如何放过自己,并深切关注着老年人的性需求。

也许是心寒了,最后没能熬过四十八小时的陈月娥,坟地上已是荒草丛生。我始终记得我承诺过她的小儿子，若是考上了大学，陈月娥的律师费我会返还给他。几年过去了，陈月娥的小儿子没能继续上学，我又提及，等他娶妻生子，钱还是可以拿回去。他对我说："哥哥，不用了，那是你赚的钱。我没能考上大学，是我学习不行，但并不代表我没有骨气。我不会成为我爹那样的人，见钱眼开，无情无义。我现在靠自己的劳动养活自己，以后娶妻生子，你能来喝一杯酒就好了。妈妈的坟，我有时间就去扫，但忙于生活，有时请不到假，没办法。"我对陈月娥的小儿子说："你妈苦是苦了点，但有你这么一个儿子，她会安息的。"

走了好几年的曼曼，我很想她，多好的女孩，本可以活着的。

胡婶的店还在开，她说要开到天荒地老，即便她很老很老了，只要有顾客敲门，哪怕是半夜，哪怕对方只买一个棒棒糖，她也会马上亮灯、开门，接过顾客的钱，完成一次对老头的思念。

因为生活在继续，后记也是前言，我不知道未来她们还会有着怎样的故事，但我始终会记得自己该如何坚持——坚定而无悔地践行法治思维，只有这样，才能让她们的生活有一点光。

我还能做什么？我会一直不断地提醒自己，即便有时我得意忘形，忘了自己的初衷，但只要见到这一船又一船的人，我就会继续问自己：还能为她们做什么？若我忘记了，希望你们提醒我。

我还能做什么？愿法治更加公正、细致、温暖地呵护你们；愿你们能自由选择自己的人生。不管什么时候，一定要喜欢自己，喜欢到自己身上开满了花。